Silvia Bovenschen

Wie geht es Georg Laub?

Roman

S. Fischer

© S. Fischer Verlag, Frankfurt am Main 2011
Alle Rechte liegen bei der S. Fischer Verlag GmbH, Frankfurt am Main
Satz: Dörlemann Satz, Lemförde
Druck und Bindung: CPI – Clausen & Bosse, Leck
Printed in Germany
ISBN 978-3-10-003516-5

Die Verkargung
oder: Georg Laub erwacht

Georg Laub erwachte, und die Welt war sofort bei ihm. Er wußte, wo er war, und er wußte, wer er war – so gut man das wissen kann.
Er streckte den Arm aus, fand sogleich den Schalter seiner Nachttischlampe, schlug die Decke zurück, richtete den Oberkörper auf, schwang die Beine aus dem Bett und kam steil in den Stand.
Mit gradem Rücken und durchgedrückten Knien verharrte er für einen Augenblick völlig reglos, fast ehrfürchtig und lächelte mönchisch in sich hinein – man hätte meinen können, er spalte sich und begrüße sich selbst als ein Erwachter.
Dies war der Moment, mit dem für ihn der Tag begann.
Ganz bewußt.
Und so hatten auch die Tage in den letzten fünf Monaten begonnen.
Und so gefiel es ihm.
Noch besser gefiel ihm der Gedanke, daß es seit dieser Zeit niemanden gab, der ihm den so gewollten Start in ein versammeltes Sein zerreden konnte.
Dann vollzog er drei oder vier unerhebliche Dehnübungen.
Nach diesem noch jungen Ritual tat er das Übliche und das Notwendige, bediente Zivilisation und Natur, und beim Zähneputzen holte ihn die kleine Zufriedenheit noch einmal ein.
Jedoch, daß er sich nicht täusche: hinter seinem kleinen All-

tagsbehagen stauten sich schon etliche Sorgen, die der kommende Tag mit sich bringen würde. Nicht bedrohlich, eher in der Gestalt leise anklopfender Befürchtungen, aber eine kleine Stimmungseintrübung war mit dem Ausblick in die nahe Zukunft doch verbunden.

Und als er zwanzig Minuten später, genauer: um 7.10 Uhr gut geduscht, schlecht gekleidet und unrasiert vor einer Tasse mit heißem Kaffee, die er vorsichtig zu seinem Schreibtisch getragen hatte, auf seinem einzigen komfortablen Stuhl zurückgelehnt mit ausgestreckten Beinen mehr lag als saß – den ersten Schluck hatte er schon genommen –, dachte er, daß er doch einmal bilanzieren sollte. Das hatte er in letzter Zeit vermieden, ohne die Übersicht ganz zu verlieren.

Vordringlich wäre an die Finanzen zu denken. Das kleine Geldpolster, das er in seine neue Existenz retten konnte, schmolz schneller als gedacht.

Da war einmal mehr gewesen, eine beeindruckende Zahl hatte seine Kontoauszüge geschmückt, ein beträchtliches Sümmchen, wie man so sagt, nicht gerade ein stolzes Vermögen, aber von einem Notgroschen hätte man auch nicht sprechen können.

Dieser Besitz, gegründet auf väterlichem Erbe und vorübergehend gespeist mit üppigen Honorarzuflüssen, lag einst geringfügig verzinst, aber sicher gehortet auf einem Festgeldkonto, bis er bei einem wundersamen, aber verheißungsvollen Geldvermehrungsmanöver, das er, wie er jetzt wußte, nicht richtig verstanden hatte, mehr als hundertzehntausend Euro verloren hatte – sein Gedächtnis gab kurz noch einmal die verführende Diktion des Bankangestellten wieder:

»Sagen Sie mal, Herr Dr. Laub, Sie sind doch ein kluger Mann, wollen Sie wirklich Ihr Geld einfach so untätig herumliegen-

lassen? Machen Sie etwas daraus! Lassen Sie es arbeiten! Wir hätten da eine Anlage, die nur speziellen Kunden vorbehalten ist, ich sage nur: 19 % Rendite!« –
110 000 Euro auf einen Schlag verloren!
Noch jetzt befiel ihn bei der Erinnerung ein leichter Schwindel. Er mußte sich nicht einmal die vielgescholtene Gier anlasten, es war eher so gewesen, daß auch er einer hatte sein wollen, der so etwas Schlaues macht, ein spezieller Kunde eben. –
Der Verkauf des sieben Jahre alten BMWs hatte weniger als erhofft eingebracht. Magere Zeiten für kräftige Autos.
Zudem mußte er die 1200 Euro abziehen, die er für den gebrauchten Kleinwagen aus dritter Hand investieren mußte. Ein bißchen Mobilität in der großräumigen Stadt, die er kaum kannte, hatte er sich gönnen wollen. Darüber hinaus hatte er sich nichts gegönnt. Nicht einmal die gewohnte exklusive Kaffeesorte. Er hatte in ein bescheidenes, sparsames Leben gefunden, hatte sich beweisen wollen, daß man im Grunde nicht viel braucht zum Leben, hatte gleichwohl erfahren müssen, daß selbst die unvermeidbare Anschaffung zahlreicher Haushaltsutensilien, von der Gabel bis zum Kehrbesen – jeweils nur das Notwendigste und das Schlichteste –, Cent auf Cent ins Geld ging. Das wußte er jetzt.
Was er nicht wußte, vielmehr sich nicht eingestanden hätte: daß ihm die Verkargung inzwischen zum Bedürfnis geworden war.
Zum Stil, zum Prinzip.
Noch schlappe 33 000 Euro waren ihm geblieben. Darin war der Vorschuß für den nächsten Roman, den er voraussichtlich nicht schreiben würde, schon enthalten.
Ohne weitere Zuflüsse könnte sein Geld bei fürderhin sparsamer Lebensführung eine gute Weile reichen, wenn nicht, womit er rechnete, eine Inflation es vor der Zeit aufzehrte, aber –

so oder so – er würde sich etwas einfallen lassen müssen. Vielleicht hatte er eine Idee.
Aber von seiner derzeitigen Lebensweise wollte er vorläufig nicht abweichen.
So wie es war, gefiel es ihm.
Eine nahezu kultische Bedürfnislosigkeit.

Wie geht es Georg Laub?

Georg Laub sitzt reglos vor einem riesigen Flachbildschirm.
Reglos?
Ja, so sitzt er schon seit langer Zeit.
Ist er tot?
Nein, jetzt hat er sich ein wenig bewegt.
Sicher?
Ja, sein Brustkorb hebt und senkt sich ein wenig.
Hört er etwas?
Wahrscheinlich, er hat Kopfhörer auf den Ohren. Sie sind dick gepolstert.
Vielleicht will er sich nur vor jeglichem Lärm schützen?
Nicht zu entscheiden.
Sieht er etwas?
Vermutlich das, was sich auf dem großen Schirm abspielt.
Was ist denn da auf dem Schirm zu sehen?
Eine Katastrophe. Einstürzende Gebäude. Aufgerissene Münder. Krankenwagen mit pulsierendem Blaulicht. Leute mit rot leuchtenden Schutzwesten tragen Bahren. Menschen rennen aus dem Bild.
Sitzt er immer noch so totenstarr?
Ja.
Was fühlt er?
Das kann man nicht erkennen. Seine Miene: völlig ausdruckslos, wie eingefroren.

Merkwürdig.
Jetzt kommt Leben in seine Gestalt. Er richtet sich auf.
Was ist in ihn gefahren?
Ein Ton hat die Ohrpolsterung durchdrungen. Er reißt die Kopfhörer herunter. Er wendet den Kopf mehrfach hin und her.
Panisch?
Nein, aber beunruhigt.
Ein unbekanntes, durchdringendes Geräusch?
Ja.
Die Türklingel?
Ja. Er steht auf. Er verläßt den Raum.

Der Passagier
oder: Hier kommt Fred Mehringer

Nach sechzig Metern links abbiegen. »Sie haben Ihr Ziel erreicht«, sagte die Frauenstimme. Sanft, fast schmeichelnd sagte sie das.
Fred Mehringer setzte den Wagen in eine freie Parklücke, unmittelbar vor dem Reihenhaus Agniweg 46, der einzigen freien Stelle am Straßenrand, so weit das Auge reichte, als habe die Stimme sie vorausschauend reserviert. Ein anderes Fahrzeug war gerade weggefahren. Ein mattes hellgraues Rechteck hob sich vom nassen Asphalt ab. Er ließ den Motor laufen. Dunkle Wolken, sie hatten sich in der letzten Stunde bedrohlich getürmt, verfinsterten die Sicht. Regen prasselte auf das Wagendach. Die Scheibenwischer trieben kleine Flutwellen vor sich her und luden sie beidseitig der Frontscheibe ab.
Er schaute auf seine Armbanduhr. Noch nicht einmal 16 Uhr.
Dann schaute er auf das Haus. Er schüttelte den Kopf, lehnte sich zurück, streckte das linke Bein aus, um besser in die Tasche seiner engen Jeans greifen zu können, und kramte einen stark verknitterten Zettel hervor. Den Zettel, auf dem er vor fünf Monaten während eines Telephonats eilig bei schlechtem Licht mit verzogener Schrift die neue Adresse von Georg Laub notiert hatte. Er strich das Papier auf seinem Oberschenkel glatt und schaltete die Innenbeleuchtung seines Wagens ein. Die erste Ziffer der Hausnummer befand sich in einem Knick.

Doch. Ja. Nummer 46.
Er schaute mit zusammengekniffenen Augen aus dem Seitenfenster. Ein enges Muster aus glitzernden Tröpfchen, die sich regellos mal hier, mal da in dünne Rinnsale auflösten, verzerrte seine Sicht. Er ließ das Fenster herunter und versuchte, die beiden Zahlen auf dem verkratzten blauen Schildchen neben der Haustür zu identifizieren. Er hatte sich nicht geirrt.
Eine Vier und eine Sechs.
Er schien den Regen, den ein scharfer Ostwind durch das geöffnete Fenster peitschte, kaum zu bemerken.
Er konnte, er wollte es nicht glauben.
Hier wohnte Georg Laub?
Ein zweistöckiges Giebelhäuschen, wie sie zu Abertausenden in den frühen sechziger Jahren im ganzen Land errichtet worden waren. Ein Heim für all jene, die in der Westhälfte des Landes überraschend schnell aus Trümmern heraus wieder zu bescheidenem Wohlstand gekommen waren und eilig in die Gemütlichkeit gewollt hatten. Für den bösen Blick: Eine baulich belanglose Wohnform, die schon in den Jahren ihrer Entstehung unter Spießerverdacht gestanden hatte. Schon in jenen Jahren, als adrette junge Männer und Mädchen einander in Eisdielen suchten. Aber das war lange vor seiner Zeit gewesen.
Warum wohnte Georg hier? Vielleicht ging es um ein Experiment. Vielleicht nutzte der Autor Georg Laub diese unerwartet geerbte Immobilie, um sich in einen kleinbürgerlichen Helden einfühlen zu können. Das kleine Leben eines kleinen Mannes in einem kleinen Haus.
Fred Mehringer suchte nach einem Wort für das Haus.
Er fand es zu schnell.
Nett!
Nett?

Für die Bezeichnung »nett« sprach zwar die architektonische Harmlosigkeit des zweistöckigen Giebelbaus, dagegen jedoch die abweisende Fassade, deren grauschwarz gealterter Verputz an einigen Stellen in großen Placken abgeplatzt war und ein schmutziges Ziegelwerk freigab. Das Haus wirkte krank, als treibe es eine chronische Plage in die Räude.
Mehringer empfand jetzt sogar einen kleinen Ekel.
Der faulige Zustand des Häuschens wirkte auch deshalb so abweisend, weil er sich drastisch von der benachbarten Baunorm in dieser gleichförmigen Straßenzeile abhob. Ja, das waren allesamt wahrhaft und wehrhaft nette Häuser und Vorgärten, Schmuckstücke ihrer eigenen Art, die vorzeigbar eine kraß gegensätzliche Entwicklung genommen hatten. Uniform gepflegt, selbstbewußt die ganze Straße hinunter, so weit das Auge reichte.
Nur bei der Gestaltung der Hauseingänge war Abweichung zugelassen und sogar gewollt. In Farbe, Form und Material. Heimelige Laternen schwankten an schmiedeeisernen Henkelkonstruktionen, altertümliche Türklopfer und Klinken blinkten in rostresistentem Messing auf dunklem Landhausgrün, neckisch versetzte Hausnummern tanzten auf sauber verputzter Wand …
Wie armselig wirkte dagegen die Haustür Nummer 46, mit ihrer häßlichen Umkleidung aus verrotteten Glasbausteinen.
Fred Mehringer stieg aus dem Wagen. Auch jetzt scherte er sich nicht um den heftigen Regen. Nur den Kragen seines Wettermantels schlug er hoch, um die Nässe abzuwehren.
Diesen Gaul hätte ich geschenkt nicht genommen, dachte er.
Von den Vorgartentürchen – das der Nummer 46 hing schief in nur noch einer Angel – führten zwischen kleinen strauchwerkgesäumten Rasengevierten schmale Plattenwege zu den

Haustüren. Er studierte auch hier amüsiert den harten Kontrast zwischen der überanstrengten Sorgfalt, mit der die umliegenden Vorgärten bearbeitet worden waren, und der Brache vor der Nummer 46. Hier kaum noch ein Grashalm und lückenhaftes Strauchgrün, das nur an wenigen Stellen fransig aus schwärzlichem Strunkholz wucherte, dort ein gepflegter Rasen und dichte Heckeneinfassungen.
Als geschätzter Filmausstatter, hauptsächlich für Fernsehproduktionen mit Anspruch – auch für drei beachtete Spielfilme war der Szenenbildner Fred Mehringer schon herangezogen worden –, hatte er ein professionelles Interesse an solchen Orten. Vielleicht würde er diese Straße einmal einem Regisseur andienen können für einen spießigen spießerkritischen Film.
Er schaute mehrfach hin und her. Was war abstoßender: Hüben oder drüben?
Sein Blick wechselte endgültig zur Nummer 46. Dachgeschoß und erstes Stockwerk schienen unbewohnt. Die Fenster: schwarze Höhlungen, verrammelt mit schweren hölzernen Rolläden. Nur im Erdgeschoß waren sie hochgezogen. Weitgehend. Vor einem Fenster hatte sich der Laden verkantet und hing nun schräg auf halber Höhe.
Aus diesem und einem benachbarten Fenster drang schal etwas Licht. Hätte es den armen Schimmer nicht gegeben, er hätte gedacht, daß das Haus für die Abrißbirne freigegeben sei, er wäre wieder weggefahren.
Wahrscheinlich.
Mehringer stand jetzt vor der Haustür. Er starrte auf drei leere Klingelschilder. Dann drückte er auf den untersten Knopf, in der Annahme, daß er dem Erdgeschoß zuzuordnen war, aus dem das Licht kam. Zu seiner Überraschung ertönte, gerade als er sich schon zum Gehen wenden wollte, ein leises Schnar-

ren, und das rissige Holz der Haustür gab dem Druck seiner Hand nach.

Er tastete im Dunklen nach einem Lichtschalter. Eine hoch an der Wand befestigte Neonröhre flackerte begleitet von einem bösen Summen kurz auf, aber nur um sogleich wieder zu erlöschen und ihn erneut in die Dunkelheit zu tauchen. Dann aber – er hatte gerade seine Hand erneut tastend ausgestreckt – erhellte sie notdürftig einen kahlen Flur. Es war eher ein länglicher Vorraum, denn wenige Meter vor ihm führte eine Holztreppe in den ersten Stock. Linker Hand gab es jetzt eine weitere Lichtquelle. Er hatte kaum vier kurze Schritte getan, als er Georg Laub in einer Türöffnung stehen sah.

»Hallo«, sagte Georg nicht gerade überschwenglich. Mehringer hatte den Eindruck, daß er fast erschrocken, jedenfalls sehr erstaunt war.

»Entschuldige den Überfall«, sagte er, »ich konnte dich übers Handy nicht erreichen, und deine neue Festnetznummer kenne ich nicht.«

»Ich habe hier noch kein Telephon beantragt und besitze kein Handy mehr. Woher hast du diese Adresse?«

»Du selbst hast sie mir vor einiger Zeit einmal gegeben. Am Telephon. Da hast du noch in Frankfurt gewohnt und gerade erfahren, daß deine Tante gestorben war und du eine Immobilie in Berlin erben würdest. Damals hast du mich gefragt, ob ich mir diese Gegend und das Haus mal ansehen könnte. Habe ich aber irgendwie nicht geschafft …«

Er brach ab. Was stammelte er so blöd herum? Mußte er sich rechtfertigen?

Georg hatte jetzt doch zu einem erfreuten Gesichtsausdruck gefunden.

»Ach ja, ich erinnere mich.«

»Willst du mich nicht hereinbitten?«

»Ja, sicher. Komm herein. Du bist mein erster Besucher.«
Beinahe hätte er hinzugefügt: »Und hoffentlich auch der letzte deiner Art.«
Offensichtlich war die Nummer 46 ursprünglich als Einfamilienheim erbaut worden und man hatte die Etagen erst später einzelnen Bewohnern zugeordnet, denn Mehringer trat jetzt, nachdem Georg einladend zur Seite gewichen war, unmittelbar in ein Zimmer. Aber schon nach dem ersten Schritt war er jäh wieder stehengeblieben.
Nach einer kurzen Pause sagte er:
»Bemerkenswert.«
Und er war stolz, daß er das so locker brachte, einfach nur bemerkenswert zu sagen, zu dem, was er da sah. Er starrte nämlich auf ein Loch. Gigantisch, schief, ungehörig, absurd – ja, obszön.
Das abnorme Lochoval befand sich vis-à-vis ungefähr vier Meter entfernt von der Tür, auf deren Schwelle er so abrupt innegehalten hatte. Es klaffte ihm entgegen aus den Resten einer Wand, die einmal zwei Zimmer getrennt hatte und jetzt auf brutale Weise miteinander verband. Auf einer Seite reichte der unregelmäßige Zackenrand des Lochs dicht an die Fensterfront beider Zimmer, auf der anderen Seite war noch ein knappes Viertel des Mauerwerks übriggeblieben.
Da hat sich ein Wahnsinniger ausgetobt, dachte er, ein Rasender, ein Tollwütiger, ein Berserker, der sich blindwütig in brennendem Furor auf eine verhaßte Wand gestürzt und immer wieder weit ausholend auf sie eingeschlagen hatte. Aber warum hatte er sein zerstörerisches Werk nicht vollendet?
War er gestört worden?
Hatte sich sein Haß auf halbem Weg verbraucht?
Die Werkzeuge des Täters lagen noch in einer Ecke des ersten Raums: ein gewaltiger Vorschlaghammer, ein scharfblinken-

des Stemmeisen, eine große Schaufel und zwei andere Geräte, für die er keine Namen hatte.

Für einen kurzen Moment lag in dem Blick, mit dem Fred Mehringer Georg Laub ansah, eine Nachdenklichkeit, vielleicht sogar eine Besorgnis.

Dann aber grinste er und fand es cool, die bizarre Räumlichkeit nicht weiter zu kommentieren. Georg grinste auch und fand es offensichtlich gleichfalls cool, seine eigentümliche Wohnform mit keinem Wort zu erklären. Er bot seinem Besucher einen wackligen Holzstuhl an und setzte sich ihm gegenüber auf die einzige andere Sitzgelegenheit, die sich im Raum befand. Ein eleganter Arbeitssessel. Dieses noble Sitzmöbel, ein filigraner Schreibtisch – Glasplatte und geschwungenes Trägersystem aus mattiertem Chrom –, ein Computer nebst Drucker, ein großer, sehr großer, ja gewaltiger Plasma-Fernseher und ein DVD-Player prunkten in die Schäbigkeit dieses Raumes.

Mehringer zog seinen feuchten Mantel aus, und da er keine andere Aufbewahrungsmöglichkeit sah, legte er ihn über die Lehne seines Stuhls. Das wird dem Tuch nicht gut bekommen, dachte er, selbst wenn er es vermied, sich zurückzulehnen. Er hatte den Übergangsmantel erst kürzlich während eines Aufenthalts in New York bei einem angesagten Herrenausstatter erstanden. Aber er hätte nicht gewagt, nach einer Garderobe zu fragen, und bezweifelte auch stark, daß es etwas dergleichen in dieser Behausung geben könnte.

»Hier hast du dich also verkrochen«, sagte er, immer noch um den Ton lässiger Beiläufigkeit bemüht. Eine Feststellung, die eine Erwiderung wollte.

Georg sagte nichts.

Um eine Reaktion zu erzwingen, wechselte er zur Frage: »Warum hast du gar nichts mehr von dir hören lassen?«

»Hatte viel um die Ohren. Der Umzug und so …«

Dieser Umzug kann nicht sehr zeitaufwendig gewesen sein, dachte Mehringer mit dem Blick auf die karge Einrichtung.
Es entstand eine lange Pause, in der der bizarre Raum zum Vorwurf wurde. Als verhöhne er ihre Coolness. Sie würden es ja doch nicht lange vermeiden können, von seiner Sonderbarkeit zu sprechen. Der Besucher spürte, daß diese absichtsvolle Aussparung langsam lächerlich wurde.
Er stand auf, machte drei Schritte auf das Loch zu, blieb dann aber stehen, als halte ihn eine mysteriöse Scheu davon ab, durch die ungehörige Öffnung in den zweiten Raum zu gehen. In dessen Tiefe, in die das Licht der Leselampe auf Georgs Schreibtisch nur schwach noch dringen konnte, glaubte er die Umrisse eines schmalen Bettes zu erkennen.
»Willst du ein Bier?« fragte Georg, der sich jetzt in Mehringers Rücken befand.
»Ja, gerne.«
Mehringer fühlte sich unbehaglich, wie er da so unmotiviert im Raum stand. Und er war froh, übertrieben froh – diese Übertreibung empfand er auch – über Georgs Angebot. Es erschien ihm, er hätte es nicht anders ausdrücken können, angenehm alltäglich und ja, geradezu versöhnlich.
Georg stand auf, lief mit knirschenden Schritten an ihm vorbei und verschwand durch eine schmale Tür, die sich in dem unzerstörten Teil der Wand befand.
Mehringer sah sich um. Er drehte sich dabei einmal um die eigene Achse. Auch unter seinen Sohlen knirschte das feinsandige Gebrösel, das stetig rings aus den getreppten Rändern des Lochs rieselte und sich bereits wie ein Film auf dem gesamten Fußboden verteilt hatte. Die Fetzen einer alten Strukturtapete lappten an einigen Stellen in die Lochöffnung. Für ihre Farbe hätte Mehringer kein Wort gehabt. Irgendwas zwischen gelb, braun und grau.

Nackte Wände. Nur neben der Tür, jener, die Georg sofort hinter sich zugezogen hatte, war ein Straßenplan der Stadt Berlin an die Wand getackert. Darunter lehnten neben den Tatwerkzeugen des Irren eine Sackkarre und drei große prall gefüllte Müllsäcke. Er zog mit spitzen Fingern die dicke Plastikfolie auseinander und schaute in einen der Säcke. Schutt. Nichts als Schutt. Auf der gegenüberliegenden Seite des Raums, der Fensterseite, hinter Georgs exklusivem Schreibtisch waren sperrige Gegenstände mit einem alten Bettlaken abgedeckt worden. Er ging in die Knie und hob es vorsichtig an. Ein Waschbecken und eine Kloschüssel. Beides in einfachster Ausführung, aber fabrikneu.
Dann kam er wieder hoch und schaute aus dem Fenster. Der Regen hatte nicht nachgelassen. Die Straße war noch immer der Tageszeit unangemessen in ein schieferblaues Dunkel getaucht. Die gegenüberliegenden Häuser und die Bäume am Straßenrand waren durch den dichten Regenschleier nur verschwommen zu erkennen. Aber im Scheinwerferlicht eines vorbeifahrenden Lastwagens sichtete er deutlich seinen Wagen: teuer, neu, rot, glänzend. Gut. Außerhalb dieser Wohnung schien die Welt noch der Erwartung zu entsprechen.
Als er sich wieder in den Raum wandte, bemerkte er, daß seine nassen Schuhsohlen eine feuchte Spur auf dem feinkörnigen Mörtelsand des Fußbodens hinterlassen hatten. Jeder seiner Erkundungsschritte war genau nachvollziehbar, und in ihrer Folge bildeten sie die Form einer Ellipse.
Georg kam zurück. Er schien die Fußspuren, Zeugnisse der kleinen Inspektion seines Gastes, nicht zu bemerken.
Er hielt zwei Bierflaschen an ihren Hälsen in einer Hand. Keine Gläser. Aber das hatte Mehringer auch gar nicht erwartet. Georg holte einen flachen Kapselheber aus der Hosentasche, öffnete eine Flasche und stellte sie neben den Stuhl,

auf dem Mehringer gesessen hatte. Dann ließ er sich auf seinen Hightechsessel fallen, öffnete die zweite Flasche und setzte sie an den Mund.
Wird er auch noch rülpsen?
Aber nein, das tat Georg nicht.
Er fuhr sich jedoch mit dem Handrücken derb über den Mund, wischte ihn an seiner Hose ab, lehnte sich etwas zu breitbeinig zurück und grinste.
Schäbig? Herablassend? Könnte es sein, daß er sich an der – Verwirrung? Verunsicherung? Unbehaglichkeit? – seines ungebetenen Gasts weidete?
Das war jedenfalls nicht auszuschließen.
Georg zündete sich eine Zigarette an.
Mehringer erinnerte sich, daß Georg ihm, dem Nichtraucher, einst ausgiebig und nicht ohne dogmatische Untertöne auseinandergesetzt hatte, daß es leicht sei, die Nikotinsucht zu überwinden, wenn man sich gleichzeitig ein strenges Fitneßprogramm verordnete. Damals war Georg jeden Morgen mindestens fünf Kilometer gelaufen und hatte dreimal die Woche in einem Studio an diversen Geräten trainiert. Sehnig war er gewesen, kein Gramm Fett. Ein agiler und zäher Bursche. Das mußte jetzt etwa sechs Jahre her sein.
»Du hast wieder mit dem Rauchen angefangen?«
»Ja«, sagte Georg. Er grinste nicht mehr. Er hatte dieses »Ja« freundlich gesagt, zeigte jedoch keinerlei Neigung, den Rückfall zeitgeistkonform zu rechtfertigen.
Auch Mehringer hatte sich wieder gesetzt. Er starrte auf die Spitzen seiner rehbraunen Cowboystiefel, die wie der Fersenbereich mit dunkelbraunen Krokodillederapplikationen versehen waren. Der feine Mörtelstaub hatte sich schlierig in die Rillen des feuchten Echsenleders gesetzt. Kaum sichtbar, aber doch außerordentlich störend.

Von draußen war jetzt das tiefe Grollen eines fernen Gewitters zu hören. Er erinnerte sich, daß der Wetterbericht am Morgen vor Unwettern gewarnt hatte. Das Wetter war in letzter Zeit deutlich unberechenbarer geworden. Fast allabendlich kündeten Nachrichtensprecher dramatisch von verheerenden Stürmen und Überschwemmungen.
Vielleicht, so dachte er, würden Menschen jetzt, im selben Augenblick, zu dem er in dieser nicht gerade anheimelnden Häuslichkeit saß, nur wenige Kilometer entfernt gänzlich ihrer Behausung beraubt.
Dann wunderte er sich über das, was da so apokalyptisch durch sein Hirn strich. Dergleichen lag nicht auf seinen gewohnten gedanklichen Wegen.
Er schaute zu Georg.
Der kratzte sich am Kinn. Er hatte sich in der kurzen Zeit seiner Anwesenheit schon mehrfach an Wange und Kinn gekratzt.
»Läßt du dir einen Bart wachsen?«
»Nein, ich vergesse in letzter Zeit oftmals das Rasieren. Muß es aber gelegentlich wieder tun, immer dann, wenn es anfängt zu jucken.«
Mehringer betrachtete ihn genauer: Georg Laub erinnerte ihn mit seinem rötlich schimmernden Fünf-Tage-Bart auf sehr heller Haut und den rotblonden Haaren, die er jetzt etwas länger und zurückgekämmt trug, an eines der Selbstbildnisse Vincent van Goghs, das hagere Gesicht, die tiefliegenden Augen, der bohrende Blick.
Zwar erschien er ihm nicht mehr ganz so durchtrainiert wie zur Zeit ihrer letzten Begegnung, er hatte sogar den Eindruck, als habe er etwas zugenommen, soweit man das unter dem weiten T-Shirt und der ausgeleierten Jeans erkennen konnte. Georgs Gesicht war jedoch immer noch das eines Asketen.

Mehringer fiel weiterhin nichts ein, was er fragen oder sagen könnte. Er verspürte eine Leere, fast schon so etwas wie eine geistige Lähmung.
Er drehte verlegen die Bierflasche in seinen Händen, betrachtete das Etikett, ohne etwas zu sehen, trank dann, als sei er sich gerade erst dieser Möglichkeit bewußt geworden, einige Schlucke, ohne etwas zu schmecken.
Um sich aus seiner Verkrampfung zu lösen, sah er Georg herausfordernd ins Gesicht und sagte dann pampiger, als er gewollt hatte:
»Was machst du überhaupt hier?«
Er vollzog dabei unbeholfen mit der Bierflasche in der Hand eine kreisende Bewegung. Etwas Schaum sammelte sich an der Flaschenöffnung.
»Warum, zum Teufel, bist du nicht in deinem schicken Loft geblieben und wärmst dich in deiner Ruhmsonne?«
»Mit meiner Ruhmsonne ist es so weit nicht mehr her.«
»Ach nein?«
»Ach nein!«
»Was soll das heißen?«
»Für mein letztes Buch gab es zwar ein paar laue Kritiken, aber es wurde nicht gekauft. Da kommt nichts mehr rein. Es erreichen mich auch keine Anfragen für Lesereisen mehr. Zudem sind zwei Rundfunkredakteure, die mir regelmäßig Aufträge für Essays und Buchbesprechungen zuschusterten, in den Ruhestand gegangen. In den Sendern sitzen neuerdings smarte Jungs, die von der Notwendigkeit neuer Formate faseln und davon, daß ich viel zu uncool, spaßfeindlich, und verkopft sei und daß die Features jetzt mehr Pep und Glam haben sollten.
Ich denke aber, daß dieser im letzten Jahrzehnt des vergangenen Jahrhunderts – in der Schaumgummiära, wie ich im-

mer sage, – pubertär verfestigte Lachsacktypus in harter Zeit schneller veralten wird als jeder zuvor. Vielleicht jedoch wünsche ich das nur. Aber noch sitzen sie auf ihren Pöstchen und verhindern Intelligenz.«

Georg brach plötzlich ab, als bereue er, daß er sich in unbeherrschter Rede zu einer so pauschalen Beschimpfung hinreißen ließ.

Mehringer hatte nicht das Gefühl, daß hier ein Kommentar von ihm erwartet wurde.

Gerade als er eine weitere lähmende Pause befürchtete, sprach Georg weiter. Er schien, als habe er sich zur Ruhe ermahnt.

»Mit anderen Worten, auf meinem Konto sieht es mau aus. Warum, glaubst du, bin ich in Tante Charlottes Ruine gezogen?«

Eine rhetorische Frage.

Georg hatte die letzten beiden Sätze sanft gesagt. Ohne giftige Untertöne. Auch sein Blick schien jetzt sanfter. Er seufzte, aber er wirkte überhaupt nicht traurig. Eine glasige Heiterkeit ging von ihm aus.

»Kann man heiter seufzen?« dachte Mehringer. Er wurde nicht schlau aus ihm. Was war das hier? Ein gemütliches Scheitern? Einen Ruinenwonne? Oder zog der Typ nur eine Show ab?

Georg sprach in seine Erwägungen hinein:

»Ja, ja, Tante Charlottes Hinterlassenschaft. Sie war eine liebe Frau. Aber ihr Haus ist marode. In diesem Zustand hätte sich kein Käufer dafür gefunden. Da hielt ich es für einen Glücksfall, daß das Erdgeschoß gerade leer stand. Sie hat wahrscheinlich nicht im Traum daran gedacht, daß ich einmal hier wohnen würde.«

Georg lächelte. Nicht bitter, wie es vielleicht zu seinen Worten und der Räumlichkeit gepaßt hätte, eher versonnen.

»Heißt das, daß die beiden anderen Stockwerke vermietet sind?«
»Ja.«
»Sie sehen aber nicht sehr bewohnt aus.«
Georg zuckte nur mit den Schultern.
»Und deine Tante? Hat sie vor ihrem Tod hier gewohnt?«
»Nein, hier unten weste ein Geisteskranker, der jetzt, wie ich vermute, seine Tage in einer psychiatrischen Anstalt verbringt. Er war wohl auffällig geworden. Heftig und unübersehbar. Nicht nur, weil er diese Schuttsäcke – er wies auf die Ecke, in der drei von diesen Säcken noch immer lagen – auf nächtlichen Streifzügen überall in die Vorgärten gekippt hat, sondern auch wegen gröberer Vergehen. Man hielt ihn sogar für gefährlich. Den Gerüchten nach hat er nicht nur Wände, sondern auch Menschen attackiert. Ich weiß nicht viel über ihn. Ein gewisser Julius Kurrer. Aber ich bezweifle, daß das sein richtiger Name ist. In der Nachbarschaft hieß er nur ›das Tier‹. Er muß über gewaltige Körperkräfte verfügt haben. Aber ich bin diesem Irren dankbar, er hat ohne Erlaubnis und, wie du siehst, ohne handwerkliches Wissen angefangen, die Wand herauszubrechen. Ich kann nur hoffen, daß es keine tragende ist.«
Er sagte das nachdenklich, aber ohne Besorgnis.
»Im Grunde bin ich dem Irren dankbar, denn auf diese Weise entstand der einzig größere Raum im ganzen Haus. Der einzige Raum, in dem man nicht zu ersticken glaubt.«
Georg sah in das Loch, und auf seinem Gesicht lag jetzt tatsächlich so etwas wie eine milde Befriedigung.
Auch sein Besucher betrachtete erneut die riesige ovale Öffnung mit ihren unregelmäßigen Rändern.
»Das Tier ist nicht ganz fertig geworden.«
»Sieht so aus.«

»Wollte es das Haus komplett einreißen?«
»Keine Ahnung.«
»Da wirst du jemanden kommen lassen müssen, der die Sache so oder so zu einem soliden Ende bringt.«
Georg sprach jetzt ganz freimütig.
»Kein Geld.«
Nein, dachte Mehringer, das ist keine Show. Er fragte weiter.
»Ist deine Tante aus Gram über diese brutale Raumvergrößerung verstorben?«
»Nein, ich glaube, sie hat die Verwüstung gar nicht mehr wahrgenommen. Ihre letzten Jahre verbrachte sie in einem Pflegeheim. Ihr Zustand wechselte permanent zwischen Verwirrung und Klarheit. Ich habe sie dort drei- oder viermal besucht, immer wenn ich in Berlin zu tun hatte. Aber sie hat nie über das Haus gesprochen. Ich wußte nicht einmal, daß sie eines besaß. Und ich weiß auch nicht, warum sie das Erdgeschoß an diesen Sonderling vermietet hat.«
Mehringer wies auf den weißen Stoffhügel hinter Georgs Sessel, an dessen Ausbuchtungen er nun, da er wußte, was sich unter dem Bettuch befand, die Kontur von Kloschüssel und Waschbecken erkennen konnte. Es würde ja nicht schaden, etwas Witzigkeit in die angespannte Situation zu bringen.
»Bist du jetzt bei den bildenden Künstlern? Ist das eine Installation?«
Aber Georg lachte nicht.
»Nein, die Teile habe ich aus dem Baumarkt hierhergeschleppt. Es gibt eine Ekelgrenze.«
Er schaute herausfordernd zu seinem Gast:
»Kannst du sie im Bad unkünstlerisch, aber fachgerecht installieren?«
»Nein.«

»Dann bist du auch kein brauchbarer Freund im Moment. Gespräche über Restaurants, Fernreisen, Kunst und Literatur kann ich mir derzeit nicht mehr leisten.«
Auch in diesen Worten lag keine Bitterkeit.
»Aber du hast doch die Mieteinnahmen von den beiden oberen Stockwerken?«
»Daß ich nicht lache. Da kommt kaum was rein. Diese Einnahmen reichen gerade mal für Zigaretten und Kneipenbesuche. Und ich wüßte auch keine schlüssige Begründung für eine Mieterhöhung. Ich muß froh sein, daß hier überhaupt noch jemand wohnen will. Eigentlich müßte ich denen etwas dafür zahlen, daß sie mich hier nicht allein zurücklassen. Ich schätze mal, früher oder später wird das der Fall sein. In diesem Häuschen ist seit den frühen Siebzigern des vergangenen Jahrhunderts kaum etwas erneuert worden. Wenn morgen die Regenrinne herunterfiele, sähe ich keine Möglichkeit, Handwerker mit den nötigen Reparaturen zu beauftragen.«
»Warum hast du die traurige Erbschaft nicht ausgeschlagen?«
»Weil ich dumm war. Weil ich vom Geld nichts verstehe. Weil ich nicht rechnen kann. Weil ich mit mir nichts mehr anzufangen wußte und weil ich gerade zu dem Zeitpunkt, als die Tante starb, die horrende Miete für dieses Frankfurter Luxus-Loft, in das Margit ja unbedingt einziehen mußte, nicht mehr aufbringen konnte.«
»Und wo ist Margy?«
»Weg.«
»Weg?«
»Ja, du hörst doch, sie ist weg, das Margylein ist verduftet, sie hat sich, als der Geldfluß ins Stocken geriet, verabschiedet, hat Kleider, Schmuck und fast alle Möbel, bis auf die wenigen, die

du hier siehst, mitgenommen und einen Job in München ergattert. Da ist sie eine von reichen und wichtigen Männern empfohlene und vielseitig in Anspruch genommene Empfangsdame in einem Luxushotel und da wird sich vermutlich auch ihr neuer Lover rumtreiben. Ein Kampfspießer mit Gelfrisur, Rolexuhr und Siegelring.«

Georg machte eine kurze Pause und als er seine Rede fortsetzte, lächelte er immer noch, wenn auch bei den folgenden Worten leicht verächtlich.

»Unser Paardesign: der erfolgreiche Schriftsteller und die sexy Managerin war Show, Klischee, fauler Zauber; es war im letzten Jahrzehnt des vergangenen Jahrhunderts entstanden und gehörte dort auch hin. Du erinnerst dich. Als alles noch so lustig war. Easy-going. Eine gewaltige Jetlag- und Partyshow. Die Zeit, als Köche, Schneider und Friseure zu Zeitgeistrichtern wurden. Als Schriftsteller sich im Austausch von Informationen über Bordelle in Hanoi oder Wladiwostok gefielen. Seelische Verpolsterung. Durchlachen bis ins Schaumgummigrab. Aber als das verblödete Gelächter verebbte, verebbte auch die Liebe und das Geld. Na ja, ich bin mir inzwischen nicht einmal mehr sicher, ob Liebe je war. Wir gefielen uns als Paar. Wir betrachteten uns auf den Photographien der Lifestylejournale, ließen uns in teuren Hotelsuiten ablichten mit rattenscharfen New Yorker Agentinnen und angesagten Designern und fanden uns medial beglaubigt.«

»Zeig mal.«

»Was?«

»Die Photos.«

»Weggeworfen. Alles weggeworfen, besser gesagt: Margit Maneckel, oder wie sie genannt werden will: Margy hinterhergeworfen.«

Er lachte wieder.

»Wenn ich an diese Margy-Jahre denke, entsteht ein schales Gefühl in mir. Auch mein Schreiben roch schon etwas nach dieser polierten Schreibgeschicklichkeit, dieser pseudokosmopolitischen Überheblichkeit.«
Georg machte eine Pause und senkte bei den folgenden Sätzen den Kopf, als lese er sie demütig vom Boden ab.
»Inzwischen habe ich begriffen, daß zwischen der Gelassenheit und der Coolness eine tiefe, unüberbrückbare Kluft besteht. Du darfst die notwendige Kälte des scharfen Blicks nicht als Alibi ausweisen für eine schäbige Abgebrühtheit und Egomanie. Cool. Das klingt nur etwas netter, aber man sollte sich in diesem Fall nicht scheuen, die naheliegende Übersetzung zu wählen: kalt. Die Nettigkeit ist nur Augenwischerei, zusätzliche Täuschung. Die Sucht kalt, eiskalt zu sein, sich ständig auf Gefriertemperatur zu bringen und sich dort zu halten, ist nicht nur idiotisch, sie ist auf lange Sicht auch unerträglich.«
Fred Mehringer hatte das Gefühl, daß Georg ihn soeben auf der idiotischen und unerträglichen Seite dieser angeblich unüberbrückbaren Kluft angesiedelt hatte. Aber er schluckte seinen kleinen Ärger herunter und schwieg vorsichtshalber. Mit solch meinungsstarken Tiraden hat der Laub früher nicht genervt, dachte er. Er fragte sich, ob Georg ihn mit weiteren Vorträgen angehen wollte.
Nein, wollte er nicht.
Nach einer quälenden Pause sprach Georg wieder:
»Die Wahrheit ist: nicht nur mein Konto, auch ich bin etwas eingebrochen. Margy kommt nur noch in meinen Alpträumen vor.«
Und noch immer entsprach sein heiterer Gesichtsausdruck nicht den traurigen Befunden in seiner Rede.
»Da, in diesen Träumen, geht sie auf mich zu im vollen

Gucciornat und fragt mich, warum ich es nicht weitergebracht habe.«

Mehringers Aufmerksamkeit nahm wieder ab. Er glaubte nicht, daß Georg das träumte. Er hörte nicht mehr richtig zu. Ihm gefiel nicht, was er zu hören bekam. Als er sich gerade daran zu erinnern versuchte, weshalb er überhaupt hierhergekommen war, löste sich ein Wort aus Georgs fatalen Rückblicken und drang auf ihn ein.

»Vanitas!«

Hatte Georg eben wirklich »Vanitas« gesagt?

Ja, hatte er.

Das war dann doch zu viel für Mehringer. Das muß ich nicht haben, dachte er, so eine exotische Verliererrhetorik.

Er stand auf, klopfte seine schwarzen Jeans ab, auf die sich auch schon ein feiner Mörtelstaubfilm gelegt hatte, hängte sich den noch feuchten Mantel über die Schulter und sagte energisch, wie jemand, der entschlossen ist, Ordnung in eine verfahrene Angelegenheit zu bringen:

»Hör zu. Der Zufall will, daß ich übermorgen mit einem Freund verabredet bin, der Architekt beim Film ist und etwas von Statik versteht. Außerdem ist er handwerklich sehr geschickt. Ich könnte ihn überreden, mitzukommen und sich das hier mal anzusehen und vielleicht kann er dir auch das Waschbecken und das Klo montieren.«

Kurz darauf verabschiedete er sich.

Puh!
Oder: Mehringer flieht

Hatte Mehringer wirklich »puh« gesagt, als er Georgs Haus verließ?
Nein.
Aber er hätte es sagen können, so erleichtert war er, da herauszukommen. Aus dumpfem Dämmer in klares Licht. Die Außenwelt schien ihm gewogen.
Zu seiner Überraschung stand Fred Mehringer jetzt in strahlender Sonne. Es hatte aufgehört zu regnen, und der starke Wind war in ein Wolkenmassiv gefahren, hatte es in zwei Teile zerrissen und ein Stück intensiver Bläue freigeräumt. An den erleuchteten Rändern des geteilten Gewölks, in dessen dunkles Grau sich jetzt ein Violett mischte, brach gerade in dem Moment, als er auf die Straße trat, jäh die Sonne hervor und überglänzte hart die nasse Straße, und ihre jetzt schon tiefstehenden Strahlen trafen die Fenster der Häuser auf der gegenüberliegenden Straßenseite und ließen sie silbrig aufblitzen, als habe sie jemand mit Alufolie ausgekleidet. Er schirmte seine Augen mit einer Hand ab, während er mit der anderen das schiefe Vorgartentürchen hinter sich zuzog.
Seine Erleichterung hielt nicht an. Schon als er die wenigen Schritte zu seinem Wagen zurücklegte, wechselte seine Stimmung wieder. Das Sonnenlicht empfand er plötzlich nur noch als grell, und die Umrisse der Häuser und Bäume erschienen ihm unangenehm scharf, wie mit einem harten Stift nachgezeichnet.

Kurz nachdem er das Handschuhfach seines Wagens vergeblich nach seiner Sonnenbrille durchwühlt hatte, war die Wolkendecke erneut dicht geschlossen. Und gleich darauf war auch ein gewittriges Grollen zu hören, diesmal etwas näher.
Er hatte nicht noch einmal zurückgeschaut. Daher war ihm entgangen, daß inzwischen auch im Dachgeschoß ein Fenster erleuchtet war.
Der Regen trommelte wieder hart auf sein Wagendach.
Er spürte, wie Wut in ihm aufstieg. Aber das war doch übertrieben. Maßlos übertrieben. Da mußte man nicht wütend werden. Das Haus war nur abstoßend und der Niedergang des Autors Georg Laub schlicht deprimierend. Ganz einfach. Nichts weiter. Nichts mehr.
Ja, das wollte er sich jetzt eingestehen, er hatte völlig übertrieben reagiert. Diese ganze Umständlichkeit seines Verhaltens in Georgs Haus. Warum hatte er unbedingt seine Hilfe anbieten müssen? So eng war man doch gar nicht befreundet.
Vor seinen Augen schoben die Scheibenwischer in gleichmütigem Takt wieder Wasser zu den Rändern der Windschutzscheibe.
Die wegweisende Stimme hatte ihn in einen Stau geführt. Eine Ampel in seiner verregneten Sicht wechselte schon zum zweiten Mal alle ihre Farben, ohne daß sich die Autoschlange bewegt hätte. Er hielt sich kurz damit auf, die rothaarige Frau in dem Wagen vor ihm zu hassen. Er konnte von ihr nur einige gelockte Haarzipfel beiderseits der Kopfstütze sehen.
Als die Schlange endlich, wenn auch stockend, etwas vorwärts kroch, bog er bei nächster Gelegenheit rechts ab und schaltete das Navigationssystem aus. Diese Stimme gab ihm den Rest.
Er versuchte es mit den Nebenstraßen und da er sich in die-

sem Viertel nicht auskannte, fuhr er langsam. Das kam ihm entgegen. Er wollte nachdenken.
Was hatte das alles mit ihm zu tun? Er versuchte weiterhin, seine Empfindungen loszureißen, weg von dem Haus und dem lächelnden Georg.
Aber es gelang ihm nicht.
Er könnte ihm mailen oder ihn anrufen und sagen, daß das nicht klappen werde mit dem Architektenfreund.
Ach nein, könnte er nicht, Georg war ja nicht einmal telephonisch zu erreichen, ans Internet war gar nicht zu denken.
Oder er könnte vorbeifahren und einen Brief einwerfen. Waren da überhaupt irgendwo Briefkästen gewesen? Er konnte sich nicht erinnern – aber er wußte, daß er das alles nicht tun würde, auch dann nicht, wenn die üblichen Kontaktaufnahmen möglich gewesen wären.
Mehringer war kein Heuchler. Auch nicht sich selbst gegenüber. Eine rare Tugend. Die Wahrheit: Er hatte gar nicht helfen wollen. Er hatte nahezu verzweifelt nach einem Vorwand gesucht, um wieder in dieses Haus zu kommen. Dieser Wunsch, wieder hineinzukommen, war genauso heftig gewesen wie das Verlangen, es endlich verlassen zu können. Verrückt.
»Was für eine Übertreibung!« dachte er nochmals. Das war ja alles maßlos übertrieben, das verrottete Haus, das riesige Loch in der Wand, der lächelnde Georg, sein eigener Ekel vor alldem und gegenläufig, ja sogar in totalem Widerspruch dazu, seine unbegreifliche Sucht, wieder dort hinzukommen.
Gleichwohl. Er würde übermorgen ebenso widerstrebend wie magnetisiert bei Georg erscheinen, mit oder ohne den Architekten. Warum hatte er das erzwungen? Er konnte sich nur wundern.
Er sah sich selbst, wie er in diesem Raum gestanden hatte. Wie er plötzlich besessen gewesen war von der Idee, durch das Loch

hindurchzugehen, und es doch nicht vermocht hatte. Als habe
Georg ein Verbot ausgesprochen. Hatte er ja gar nicht.
Nein, hatte er nicht.
Er hätte diesen Schritt doch tun können ohne weiteres. Es war
idiotisch. Er hatte krampfhaft nach einem Motiv gesucht, für
diesen kurzen Gang durch das Loch.
Und was verbarg sich hinter der Tür, durch die Georg verschwunden war? Das Bier war gekühlt gewesen. Also mußte es
irgendwo eine Küche oder wenigstens einen Kühlschrank geben. Ja klar, warum auch nicht. Seine kindische Besessenheit
hatte ihn so vernebelt, daß er den naheliegendsten Vorwand
für die Erkundung der anderen Räume nicht gefunden hatte.
Er hätte doch einfach sagen können, daß er sich die Hände waschen wolle, oder derber, daß er aufs Klo müsse. Es mußte
doch in dieser merkwürdigen Wohnung ein Bad oder zumindest ein Klo geben. Wenn auch – die zu montierende Kloschüssel ließ das vermuten – in einem bedenklichen Zustand. Und
so eine Bitte, diesen Ort aufsuchen zu dürfen, kann ja niemand
abschlagen. Nicht einmal auf diese naheliegende Idee war er
gekommen. Stattdessen hatte er Besorgnis vorgetäuscht und
auf feine Risse hingewiesen, die sich von der Lochöffnung ausgehend auch schon an der Zimmerdecke abzeichneten, und
geargwöhnt, daß es sich doch um eine tragende Wand handeln
könnte. Und da sie so brutal traktiert worden sei, sei es dringend geboten, sie möglichst bald, bevor ein größeres Unglück
geschehe, einem Fachmann zu zeigen. Er kenne zufällig so
einen. Ein guter Freund, ein Architekt, in Personalunion auch
Statiker, und der Zufall wolle es überdies, daß er diesen Freund
übermorgen in einer beruflichen Angelegenheit treffen werde.
Er könne ihn, wenn alles besprochen sei, so gegen Abend herbringen. Das werde ihn, Georg, keinen Pfennig kosten.
Georg schien allerdings nicht sonderlich beeindruckt von die-

sem Vorschlag. Er reagierte auch nicht auf die Androhung eines größeren Unglücks. Erst als Mehringer eilfertig, geradezu widerlich beflissen – wie es ihm jetzt im Rückblick erschien – angefügt hatte, daß dieser Freund auch handwerklich sehr geschickt sei und ihm sicher das Waschbecken und das Klo installieren könne, war er hellhörig geworden.

»Idiotisch«, sagte Mehringer in den leeren Wagen.

Er fühlte sich durch sein eigenes Verhalten gedemütigt.

Das paßte nicht zu ihm. Fred Mehringer war weltläufig. Er konnte sich geschmeidig in ein neues Milieu fügen. Das war eines seiner Talente. Sogar die eigene Lebensführung unterstand diesem Talent. Nach der Fertigstellung lukrativer Aufträge ließ er es sich gutgehen, gönnte sich auch diesen oder jenen Luxus, blieben dann jedoch die Angebote über einen größeren Zeitraum aus, reduzierte er seine Ansprüche, ohne daß es ihn quälte.

Ja, Mehringer war geschmeidig, und er hatte keinerlei Zukunftsängste. »Auch wenn es den Leuten schlechtgeht, ja gerade dann, wenn es ihnen schlechtgeht, wollen sie laufende Bildergeschichten sehen, die sie ablenken.« Das hatte er oft gesagt.

Er konnte sich die Verunsicherung und sein kindisches Verhalten nicht erklären. Das ärgerte ihn.

Schließlich hatte er schon üble Horrorfilme ausgestattet, hatte grausige Schauplätze in Szene gesetzt – weitaus grausiger als Georgs Wohnform –, Schauplätze, bei deren Ansicht sich dem Filmpublikum die Nackenhaare sträubten, noch bevor eine der Örtlichkeit entsprechende Schockhandlung einsetzte.

»Idiotisch«, beschimpfte er sich nochmals.

Fred Mehringer fuhr jetzt schneller, weil er sich wieder in einer Gegend befand, die ihm vertraut war.

Wie geht es Georg Laub?

Wie geht es eigentlich Georg Laub?
Er wirkt erleichtert.
Warum ist er erleichtert?
Vermutlich, weil dieser Fremde endlich gegangen ist.
Wer war das?
Eine Gestalt aus seiner Vergangenheit vielleicht.
Könnte es sein, daß ihm Einbrüche aus einer Zeit, die er nicht mehr wahrhaben will, unangenehm sind?
Ja, das könnte sein.
Ist Georg Laub intelligent genug, um zu wissen, daß man seine Vergangenheit nicht ablegen kann wie einen alten Mantel?
Doch ja, wahrscheinlich weiß er das. Er wird dieser Vergangenheit in der Zukunft einen Raum, einen neuen Raum, eine Bedeutung, eine neue Bedeutung im aktuellen Leben zuweisen müssen, aber, wie es scheint, jetzt noch nicht, nein, jetzt noch nicht.
Er hat anderes zu tun?
Ja. Jetzt muss er sich häuten, alles mögliche wegschaffen …
Denkt er so? Fühlt er so? Agiert er so?
Vielleicht. Vermutlich. Doch ja.
Müßte man sich mit diesem Besucher beschäftigen?
Nein, vorläufig nicht, eine Nebenfigur.
Was tut Georg Laub im Moment?
Er geht auf und ab. Ruhelos. Jetzt bleibt er stehen. Er hat etwas auf der Straße gesehen. Er eilt zum Fenster.

Was sieht er da?
Die Frau.
Ach so.

Innenschau
oder: Georg Laub ist wütend

Verdammt!
Georg war wütend.
Das hatte er glatt vergessen, daß er Fred Mehringer einmal diese Adresse gegeben hatte. Er hoffte inständig, daß der sie nicht an alle möglichen Leute weiterreiche.
Zudem: Georg schämte sich. Er hat für Mehringer diese blöde Vorstellung gegeben. Jedenfalls zu Beginn ihrer Unterhaltung. Der souveräne Aussteiger im Horrorhäuschen. Diese Rumgrinserei, dieses Lässigkeitsgemime, dieses prollige Männergetue. Daß es ihm gefallen hat, die zerstörte Wand zunächst mit keinem Wort zu erklären …
Posen, Posen, blöde Posen. Aufplusterungen. Geschwollener Kamm. Gesträubtes Fell. Umrißvergrößerung, der ganze atavistische Quatsch. Nein, so hat er nicht mehr sein wollen. So eine alberne Vorstellung hat er nicht mehr geben wollen. Die Oberhand gewinnen, die Oberhand behalten. Sich den ganzen Tag und noch in den Abend hinein freuen, daß man für eine kleine Zeit eine kleine Oberhand gewonnen und behalten hat.
Ein Rückfall?
Ja, ein Rückfall!
Du lieber Himmel, da mußte nur einer kurz mal aus der alten Zocker-Welt vorbeikommen, und schon fand er sich in abgelebten Ritualen, wurde wieder zum Klonclown.
Er sah an sich herunter. Was er sah, war schäbig, und er

dachte, daß es auch schäbig wäre, sich in die bloße Negativversion dieser einstigen Klonform zu verwandeln. Das sah nicht aus wie der totale Bruch, den er gewollt hatte.
Peinlich! Ausgerechnet heute trug er dieses lappige Shirt und die ausgeleierte Jeans. Er würde beides gleich morgen in die Wäscherei bringen. Und er würde sich rasieren. Das mußte ja wie eine Inszenierung gewirkt haben, der verwahrloste Aussteiger vor der zerstörten Wand.
Der Besuch hatte ihm nicht gutgetan. Er schämte sich; nicht etwa für seinen sozialen Niedergang – denn so würde Fred Mehringer zweifellos seine Situation bewerten –, sondern für sein Verhalten. Die unerwartete Begegnung hatte ihn stärker irritiert, als er sich zunächst eingestehen wollte.
Wie hatte er sich doch in Sicherheit geglaubt, hier in Tante Charlottes Haus, abgeschottet, nahezu unerreichbar – und da spazierte dieser Mehringer einfach so herein und schleppte ein Vergangenheitsaroma ins Haus.
Georg hatte immer dessen Stiefel vor Augen. Diese lächerlichen Schickimicki-Stiefel, die so dreist aus den Designerjeans herausragten.
Was hatte dieser unliebsame Gast überhaupt von ihm gewollt? War er durch den Anblick der demolierten Wand dermaßen aus der Fassung geraten, daß er den Anlaß seines Besuchs aus den Augen verloren hatte?
Aber eigentlich interessierte ihn das nicht.
Besser: Er wollte, daß ihn das nicht interessierte. Er hätte nicht sagen können, daß er Fred Mehringer nicht mochte, aber er war nun mal auch keine Figur, die er sich herbeigewünscht hätte. Schon im vorherigen Leben nur ein Bekannter, allenfalls ein Gelegenheitsfreund. Er hatte in letzter Zeit nicht einmal an ihn gedacht.
Der gehört mit seinem weltmännischen Gehabe mehr in

Margys Welt. Wenn er sich Bilder ihrer zurückliegenden Begegnungen vor die Augen holte, war da immer Party. Jeder angesoffen, oder zugekokst, jeder in der Positur maßloser Aufblähung, Selbstherrlichkeit und Überheblichkeit, jeder mit einem Glas in der Hand. Stakkato-Gespräche getaktet durch eintreffende Mails, oder SMS-Nachrichten.
Jeder? Hätte er sich nicht in der Ungerechtigkeit gefallen, hätte er zugeben müssen, daß diese Erinnerungsbilder vornehmlich ihn selbst charakterisierten, oder besser sein vergangenes Leben, und nicht so sehr Mehringer, der damals eher die Rolle eines Zuschauers eingenommen hatte.
Georg Laub fühlte sich durch den Besuch geradezu beschmutzt.
Übermorgen würde Mehringer schon wieder auftauchen.
Dieser Schnüffler! Was will der Kerl hier?
Er hätte das nicht abwehren können, ohne unhöflich zu werden. Das Hilfsangebot war ein Vorwand gewesen, das hatte er gespürt. Aber für was?
Georg ärgerte sich.
Er ärgerte sich vornehmlich über sich selbst, über diesen Rückfall in ein vermeintlich abtrainiertes Verhalten.
Im Rückblick auf sein vormaliges Partyleben erschien er sich selbst wie das Ergebnis einer Züchtung. Er war über Jahre stetig hineingewachsen in diese Norm. Mindestens die letzten zehn Jahre.
Er hatte sich in diesen zehn Jahren zunehmend von außen gesehen, hatte sich permanent gespiegelt und sich in sein Spiegelbild vergafft, hatte der Wahl seiner Anzüge, Schuhe und digitalen Gerätschaften bald mehr Beachtung geschenkt als der seiner Worte. Hatte sich in eine Photographie verliebt, auf der er mit zwei »wichtigen« Männern zigarrerauchend über die Buchmesse schlenderte. Hatte im Maßanzug mit akkuratem

Haarschnitt und weltmännischer Aufstellung den Eventschriftsteller gegeben. Hatte ...

»Ach Scheiße«, dachte er jetzt, das Bild, das seine interpretierte Erinnerung ihm lieferte, war auch nur wieder Schablone. Er durfte sich nicht zur Karikatur machen. So ein gemütlicher kleiner Selbsthaß, der wäre auch nicht gut, der würde nur zu der Anmaßung führen, alle zu verachten, die noch so sind, wie er einmal war.

Georg konnte nicht wissen, daß sich Mehringer gerade ganz ähnlichen Exerzitien der Selbstbeschämung unterzog.

Und wie der, dachte auch Georg noch einmal zurück, wie sie beide da gesessen hatten vor dem großen Loch. Seine Erinnerung stand in einer grellen Beleuchtung, eine harte Theaterszene.

»Wenigstens habe ich im zweiten Teil des Gesprächs einen angemessenen Ton gefunden«, dachte er.

Aber schon war er erneut irritiert, weil ihm einfiel, daß er sich in diese kulturkritische Tirade getrieben hatte. Was wäre das denn für ein Ton, der ihm jetzt angemessen wäre? Das fragte er sich. Er hätte es nicht sagen können. Und er dachte, daß es gut sei, daß er das nicht sagen konnte.

Merkwürdig, bei den abendlichen Gesprächen in seiner neuen Stammkneipe hatte er diese Tonartprobleme nicht.

Aber er hatte keine Lust, sich weiterhin mit Fragen der Prosodie herumzuschlagen. Er hatte zur Zeit ganz andere Probleme.

So dachte Georg Laub nun, da er wieder allein war.

Wie geht es Georg Laub?

Wie geht es eigentlich Georg Laub?
Er steht am Fenster. Jetzt sieht er die Frau kommen. Ihr Gesicht ist von einem dunkelgrauen Regenschirm verdeckt, den sie schräg gegen den Wind stemmt. Er erkennt sie an ihrer Gestalt, ihrem Gang und dem olivgrünen Trenchcoat, der ihr etwas zu groß ist.
Jetzt hört er, wie sie die Treppe hinaufgeht. Gleich wird er ihre Schritte in dem Raum über ihm hören.
Ja, er hebt unwillkürlich den Kopf und schaut zur Decke.
Er belauscht ihre Schritte?
Ja, jetzt hört er, wie sie durch die Räume geht und die Rollläden hochzieht. Man kann das an seinen Kopfbewegungen ablesen.
Er wird sich fragen, wo sie während der letzten Tage gewesen ist, da sie kein Gepäck bei sich hatte, nur eine kleine altmodische Handtasche.
Ja, vermutlich fragt er sich, wie schon so oft: Was tut diese Frau? Was arbeitet sie? Arbeitet sie überhaupt irgendetwas? Weshalb taucht sie sporadisch ab und wieder auf?
Was geht ihn das an? Mutiert er schon zum ewig herumschnüffelnden Hausbesitzer?
Nein, das paßt nicht zu ihm. Es muß andere Motive geben.
Ist er verliebt?
Schwer zu sagen. Unklar. Ganz unklar.

Die Frau
oder: Georg Laub wird nicht erkannt

Die Frau, die ihm keine Beachtung schenkte. Was wußte Georg über sie?
Unter den kärglichen Habseligkeiten der Tante, die ihm vom Pflegeheim zugestellt worden waren, hatte sich ein dikker Aktenordner befunden. Er enthielt neben umfangreichen aber völlig ungeordneten Aufzeichnungen, die er sich immer schon einmal ansehen wollte, einige wichtige Dokumente: Zeugnisse ihrer Leistungen in Schule und Universität, ihre Geburtsurkunde, die Urkunden zweier Eheschließungen und einer Scheidung, die Sterbeurkunde ihres zweiten Ehemanns – und vieles mehr. Er hatte sie schnell, ja hektisch überblättert, diese offiziellen Bekundungen eines erloschenen Lebens. Schließlich hatte er in diesem Ordner auch zwei Mietverträge aus neuerer Zeit gefunden.
Nur zwei? Wo war der Vertrag mit Herrn Moritz Furrer, dem Tier, geblieben? Oder hatte es den nie gegeben?
Georg wußte es nicht. Es war ihm auch nicht wichtig. Immerhin erhielt er ein paar karge Informationen über die anderen beiden Bewohner.
Der zweite Stock war vermietet an Herrn Heinz Erich Hökl, Einzelhandelsvertreter, der erste Stock an Frau Stella Remota, Lehrerin. Beide zahlten regelmäßig per Überweisung eine selbst für Berliner Verhältnisse geradezu lächerliche Miete.
Er hatte sich gleich, nachdem er selbst in die desolate Immobilie eingezogen war, höflich als neuer Hausbesitzer vorge-

stellt, sowohl bei Herrn Hökl, einem verschlossenen Herrn in den Vierzigern mit einem buschigen schwarzen Oberlippenbart, ebensolchen Augenbrauen und dunkelgetönten Brillengläsern, wie auch bei Frau Stella Remota, deren Aussehen sich seiner Erinnerung immer wieder entzog.

Das Gespräch mit Herrn Hökl hatte dem Ritual solcher Vorstellungen entsprochen und in der Förmlichkeit eines kurzen Wortwechsels ein schnelles Ende gefunden. Ein finsterer Mann.

Frau Remota hatte knapp genickt und ihn dabei seltsam abwesend mit der Andeutung eines Lächelns angeschaut. Was das Lächeln betraf, könnte er sich auch geirrt haben. Vielleicht glaubte er nur, daß etwas dergleichen kurz über ihr Gesicht geglitten war, weil man es erwartet bei solcher Gelegenheit.

Seitdem war er ihr mehrfach im Hausflur begegnet, vor den zerbeulten, nicht mehr abschließbaren Briefkästen, oder wenn sie den Müll herunterbrachte oder sich aus anderen nicht unmittelbar ersichtlichen Gründen dort aufhielt.

Sie hatte unregelmäßige Gewohnheiten. Es gab kein Muster. Sie ging und kam ohne Stundenzwang. Manchmal verschwand sie für einige Tage. Dem Lehrerberuf jedenfalls schien sie nicht nachzugehen.

Sie hatte ihn immer mit diesem kleinen Nicken, knapp oberhalb der Unhöflichkeit, gegrüßt, aber in ihrer Miene war kein Erkennen gewesen.

Zweimal war er in den ersten Stock hochgestiegen, unter läppischen Vorwänden: Einmal hatte er behauptet, daß er Gäste erwarte und daß es möglicherweise etwas laut würde, das andere Mal gefragt, ob sie ein außerordentlich wichtiges Paket, sollte es während seiner Abwesenheit eintreffen, für ihn annehmen könne.

Beide Male hatte sie ihn mit diesem gleichmütigen Gesicht angesehen und mit einer völlig unbeteiligten Stimme gesagt: »Ja bitte.«

Und beide Male hatte er sich genötigt gesehen, zu sagen: »Georg Laub, ich bin Ihr Vermieter.« Und beide Male war er sich vorgekommen wie ein Idiot.

»Ach ja, natürlich«, hatte sie gesagt und dann völlig emotions- und ausdruckslos auf seine Anliegen geantwortet: »Ich bin nicht lärmempfindlich.« Und: »Ich nehme das Paket an.«

So ganz neutral hatte sie das immer gesagt, nicht etwa: »Ja, selbstverständlich, machen Sie sich wegen des Pakets keine Sorgen« oder: »Viel Spaß beim Feiern«.

Nein, immer nur das Nötigste, kein Wort zuviel.

Ihr Verhalten wirkte stets so, als ertrage sie zwar notgedrungen die Kontakte, die ihr der Alltag zumutete, aber im Grunde sei ihr das alles fremd und fern, als erreiche sie jede Annäherung nur verzögert und als gehe sie das im Grunde nichts an, als habe er da gar nicht wirklich vor ihr gestanden mit seiner albernen Party- und Paketlüge und als sei auch sie eigentlich nicht anwesend gewesen.

Immer fand er sich nicht beachtet, nicht bemerkt, nicht erkannt. Das spürte er: Er war für sie keine Person, allenfalls eine Funktion. Die Funktion lautete: Georg Laub, Vermieter. Lästig genug. Sie war umgeben von einer Aureole der Gleichmütigkeit, wenn sie ihn mit hellen Augen ansah, hatte er das Gefühl, als könne sie glatt durch ihn hindurchsehen. Das hatte zur Folge, daß er sich seinerseits scheute, sie länger und allzu direkt anzusehen.

»Sieht sie gut aus, deine Mieterin?« hatte seine neue Kneipenbekanntschaft Henry einmal gefragt. Er hatte gemurmelt: »Ja doch, irgendwie schon. Gut gebaut, lange Beine. Ein bißchen wie Nicole Kidman.«

Aber das hatte er nur so dahingesagt, daß sie so aussähe wie Nicole Kidman. Er wollte sich nicht blamieren als ein Autor, der nicht einmal eine Frau, die ihn faszinierte, beschreiben konnte.
Je mehr er sich bemühte, sein Gedächtnisbild von ihr scharfzustellen, desto mehr verschwamm es. Schlank, groß, hell, mehr war da nicht. Nur ihre lichten Augen mit dem dunklen Wimpernsaum hätte er genau beschreiben können. Wegen ihrer eigentümlichen Farbe: ein sehr helles Grau. Er hatte nie zuvor solche Augen gesehen. Augen, in denen kein Erkennen aufgeschienen war.
Jetzt verschob sich seine Erinnerung zu seinem letzten Besuch bei der Tante im Pflegeheim. Da war die Möglichkeit des Nichterkennens auch angesprochen worden.
Er war nach Berlin gereist, weil eine große Buchhandlung ihn für eine Lesung gewonnen hatte. Zu dieser Zeit war er noch jemand gewesen, den man gewinnen wollte.
Am Morgen nach dieser zur Verwunderung des Buchhändlers schon nicht mehr übermäßig gut besuchten Veranstaltung – man hatte peinlich berührt das schlechte Wetter beschuldigt – war er zu dem Heim gefahren, in dem die Tante in einem Zwei-Bett-Zimmer untergebracht war.
»Gehen Sie zu ihr. Aber seien Sie nicht enttäuscht, wenn sie Sie nicht erkennt«, hatte die Pflegerin auf dem Gang zu ihm gesagt. Aber sie hatte ihn erkannt. Sofort.
Ihre törichte Zimmernachbarin Frau Hallstein war erfreulicherweise nicht anwesend gewesen.
»Da bist du ja, Jungchen«, hatte die bettlägrige Tante gesagt. So hatte sie ihn zeit seines Lebens angesprochen.
Sie hatte sich gefreut, ihn zu sehen. Das hatte er deutlich spüren können.
»Wie geht es dir, Tantchen?« hatte er sie gefragt.

»Ach, ich fühle mich wie ein altes Tier. Ich würde mich gern, wie sie es tun, in ein Gesträuch verkriechen und sterben. Dann würde ich dort liegen und durch das Muster der raschelnden Blätter hindurch noch einmal den blauen Himmel sehen. Zuletzt. Ganz zuletzt.
Aber hier in diesem letzten Zimmer gibt es kein Gesträuch und keinen blauen Himmel, nur das nie endende Geschwätz von Frau Hallstein und diese schalen Aufmunterungen der Pflegerinnen.«
Später, als er ihr Zimmer gerade verlassen wollte, hatte sie ihn noch einmal zurückgerufen.
»Jungchen, das weißt du doch, Du sollst einmal alles erben, auch das alte Haus.«
Richtig, das hatte er vergessen, da hatte sie ja doch einmal von dem Haus gesprochen. Aber er hatte diesen Worten damals keine Bedeutung beigemessen. Er hatte gedacht, daß ihr Geist vielleicht gerade wieder einmal etwas disparat sei. Das kannte er: Manchmal rutschte er von der einen Sekunde zur nächsten einfach weg, bog ab in eine andere Zeit, einen anderen Raum. In ihre Kindheit zum Beispiel. Da hatte es, soviel er aus alten Erzählungen wußte, einmal ein Haus in Hamburg gegeben.

Gegen Abend
oder: Die neuen Freunde

Gegen Abend hatte sich das Wetter ein wenig beruhigt. Aber noch immer verdunkelten schwarze Wolkenmassive den jetzt schon späten Tag.

Georg Laub ließ die Haustür zufallen. Er zog sie nicht sorgfältig zu, obwohl er wußte, daß sie manchmal nicht richtig ins Schloß fiel.

Er überquerte die Straße. Hier waren die Häuser nicht gleichförmig. Zwischen Mietshäusern aus den letzten fünfzig Jahren befanden sich etliche Altbauten, Wohnungen, die zu unterschiedlicher Zeit für Menschen mit mittleren Einkünften erbaut worden waren. Keine aufwendig verschönten Fassaden, keine Brutalsanierungen, aber auch keine sichtbare Vernachlässigung.

Ebenerdig befanden sich kleine Läden, eine Bäckerei, eine Reinigung und ein Zigarettenladen, der auch Zeitungen führte und zugleich als Lottoannahmestelle diente.

Georg betrat den Zigarettenladen.

»Das Übliche?« fragte der Inhaber Herr Baumann, den alle nur Baumi nannten.

Er war ein heiterer, rundlicher Mann mittleren Alters mit einem roten Gesicht. Ihn hatte es aus dem Rheinland nach Berlin verschlagen. Man konnte das an dem singenden Tonfall hören.

Georg nickte und legte das Geld für seine Zigaretten abgezählt auf die Theke.

Auf einem Stuhl in einer Ecke des kleinen Ladens saß Alida Arnold. Zu ihren Füßen schlief Cato, ihr dicker Rauhaardackel. Sie saß meistens dort. Meistens las sie. Cato, wie seine Gebieterin schon etwas betagt, schlief meistens. In diesem Laden war schon lange vieles wie »meistens«. Politische Erdstöße, schwankende Börsenkurse, Krisen auf den Finanzmärkten waren hier ohne Wirkung geblieben. Georg hatte lange gedacht, daß Frau Arnold die Mutter des Ladenbesitzers sei. Das stimmte jedoch nicht, wie ihm die dralle Verkäuferin der benachbarten Bäckerei gesteckt hatte. Frau Arnold bewohnte den ersten Stock. Ihr Mann, auch das wußte die mitteilsame Bäckerin, war im letzten Jahr einen harten Krebstod gestorben. Der hatte vermutlich auf die aparte Namensgebung für den Hund bestanden. Ein Hund, der Cato vorangegangen war, hatte den Namen Kant ertragen müssen. Frau Arnold schien das so witzig nicht zu finden. Georg hatte einmal, als er dort seine Zigaretten kaufte, gehört wie sie zu Baumi sagte: »Cato, das kannst du wenigstens rufen. Aber du machst dich doch zum Deppen, wenn du schreist: ›Pfui, Kant‹.«

Sie saß dort bei Baumi, weil sie sich in ihrer Wohnung langweilte, weil sie das Fernsehprogramm für Hausfrauen verachtete, weil sie sich gerne mit Baumi unterhielt und Baumi mit ihr, und weil der gelegentlich auf Cato aufpaßte. Frau Arnold hatte also viele gute Gründe, sich bei Baumi aufzuhalten.

Manchmal, wenn Baumi etwas zu erledigen hatte, half sie aus und übernahm den Verkauf. Sie wollte dafür keine Entlohnung. Ihre Witwenrente war ausreichend für ein genügsames Leben. So sah sie das.

»Ich glaube, es hat aufgehört zu regnen. Ich dreh noch eine kleine Runde mit Cato.«

Sie stand auf und sah Georg fragend an.

Der bestätigte ihr, daß es augenblicklich nicht regne, fügte jedoch fürsorglich an, daß man weiterhin jeden Moment mit einem Gewitter rechnen müsse.
Wie zur Untermalung seiner Worte ertönte ein fernes Grollen.
»Das geht schon den ganzen Tag so«, sagte Baumi.
Frau Arnold setzte sich wieder.
»Dann warte ich lieber noch«, sagte sie. Sie lächelte Georg an, und er glaubte, so etwas wie eine Aufforderung in diesem Lächeln erkennen zu können. Aber gleich darauf war er sicher, sich getäuscht zu haben.
Cato, der auch etwas gichtsteif aufgestanden war, sah sie prüfend an, fügte sich jedoch schnell wieder ins Unergründliche und vertraute wie immer auf die weitgespannte Weisheit seiner Herrin. Er rollte sich wieder ein und gab, Georg hatte die Ladentür noch nicht erreicht, friedliche Schnarchtöne von sich.
Georg überquerte zwei Seitenstraßen und steuerte dann eine Eckkneipe an.
Auf dem kurzen Weg dorthin dachte er flüchtig über die beiden Personen in dem Zigarettenladen nach.
Waren das »einfache Leute«? Gab es sie überhaupt: die vielzitierten einfachen Leute? Irgendetwas interessierte ihn an Alida Arnold und Baumi. Wäre das ungleiche Paar brauchbar für einen Roman? Oder fand er sie nur interessant, weil ihnen das Aroma eines Milieus anhaftete, das er bislang nicht beachtet hatte. Wie könnte man dieses fremde Aroma beschreiben? Vielleicht so eine Art Bratkartoffelgemütlichkeit. Aber nein, das war es nicht. Sie wirkten zwar unaufgeregt und zufrieden mit ihrem Leben, so wie es war, und es gab eine genügsame Vertrautheit zwischen ihnen, auch schien es sie nicht zu beunruhigen, daß es für ihre Art der Freundschaft keine Tradition

gab. Aber sie waren nicht gemütlich, oh nein, ganz im Gegenteil, sie waren wach und aufmerksam. Mehrfach hatte er den scharfen, ja sezierenden Blick von Frau Arnold verspürt. Als wolle sie ihm ein Bekenntnis entlocken.
Er wußte: Ein beständiger Austausch von Informationen und Meinungen, der weit über den Agniweg hinausging, fand in ihrem Laden statt. Da die beiden zuweilen abends nach Geschäftsschluß auch bei *Frieda* auftauchten – so hieß die Eckkneipe, deren Eingangstür er gerade aufzog –, könnte er die beiden ja bei Gelegenheit etwas genauer beobachten. Dem läge nichts im Weg, zweimal schon hatte man dort irgendwelche Höflichkeiten ausgetauscht, kurze Wortwechsel, die sich zwanglos verlängern ließen.
In dem kleinen Lokal, das eben erst geöffnet worden war, befanden sich zu dieser frühen Abendstunde bis auf seine beiden neuen Freunde Bernd und Henry noch keine Gäste.
Waren Bernd und Henry wirklich seine Freunde?
Ja, doch, irgendwie schon.
Er kannte sie erst seit ein paar Monaten, hatte sie in dieser Kneipe schätzen gelernt, als er dort, der Fertig- und Dosengerichte überdrüssig, immer häufiger gegen Abend aufgetaucht war. Man war ins Gespräch gekommen. Georg mochte diese Unterhaltungen, ja sie waren ihm geradezu heilsam erschienen, er hätte jedoch nicht genau sagen können, warum sie ihm so guttaten. Das war ein leichtgängiger Austausch gewesen – über das Wetter am Tage, über Sportereignisse am Wochenende, über Frauen im Allgemeinen, über Filme im Besonderen, kurzum: über alles und nichts –, ohne gesteigerte Bedeutung, ohne Anstrengung, ohne Verpflichtung, ohne Pointenzwang, begleitet von einem gutmütigem Gelächter und gebettet in ein Mögen, für das Georg vorerst noch keinen Namen hatte. Diese Art von entlastenden Gesprächen konnte

es nur unter Männern geben, zu dieser Überzeugung war er gekommen.
»Und was machst du so?« hatte Henry ihn beim dritten oder vierten Mal ganz beiläufig gefragt.
Auch Georg hatte sich um den Ton unverdächtiger Beiläufigkeit bemüht:
»Ich habe ein paar Bücher geschrieben, aber vielleicht sattle ich um.«
»Kann man deine Bücher kaufen, so richtig in einer Buchhandlung?«
»Ja, ich denke schon, daß die meisten noch lieferbar sind.«
»Und wie heißt du?«
»Georg Laub.«
Henry hatte dieser Name nichts gesagt, aber in Bernds Augen hatte er ein kurzes Aufmerken sehen können. Georg war erleichtert gewesen, daß er nicht nachgefragt hatte. Entweder hatte es ihn nicht weiter interessiert, oder – das schien wahrscheinlicher – der schwere Kerl hatte gewittert, daß es ihm unangenehm gewesen wäre.
Die beiden hatten überhaupt nicht viel gefragt, waren aber außerordentlich hilfsbereit gewesen. Mit dem Pick-up von Bernd hatten sie das neue Ikea-Mobiliar und einige andere Gerätschaften herangeschafft und in seinem Hausflur abgeladen.
»Ich kann dir das Bett, die Regale, das Rolltischchen und den Kleiderständer zusammenbauen«, hatte Bernd angeboten.
»Das macht er dir ratzfatz«, hatte Henry hinzugefügt.
Aber Georg hatte abgelehnt, sie sollten die zerstörte Wand nicht sehen. Eine merkwürdige Scham hatte das diktiert.
»Nein danke, ich habe den Ehrgeiz, das alleine zu schaffen.«
Und er hatte es geschafft. Drei Tage hatte er geschuftet. Ein Versandhandel hatte am nächsten Tag auch noch den Kühlschrank, das Waschbecken und die Kloschüssel angeliefert.

Hatte geschoben, gezerrt und zusammengebaut, und, ja, er hatte alles vollbracht, bis auf die Wasserinstallation. Und er war stolz auf dieses kleine Gelingen gewesen. Ein ehrlicher, lebensnaher Erfolg, so war es ihm, dem handwerklich Unerfahrenen erschienen, fast so, als hätte er der Erde Nahrung abgerungen. Dieser Vergleich war unsinnig und völlig überzogen. Aber er paßte gut zu seiner Verkargungsidee. Georg Laub ließ sich in letzter Zeit vieles durchgehen.
Als er jetzt auf den Tisch, an dem Henry und Bernd saßen, zusteuerte, drangen aus der Küche die Laute eines Streits. Georg setzte sich in das Gelächter seiner neuen Freunde. Und er wußte auch, worüber sie lachten. Über den Dauerzwist zwischen Wirt und Wirtin, Boris und Marlene Werner, die sich in Fragen der anstehenden Renovierung des Lokals nicht einigen konnten. Ob überhaupt, und wenn, in welcher Weise. Ein Streit, der schwelte, seit Boris die Kneipe nach dem Tod seines Vaters vor einem Jahr übernommen hatte. Er trug die Überschrift: Retro contra Minimalismus. Boris schwebte so etwas wie eine stilistische Rückkehr ins Zillemilieu vor – für diesen Fall wäre keine große Umbaumühe vonnöten. Marlene plädierte für eine Modernisierung. Sie wollte klare Linien. Die Worte »geräumig« und »übersichtlich« spielten eine Rolle in ihren Geschmacksbegründungen.
»Wer gewinnt heute?« fragte Georg.
»Bislang noch unentschieden«, sagte Bernd »vielleicht ist Marlene leicht im Vorteil.«
»Ich tippe auf Boris«, sagte Henry.
Henry sagte oft etwas, nur um etwas zu sagen, und mußte dann in Kauf nehmen, daß niemand darauf reagierte.
Bernd war ein großer, ja schwerer Mann mit einem markanten Gesicht, klugen Augen und dichten, etwas gelockten Haaren. Wenn er noch einen lockigen Bart gehabt hätte, gliche er

dem Zeus auf alten Gemälden, hatte Georg bei ihrer ersten Begegnung gedacht.
Bernd sah Georg prüfend an, lehnte sich zurück und begann sich eine Zigarette zu drehen. Mit seinen gewaltigen Pranken verteilte er geschickt eine schlanke Tabakwurst auf dem kleinen Papierrechteck.
Georg und Henry sahen ihm dabei aufmerksam zu, als sähen sie es zum ersten Mal und als hinge irgendetwas davon ab.
Noch bevor Bernd seine Fabrikation beendet hatte, brachte der Wirt unaufgefordert ein großes Helles, nickte Georg freundlich zu und stellte das Bier vor ihn auf den Tisch. Das entsprach der Gewohnheit. Allerdings hatte Georg gegen alle Gewohnheit am Nachmittag schon ein Bier mit Mehringer und ein weiteres aus Frust nach dessen Abgang getrunken, was ihn jetzt störte, da zu seinem Verkargungsprogramm auch die Mäßigung gehörte.
In den ausgestoßenen Zigarettenrauch hinein fragte Bernd:
»Du hattest Besuch?!«
Es war eher eine Feststellung als eine Frage.
Georg war erstaunt: »Woher weißt du das?«
»Ich bin vorhin mehrfach den Agniweg rauf und runter gefahren auf der Suche nach einem Parkplatz für meinen Pick-up, da habe ich gesehen, wie der Mann in dein Haus ging.«
»Möglicherweise wollte er zur Lehrerin oder zum Vertreter«, sagte Henry.
»Nicht anzunehmen, bei denen waren die Rollläden runtergelassen«, sagte Bernd.
»Vielleicht hat die Lehrerin einen dubiosen Lover, den sie lieber im Dunkeln empfängt.«
Henry zog jedes Gespräch, sobald er dafür nur die geringste Chance sah, in ein sexuelles Milieu.
Die beiden gingen nicht darauf ein.

Georg zündete sich auch eine Zigarette an und versuchte Heiterkeit in seine Stimme zu legen: »Das ist ja großartig, wie ihr euch in detektivischen Spekulationen ergeht, über meinen Kopf hinweg. Wird mein Haus neuerdings überwacht?«
Er wandte sich direkt an Bernd:
»Was hattest du um diese Uhrzeit überhaupt im Agniweg zu suchen?«
»Ganz harmlos. Eine Gefälligkeit für Alida Arnold, sie hatte mich gebeten, eine beschädigte Kommode zu reparieren. Die habe ich mir mal angesehen. Keine große Sache. Ein elegantes Möbel aus dem Empire. Ich werde es ihr wieder zusammenleimen.«
Das war plausibel. Für dergleichen Gefälligkeiten war Bernd zuweilen bereit, jedenfalls nach dem, was Georg von ihm wußte.
Es war allerdings nicht viel, was Georg von seinen Kneipenfreunden wußte, und gerade darin bestand für ihn unter anderem der Reiz der Kneipenabende, die er sich zwei- bis dreimal die Woche gestattete. Von Henry, dem die Eltern vor zweiunddreißig Jahren vermutlich den damals schon unüblichen Vornamen Heinrich mitgegeben hatten, kannte er nicht einmal den Nachnamen und den von Bernd nur, weil der sich einmal am Handy mit »Rang« gemeldet hatte.
Auch der hatte nach Georgs schmaler Kenntnis mehr als einen Bruch im Leben. Da gab es »in Westdeutschland«, wie sie in Berlin noch immer sagten, eine geschiedene Frau und das geteilte Sorgerecht für ein Kind. Und es gab auch einen beruflichen Bruch. Nach einer Tischlerlehre, einem abgebrochenen Philosophiestudium und einem abgeschlossenen Designstudium hatte er erfolgreich ein elegantes Regalsystem entworfen. Ein raffiniertes Gebilde. Filigran, beweglich und vielseitig verwandelbar nach Bedarf.

Gerade als er in Verhandlung mit einem exklusiven Möbelhersteller getreten war, war ein ähnliches, wenngleich sehr viel billigeres und vereinfachtes Regal bei einer größeren Firma in Produktion gegangen. Die Konstruktionsidee jedoch war identisch. Da gab es einen plausiblen Verdacht und einen von Bernd Verdächtigten, aber keinen Beweis. Jeden anderen hätte das zu wüsten Verwünschungen und Rachephantasien veranlaßt. Nicht so Bernd. Der lachte nur. Die Geschichte seines vermeintlichen Scheiterns hatte er einmal beiläufig am Kneipentisch erzählt. Auf die Nachfragen von Georg und Henry hatte er nur mit den Schultern gezuckt. »Dumm gelaufen.« Er haderte nicht. Er nahm die Dinge, wie sie kamen und pendelte sich jeweils neu ein in die veränderten Rahmungen seines Lebens. »So eine vertragliche Verpflichtung hätte mir wahrscheinlich jede Freiheit genommen.«
Jetzt lebte er, soviel Georg wußte, von kleineren Designaufträgen und übernahm gelegentlich auch knifflige Reparaturen für Freunde und Bekannte. Das erklärte seinen Besuch bei Alida Arnold.
Georg bewunderte Bernds Gelassenheit. Aber seine Bewunderung reichte nicht entfernt an die heran, die Henry für den Mann empfand. Henry war dem zehn Jahre älteren Bernd geradezu hörig. War zu dessen Schatten geworden. Fand in ihm seinen Maßstab.
Sah man von den notorischen Vergeblichkeiten in Henrys Liebesleben ab, hatte er kein Scheitern vorzuweisen, was ihn zuweilen eher deprimierte als erfreute.
In einem gradlinigen Verlauf war er nach einer kaufmännischen Lehre, etlichen braven Jahren beruflicher Pflichterfüllungen und regelmäßiger Weiterbildung schon kurz nach seinem achtundzwanzigsten Geburtstag mit allseitiger Zustimmung des Personals zum stellvertretenden Leiter einer

großen Drogeriekette aufgestiegen. Aber darin lag kein ungetrübtes Glück für ihn. Deshalb führte er ein Doppelleben der harmlosen Art, wechselte nach Geschäftsschluß Kleidung, Gang, Gestik und Sprache und gesellte sich zu seinem großen Freund.

Das, was er war, stellte ihn nicht zufrieden, für den Angang dessen, was er gerne gewesen wäre, fehlte die Kraft. Kleinmut und Überheblichkeit irrlichterten in ihm. Jenseits dieser Unausgewogenheit schien er, wenn auch in einer versteckten Weise, ein heller Kopf mit weitgefächerten Interessen zu sein.

An diesem Abend trug er die martialische Lederjacke eines italienischen Designers, deren ausladende Schultern sein pausbäckiges Kindergesicht, aus dem sich die Akne nie ganz verabschiedet hatte, lächerlich wirken ließ.

»Und wie steht es mit Nicole Kidman? Hast du sie schon genagelt?«

Diese Frage ging an Georg, der zunächst gar nicht wußte, wie Henry auf die Idee kommen konnte, daß er dergleichen mit der Schauspielerin getan haben könnte, und der jetzt den jungen Freund entgeistert ansah.

Henry, der dachte, daß Georgs Verständnislosigkeit auf seine Ausdrucksweise zurückzuführen sei, erläuterte gutwillig:

»Hast du sie schon gefickt?«

»Nicole Kidman?«

»Na, deine Mieterin, du hast doch gesagt, daß sie so aussieht. Also, sag schon, wie weit bist du gekommen mit der?«

Henry stand wie immer sexuell unter Dampf und suchte dafür Ventile, und sei es auch nur verbal.

Daher traf er auch heute wieder auf Nachsicht. Bernd legte ihm seine schwere Hand beschwichtigend auf den Unterarm.

Auch Georg reagierte mit gewohntem Wohlwollen auf Henrys spätpubertäre Anstürme.
»Davon kann überhaupt keine Rede sein. Und meinerseits besteht auch kein Bedarf. Vorerst genieße ich mein Single-Dasein.«
Seine Kneipenfreunde ließen sich ihre Skepsis nicht anmerken.
»Übrigens«, fuhr Georg fort, »sie erkennt mich nicht einmal wieder, wenn ich ihr begegne. Ich muß mich jedes Mal erneut vorstellen.«
»Irgendjemand hat einmal von ihr gesagt, daß sie merkwürdig unstofflich sei«, sagte Bernd.
Georg fuhr auf. Das traf es.
»Wer war das?«
Bernd dachte nach.
»Baumi vielleicht, nein, jetzt erinnere ich mich, ich glaube, es war Alida Arnold.«
»Hat sie das heute gesagt, als du ihre Kommode untersucht hast?«
»Nein. Es muß hier in der Kneipe gewesen sein, vor zwei oder drei Wochen, da hat sie das eines Abends gesagt. Deine Mieterin taucht wohl hin und wieder in Baumis Laden auf und kauft Zeitungen.«
»Prosopagnosie«, sagte Henry.
Georg und Bernd sahen ihn verständnislos an.
»Prosopagnosie.«
»Soll heißen?«
»Gesichtsblindheit«, sagte Henry mit erhobenem Haupt, als habe er soeben eine Trumpfkarte ausgespielt.
»Das willst du uns jetzt sicher ein wenig erläutern«, sagte Georg.
»Hast du nicht gesagt, daß sie dich nicht wiedererkennt?«

»Stimmt«, sagte Georg.
»Es gibt Leute, die Gesichter nicht wiedererkennen können.«
»Kein Witz?«
»Kein Witz!«
»Das hast du dir gerade ausgedacht«, sagte Bernd und lachte.
Henry war empört:
»Nein, wirklich. Da saßen neulich sogar zwei von denen in einer Talkshow ...«
Er hätte gerne eine feinere Wissensherkunft angegeben, aber er wollte mit diesem Hinweis die spürbare Skepsis seiner Freunde bekämpfen.
»... Mutter und Tochter, sie hatten beide diesen Defekt. Soll sogar erblich sein. Aus irgendeinem Grund, den die Wissenschaft noch nicht kennt, prägen sich ihnen Gesichter nicht ein, alles andere schon, nur eben Gesichter nicht. Sie könnten sehen, wenn dir eine Bratwurst an der Nasenspitze hinge, aber sie können dein Antlitz nicht speichern, sie können dich allenfalls erkennen an deiner Stimme oder deinem Gang ...«
»Kaum vorstellbar«, sagte Bernd, »wie kommt man denn da durchs Leben?«
»Schwer nur. Die Leute haben es wirklich schwer im Alltag. Das kannst du annehmen. Stell dir nur mal vor, du kämst hier in die Kneipe, eine Kneipe, in die du in der Woche mehrfach einfällst und in der immer die gleichen Leute abhängen, denen deine Erscheinung natürlich vertraut ist, aber dir erscheinen alle die Gesichter, die dich da erwartungsvoll, ablehnend, freudig anschauen, immer wieder völlig neu.«
Georg war tief in Gedanken versunken und schien gar nicht mehr zuzuhören, und Bernd schüttelte nachdenklich seinen schweren Kopf.
Henry, der mächtig stolz war, daß er über so denkwürdige

Kenntnisse verfügte, und daß ihm das Wort Antlitz in den Sinn gekommen war, glaubte noch ein wenig nachlegen zu müssen.

»Ihr könnt das ja mal googeln, Wikipedia hält da ein paar Informationen bereit.«

Georg erwog ernsthaft, ob er in diesem Defekt eine Erklärung finden könnte für das rätselhafte Verhalten der Frau, die ihn mehr beschäftigte, als ihm lieb war. Er müßte dem mal nachgehen, aber er hatte ja keinen Internetzugang mehr. Er verbot sich den Ärger darüber.

Der Wirt trat an ihren Tisch und fragte, ob sie noch ein Bier wollten. Bernd und Henry nickten. Georg winkte ab.

»Und bring uns bitte Bouletten, Brot und Senf«, sagte Bernd.

Da das Lokal bei *Frieda* nur knapp sechzig Quadratmeter maß, war das Rauchen zwar derzeit erlaubt, nicht jedoch der Verzehr von Nahrungsmitteln. Das kümmerte aber niemanden. Einfache Gerichte wie Spiegeleier, belegte Brote, Bouletten und gelegentlich ein paniertes Schnitzel hielt Marlene Werner für bekannte Gesichter immer bereit.

Als Boris Werner das Gewünschte an den Tisch brachte, setzte er sich zu ihnen.

»Na Jungs, wie läuft's so?«

»Könnte nicht besser sein«, sagte Henry

»Und wie läuft's bei dir? Seid ihr in der Renovierungsfrage vorangekommen?«

Boris Werner winkte ab.

»Kein Stück, jetzt will sie sogar den Namen des Lokals ändern.«

»Gab es irgendwann mal eine Frieda?« fragte Bernd.

»Ja, ich glaube, eine sehr beliebte Bedienung in den frühen Zeiten der Kneipe hieß so.«

»Dann wird unsere Kneipe demnächst wohl *Chez Marlene* heißen, und wir werden hier Schaumbällchen von der Languste serviert bekommen.«
»Nur über meine Leiche«, brummte Boris, stand auf und stürzte sich wieder ins Sperrfeuer seines ehelichen Scharmützels.
Georg aß, während Bernd und Henry noch bemüht waren, sich das Verhängnis der Gesichtsblindheit zu veranschaulichen, schweigend drei Bouletten mit Brot und Senf, spülte mit dem restlichen Bier nach, wischte sich den Mund mit der Papierserviette ab, legte einen Geldschein auf den Tisch, stand auf und verließ das inzwischen gutgefüllte Lokal.
Die Zurückbleibenden sahen ihm nach.
»Der wirkt echt angefressen, total abgespaced, was hat er nur?« fragte Henry seinen älteren Freund.
»Du hast recht, er war etwas eigenartig. Vielleicht hängt das wirklich mit dem Kerl, der ihn heute Nachmittag besucht hat, zusammen.«

»Oder mit Nicole Kidman«, sagte Henry.

Das Gesicht
oder: Georg Laub erinnert sich

Georg ging nicht nach Hause. Er stieg in sein kleines Auto und fuhr ziellos durch die Stadt. Manchmal kam er an Gebäuden oder Straßenzügen vorbei, die er schon kannte, aber er rief sich weder die Himmelsrichtungen noch die Namen der Stadtteile ins Bewußtsein. Er wollte sich als ein Fremder sehen. Ein Fremder, der durch eine große Stadt fuhr. Nach einer halben Stunde parkte er in einer belebten Geschäftsstraße, die er nicht kannte, und stellte den Motor aus. Es war eine der Hauptadern, wie es sie im Straßengeflecht jedes Stadtviertels gab. Die meisten Läden hatten noch geöffnet, nur die Lebensmittelhändler räumten die Auslagen ab.
Er lehnte sich zurück und rauchte. Menschen strömten an seinem Autofenster vorbei. Frauen, Männer, Kinder, manchmal ein Hund. Er sah sie, ohne sie wahrzunehmen.
»Gesichtsblindheit« – das war plausibel. Ein Wortgeschenk. Na klar. In diesem Wort und dem Defekt, den es meinte, lag eine Erklärung für das verstörte Verhalten seiner Mieterin. Zweifellos. Zweifellos?
Es war nicht überzeugt. Prosopagnosie – das Wort war doch nichts weiter, als ein Plausibilitätspflaster, um seine Kränkung zu versorgen.
Er kurbelte das Autofenster herunter und warf achtlos die glühende Zigarettenkippe auf das Trottoir einem empörten Passanten direkt vor die Füße.
Pro-sop-a-gno-sie.

Nein, er mußte das schwierige Wort nicht ins Repertoire nehmen. Und, wenn er es recht bedachte, so plausibel, wie zunächst gedacht, war die Erklärung gar nicht. Sie umschloß nicht das Schwebende – wie hatte Alida Arnold gesagt? –, das »Unstoffliche« der Frau. Nein, er glaubte nicht an die Gesichtsblindheit. Und auch sein Glaube an Plausibilitäten schwand in letzter Zeit immer mehr. Er kurbelte das Fenster wieder hoch.
Nach einer Viertelstunde und einer weiteren Zigarette blieb sein träger Blick an einer Frauengestalt hängen. Er sah ihr lange hinterher. Ein bombiger Arsch, dachte er und ärgerte sich sogleich. Das war der Standardkommentar seines sexuell einseitig auf Frauenärsche fixierten Klassenkameraden Timmy Pretzel gewesen. Timmy hatte diesen Ausdruck ständig verwendet. Eigentlich jedes Mal, wenn er ein weibliches Wesen gesehen hatte, das ihm gefiel, und nahezu unabhängig von der Beschaffenheit des jeweiligen Arsches. Und immer wenn dieser Körperteil prominent in Georgs Sichtfeld kam, konnte er nicht verhindern, daß ihm dieser blöde Ausdruck in den Sinn kam und er zwanghaft an Timmy und dessen Gesäßbegeisterung denken mußte. Das kann ich nicht willentlich ändern, diese zwanghafte Assoziation wird bleiben, solange ich lebe, dachte er verdrossen. Timmy Pretzel, der diesen Automatismus einst in Gang gesetzt hatte, war, soviel er wußte, inzwischen ein hochdekorierter Häuptling unter den Ureinwohnern der digitalen Welt.
Die Frau, der er nachsah, war straff und gut proportioniert. Eine erstaunliche Mähne lockte sich tief den Rücken hinunter. Sie hatte lange Beine mit etwas zu kräftigen Waden. Vielleicht spielte sie Tennis. Aber sie verdarb ihre Vorzüge durch einen albernen staksigen Gang auf extrem hohen Absätzen, denen sie nicht gewachsen war. Er mochte auch nicht, wie sie

mit geziert abgewinkelter Hand ein kleines Glitzertäschchen schwenkte, das in den Abend gehörte. Wahrscheinlich schlief sie – wie Margy – jeden zweiten Abend mit Lockenwicklern und einem Kopftuch darüber ein.
Er hätte gerne ähnlich abträgliche Details in dem Bild untergebracht, das er von »der Frau« hatte, um sich aus der Faszination zu befreien, aber seine Phantasie sperrte sich dagegen. Ja, klar, das Ungreifbare ließ sich nicht ausstatten, das Unstoffliche nicht kostümieren.
Er stemmte seine Hände mit leicht gespreizten Fingern gegen das Lenkrad und betrachtete sie. Sie waren von Freundinnen und Geliebten stets bewundert worden – feingliedrig, aber doch kraftvoll, die Hände eines Pianisten – das waren Komplimente, die er oft gehört hatte. Die Fingernägel waren etwas zu lang. Normalerweise hätte er sie schon vor vier oder fünf Tagen heruntergefeilt.
Er haßte das leise Klacken, das sie auf der Tastatur seines Laptops erzeugten. Zu dieser Länge hätten sie in der Zeit, als er noch Klavier spielte, keinesfalls wachsen dürfen. Aber er hatte sich zur Nagelpflege in den letzten Tagen nicht aufraffen können. Eine noch sehr unauffällige Vernachlässigung, die ihn ein wenig beunruhigte.
Er betrachtete sich im Rückspiegel. Die Haare waren auch zu lang.
Dann bemerkte er, daß er direkt vor einem Internetcafé geparkt hatte. Nein, er würde dort nicht hineingehen und irgendwelche Recherchen über das Phänomen der Gesichtsblindheit starten. Auch seinen Namen würde er in keine Maschine eingeben.
Neben dem Internetcafé befand sich ein Friseursalon.
Wenn er nicht schon häufig gedacht hätte, daß es in Berlin auffällig viele Friseure gäbe, hätte er darin möglicherweise

einen alltagsmagischen Fingerzeig gesehen, zumal ein Schild im Schaufenster anzeigte, daß auch eine Maniküre zu haben war. Aber das kam ja nicht in Frage. Es wäre ein wahrhaft massiver Verstoß gegen das Kargheitsgebot. Eine Dienstleistung, auf die man verzichten konnte, ohne gleich zu verwahrlosen.

Nein, er wollte dort nicht hineingehen, obwohl für einen kurzen Moment eine Sehnsucht über ihn kam. Die Sehnsucht nach einer Fee, einer appetitlichen Haarbearbeitungsfee, die mit ihren Feenhänden ein gutriechendes Feenshampoo sanft in seine zuvor zurechtgestutzten Haare einmassieren, dann die veredelte Seife mit wohltemperiertem Wasser ausspülen und anschließend jedem seiner Haare eine Richtung befehlen würde, um sich nach Abschluß dieses Vorgangs, in dem auch noch aromatisch duftende Tinkturen zum Einsatz kommen müßten, ebenso feenhaft fachkundig mit seinen Fingernägeln zu beschäftigen.

Er schreckte hoch. Jemand klopfte auf der Beifahrerseite an die Scheibe.

Der schiere Kontrast zu seinem Tagtraum. Beinahe hätte er gehässig gelacht. Das war doch wie Hohn: Eine Erscheinung füllte das Autofenster fast völlig aus: ein schräggelegtes aufgequollenes Gesicht. Verschwommene Augen, unter denen sich gewaltige Tränensäcke ausbuchteten. Eine fleischige Nase mit großen schwarzen Poren. Ein struppiger grauschwarzer Bart, in dem sich ein spärlich bezahnter Mund bewegte. Zwischen spröder Ober- und Unterlippe zogen sich zwei Speichelfäden.

Jetzt machte der Mann, zu dem das Gesicht gehörte, eine kurbelnde Bewegung mit seiner Faust.

Bevor Georg dieser Aufforderung nachkam, suchte er in seiner Hosentasche nach Münzen, aber er fand nur einen Fünf-

euroschein. Ein fetter Obolus. Eigentlich zu fett, um noch so genannt werden zu können. Georg gab sich nicht die Zeit, nach kleineren Münzen zu suchen.
War da eine kleine Panik?
Ja.
Sein Auto hatte keine automatischen Fensterheber. Er kurbelte hektisch das Fenster zu einem Viertel herunter und reichte den Schein zwischen zwei Fingerspitzen geklemmt durch den Spalt, ohne sich zu vergewissern, ob es sich wirklich um einen Bettler handelte. Der Mann wandte den Kopf ab und nahm den Schein.
War da Scham in seinem Gesicht?
Ja.
Georg vermied nicht nur, mit der Hand des Mannes in Berührung zu kommen, er vermied auch den direkten Blick.
»Vergelt's Gott«, nuschelte der Fremde süddeutsch und schlich demütig davon.
Georg hatte zwar die Berührung mit dem Alten verhindern können, nicht aber das Eindringen einer kleinen modrigen Geruchsschwade. Sie ekelte ihn nicht, aber sie erschreckte ihn durchdringend. Ein Schrecken, der ihn traf wie ein Pfeil! Ihm war, als hätte die böse Erinnerung, die ihn überfiel, versteckt im Inneren der Geruchsschwade auf diese gezielte Attacke gelauert.

Brasilien. Drei Tage nach seinem fünfzehnten Geburtstag, zu dem sogar Tante Charlotte angereist war.
Endlich hatten er und seine erste Liebe Anja die Möglichkeit eines ungestörten Beisammenseins gefunden. Im Keller ihres Vaters. Gut gefedert auf einem großen Stapel leerer Säcke, in denen einmal Kartoffeln transportiert worden waren. Dort in diesem Keller hatte es so gerochen. Etwas modrig, etwas fau-

lig, etwas süßlich auch, aber in der Intensität nicht wirklich abschreckend. Der Geruch hatte ihn damals nicht gestört. Sie offensichtlich auch nicht. Er erinnerte sich genau, wie er hastig ihren Mund, ihren Hals und wieder ihren Mund geküßt, ihr ganzes Gesicht mit Küssen bedeckt hatte, wie er fiebrig und ungeschickt ihre Bluse aufgeknöpft, wie er ihren Rock hochgeschoben hatte, wie er ...
Er wußte bis heute nicht, warum ihr Vater gegen jede feste Gewohnheit nicht nur früher vom Markt zurückgekommen, sondern auch sogleich in den Keller hinuntergestiegen war.

Diesen geruchsgesteuerten Erinnerungsschwall hätte er jetzt nicht gebraucht. Und der arme Kerl, von dessen Körper er aufgestiegen war, kam ihm vor wie der Teufel selbst.

Georg stieg aus und schaute die Straße hinunter. Er konnte immer noch den Alten erkennen, wie er mühselig weiterschlurfte, dort wo eben noch die abgewertete Schöne ihren Arsch geschwungen hatte.
Georg Laub steuerte, ohne sich den Entschluß eingestanden zu haben, den Friseursalon an.
Die Friseurin, die sich ihm sogleich widmete, hatte nicht das Appetitlichkeitsformat seiner Sehnsuchtsfee, aber sie war jung, einigermaßen hübsch, forsch und in hohem Maße flirtbereit. So ausgestattet schien sie geeignet, ihn in einen Abstand zu bringen zu seiner Erinnerung und auch zu dem, der sie auslöste.
Nachdem Sonja, so wurde sie im Laden gerufen, seine Haare gewaschen und ziemlich gut geschnitten hatte, und nachdem er ihren vollen Busen an der Schulter gespürt hatte, war er bereit, ihre Sommersprossen sexy zu finden.
»Sie haben schöne Hände«, sagte sie, als sie sich an die Mani-

küre machte, »so feingliedrig und doch kräftig. Sicher spielen Sie Klavier.«

»Ja«, sagte Georg, obwohl er genau das seit zwanzig Jahren nicht mehr getan hatte.

»Sie sind mein letzter Kunde heute, wir wollten eigentlich schon schließen«, sagte sie.

»Das ist ein schönes Appartement, so hell und freundlich«, sagte er, als sie ihn nur eine Stunde später in ihre nach den Vorschriften des Fengshui eingerichtete winzige Zwei-Zimmer-Wohnung führte.

»Ich rufe dich dann an«, sagte er am nächsten Morgen.

Die fünfte Tür
oder: Schon wieder Mehringer

»Zugeschickt? So, so. Nicht gerade sehr originell.«
»Darum geht es doch gar nicht«, sagte Georg unwirsch.
Aber Fred Mehringer ließ nicht locker. Er hatte sich zu forcierter Munterkeit entschlossen und schon bei der Begrüßung einen forschen Ton angeschlagen. Den hatte er richtiggehend eingeübt in den letzten zwei Tagen, und Georg konnte das Künstliche in dieser Tonlage hören.
Jetzt drehte Mehringer auf:
»Ich finde, es gibt interessantere Fundorte für Texte. Warum nicht ein Dachboden? Wenn du schon einen Fundort fingierst, solltest du dich wenigstens an die klassischen Muster halten.«
»Ich fingiere nichts.«
Er achtete nicht auf Georgs Einwände und sprach unbeirrt weiter.
»Ich rate dir zu ›Dachboden‹. Das ist eine solide Textherkunft. ›Dachboden‹ macht sich besonders gut in Kriminalromanen. Jemand kann dort Texte finden, in denen sich verschwommene Hinweise auf Familiengeheimnisse, alte Verbrechen oder Leichen im Keller finden lassen. Unten und oben, alles in einem Haus, ein Kammerspiel der kleinteiligen Lügen und Intrigen, und dahinter verborgen die große Oper vom langjährigen Verstecken und plötzlichen Enthüllen. Vergangenheit und Gegenwart. Große Untaten, die auch deutlich in die Geschichte reichen sollten.«

»Ich hasse Romane, in denen ständig Texte gefunden werden«, sagte Georg.
Fred Mehringer ignorierte auch diesen Einspruch
»Vielleicht auch ein bißchen Politik, Stasi oder Nazi oder so. Ich empfehle vertuschte Stasiverbrechen. Das lappt noch lebensgeschichtlich brauchbar in die Gegenwart. Nazigreise sind als Täter unergiebig. Also die Akteure: gut und böse, alt und jung, männlich und weiblich, alle sind in alles verstrickt. Glaub mir, ich weiß, wie das läuft, bin lange genug in der Branche. Schau doch mal nach auf dem Dachboden deines gruseligen Domizils.«
»Es gibt hier keinen Dachboden, auf dem man etwas finden könnte.« Georg verbarg nicht, daß Mehringer ihm auf die Nerven ging.
Fred Mehringer war am Nachmittag des verabredeten Tags ohne seinen Architektenfreund aufgetaucht, hatte aber in Aussicht gestellt, daß dieser vielleicht, wenn wichtige Verhandlungen eine Zeitlücke ließen am Abend, noch nachkommen wolle.
Dann war er auf das zu sprechen gekommen, was ihn schon das letzte Mal in den Agniweg 46 geführt hatte.
Er hatte nämlich vor kurzem mit einem Regisseur, dessen Assistentin, einem Drehbuchschreiber und zwei Schauspielern in einer Kneipe gesessen. Nicht ungewöhnlich, nach der Arbeit hockte man meistens noch mit irgendwelchen Leuten, die in der jeweiligen Produktion zu tun hatten, in einer Kneipe. Einer, der Drehbuchschreiber, wenn er sich richtig erinnerte, hatte beiläufig gefragt, ob man erwägen solle, den vorletzten Roman von diesem Georg Laub für einen Fernsehfilm aufzubereiten. Und Mehringer hatte, da er die Chance für eine Bestätigung seiner Wichtigkeit witterte, behauptet, daß er eng mit dem Autor befreundet sei.

Fred Mehringer hatte einen Ruf als Mann mit vielen »connections«.
Er könne ja mal vorfühlen, hatte er gesagt, was Georg darüber dachte, er hatte bewußt nur den Vornamen genannt, um Nähe anzuzeigen.
»Fragen schadet ja nichts«, hatte der Drehbuchautor daraufhin unbestimmt gesagt.
Wieder auf dem Holzstuhl in dem Raum mit der zerstörten Wand sitzend, das Loch im Rücken, erzählte er Georg bei seinem erneuten Besuch von solchen Überlegungen. Das hatte er vor zwei Tagen schon tun wollen.
Bei dieser Erzählung übertrieb er maßlos – das gehörte zum Geschäft: Alle am Kneipentisch wären hell begeistert gewesen von dem Autor Georg Laub. Die Erwähnung seines Namens hätte ein Raunen ausgelöst, die Regieassistentin hätte behauptet, einen seiner Romane sogar mehrfach gelesen zu haben, und er, also Georg, könnte ernstzunehmende Absichten unterstellen, das müsse ihn doch interessieren, gerade in seiner derzeitigen finanziellen Situation.
Georgs Reaktion war enttäuschend. Alles andere als begeistert. Er winkte gleich ab, noch in Mehringers letzte Worte hinein. Das kenne er schon, da gebe es tausend Besprechungen, »Meetings«, Vorstadien von Vorstadien, viermal veränderte Drehbuchentwürfe, wechselnde Regisseure, wechselnde Geldgeber und am Ende werde doch nichts daraus.
Zudem überlege er, ob er überhaupt weiterhin in dieser Branche bleiben wolle. Er sagte tatsächlich auch »Branche«.
Sollte heißen: Er denke ernsthaft über einen Berufswechsel nach. Er werde wahrscheinlich aufhören mit der Schreiberei.
Dann hatte er aufgelacht:
»Erinnerst du dich an die hitzigen Diskussionen, die wir als Studenten unter dem Stichwort ›Tod des Autors‹ geführt ha-

ben? Jetzt stirbt das Autorentum den schleichenden Google-Tod. Dieses ganze Hauskonzert der Buchgemütlichkeit intoniert von Verlag, Buchhandel und Feuilleton wird früher oder später digital zum Verstummen gebracht werden. Da wird der einzelne Abgang des Autors Georg Laub nicht weiter auffallen.«
Georg lachte immer noch, aber sein Lachen wirkte jetzt leicht erzwungen.
Mehringer, der seinerzeit kaum sechs Semester Amerikanistik studiert hatte, eher beiläufig und ohne akademische Absichten, konnte sich an diese Diskussionen über den Autorentod nur undeutlich erinnern.
»Und was ist das?« hatte er gefragt und auf einen dünnen Stapel bedruckter Blätter gezeigt. Er lag auf Georgs Schreibtisch neben Computer und Drucker.
Aber Georg hatte abwehrend die Hände gehoben und behauptet, daß er nicht der Verfasser sei.
»Nicht mein Text. Wurde mir anonym zugeschickt.«
»Zugeschickt, so, so, das kennt man ja«, sagte Mehringer jetzt nochmals in seinem nervig munteren Ton. »Du willst diesen Text also partout nicht auf dem Dachboden gefunden haben? Ich sehe es an deiner Miene, Dachboden gefällt dir nicht. Hm. Ja. Das muß ich zugeben, etwas überstrapaziert. Zu altmodisch. Willst du weiter ausholen, zum Beispiel in die Historie, und willst es gar noch etwas hochgestochener haben, empfiehlt sich eine Provinzbibliothek oder ein Kloster. Aber so eine anonyme Zusendung, das ist doch fad, literarisch bieder.«
Georg schaute ihn nur müde an.
»Ich bin nicht darauf angewiesen, daß du mir die Zusendung glaubst, und es schreckt mich nicht, wenn du irgendetwas fad oder bieder findest.«

Er schwang auf seinem Drehstuhl herum, zog unter dem Papierstapel auf seinem Schreibtisch einen braunen Umschlag hervor und ließ ihn noch, während er sich wieder dem Besucher zudrehte, in dessen Richtung flattern.
Der fing ihn geschickt auf und begutachtete ihn von beiden Seiten.
»Was heißt denn anonym? Hier steht doch eine volle Adresse.«
»Ja, nur leider, es gibt diese Adresse nicht. Den Ort nicht, die Straße nicht, die Postleitzahl nicht.«
»Dann wird es vermutlich die Frau auch nicht geben, jedenfalls nicht unter diesem Namen.«
Er entzifferte mühsam »›Sammuramat Denk‹. Druckbuchstaben. Ausgedacht. Hundert pro. So heißt doch niemand!«
»Nein, so heißt niemand, diese Frau Denk gibt es nicht, falls es sich überhaupt um eine Frau handeln sollte.«
»Das wird doch nicht das erste Manuskript sein, das dir in der Hoffnung zugeschickt wurde, du würdest es gut finden und es deinem Verlag empfehlen.«
»Nein.«
»Was heißt nein?«
»Nein, es ist nicht das erste. Und wie soll ich es empfehlen, wenn sich die Autorin oder der Autor gar nicht zu erkennen gibt? Im übrigen taugt es nichts und es handelt sich auch gar nicht um ein Manuskript.«
»Sondern?«
»Ein Teilstück.«
»Ein Teilstück von was?«
»Schwer zu sagen.«
Mehringer nahm zwei der oben liegenden Blätter. »Sind die Markierungen von dir?«
»Ja.«

»Was markierst du da?«
»Es werden Orte beschrieben, hier in Berlin, vielleicht Verstecke oder Fluchtorte. Das ist alles sehr unbestimmt. Es gibt diffuse Hinweise auf eine Bedrohung in diesen Textsplittern. Wirres Zeug. Nicht einmal gut geschrieben. Immer wieder irgendwelche Orte in irgendwelchen Stadtteilen. Ich kenne mich ja hier noch nicht gut aus. Ich habe auf dem Stadtplan die angegebenen Orte markiert, kann aber kein System erkennen.«
»Sie will, daß du ihr folgst, daß du einsteigst in ihre Geschichte, das du ihr dabei hilfst, einen dieser beknackten Berlinromane zu schreiben.«
»Na klar, will sie das, aber das ist das letzte, was ich will.«
»Und wirst du ihr dienen?«
»Quatsch. Ich denke gar nicht daran. Ich habe Wichtigeres zu tun.«
»Laß die Finger davon. Wahrscheinlich ist sie tatsächlich nur so eine lästige Trittbrettfahrerin ...«
Mehringer stand auf. Seine Munterkeitsfassade war eingebrochen und einer Nervosität gewichen. Es hielt ihn nicht mehr auf dem harten Stuhl. Er mußte dieser Nervosität irgendwie körperlich Herr werden, mußte sich bewegen.
War das Haus ihm bei seinem letzten Besuch totenstarr erschienen – bis auf das stete Geriesel aus den Lochrändern –, so war ihm jetzt, als befinde sich alles um ihn herum in fiebriger Unruhe.
Durch die geöffneten Fenster drangen Straßengeräusche: Männer einer Transportfirma riefen sich Anweisungen zu und karrten polternd Kisten zu ihrem laut brummenden Lastwagen, ein Hund bellte sie wütend an, eine schrille Frauenstimme rief nach einem Kind, ein Moped knatterte bösartig, ein Rasenmäher, vielleicht war es auch eine elektrische

Heckenschere, lärmte in Intervallen, der Luftzug ließ Tapetenfetzen unablässig in die Lochöffnung flattern, und in der Wohnung über ihnen ging jemand eilig hin und her.
»Willst du mir diesmal kein Bier anbieten?« fragte er, um auch sich und Georg in eine Bewegung zu bringen.
Während Georg ergeben aufstand und das Bier holen ging, tat er das, was er sich vorgenommen hatte.
Er ging durch das Loch in das angrenzende Zimmer. Drei Schritte. Kein Problem. Diesmal war es dort etwas heller, weil die Sonne schien und ein wenig Tageslicht schräg hereinfiel, wenn auch nur durch jenen Teil des Fensters, der nicht durch den verklemmten Rolladen verdeckt war.
Das Zimmer, eher eine kleine Kammer, war leer, bis auf ein schmales Bett und ein niedriges Tischchen, auf dem neben einer Schirmlampe einige Bücher lagen. Ein altmodischer Wecker stand am Kopfende des Bettes.
»Eine Mönchsklause«, dachte Mehringer.
Das Bett war offensichtlich neu. Sauber stach sein hartweißer Kunststoffrahmen vom Graubraun der alten Tapete ab. Matratze und Bettzeug waren mit naturweißem Leinen, oder einem Stoff, der diesen Eindruck hervorrief, nahezu faltenfrei bezogen, Kopfkissen und Daunendecke ordentlich aufgeschüttelt.
Was hatte Mehringer denn gedacht? Hatte er angenommen, daß Georg auf einem fauligen Strohhaufen schlief? Diese reduzierte Wahrnehmung verletzte ja beinahe seine Berufsehre. Hatte er nicht bemerkt, daß Georg heute sorgfältig rasiert war, daß er akkurat geschnittene Haare hatte, daß er ein gebügeltes hellblaues Oxford-Hemd und eine frisch gewaschene Jeans trug, zudem dunkelbraune Slipper, die einen teuren und gepflegten Eindruck machten?
An der Wand lehnte ein exquisiter Koffer.

Auch in diesem Raum gab es eine Tür, die er umgehend öffnete.
Er trat in einen engen Gang, von dem vier weitere Türen abgingen. Die erste Tür war weit geöffnet. Sie gehörte zu einer kleinen Küche, und er konnte Georg sehen, wie er zwei Bierflaschen aus dem untersten Fach eines Kühlschranks zog.
Die Kücheneinrichtung war erwartungsgemäß schlicht. Mehringer sah einen wahrscheinlich stillgelegten Gasherd, einen alten Spülstein und einen hölzernen Küchenschrank, wie ihn die Trödler für die Nostalgiker unter ihren Kunden feilboten. Offensichtlich stammten diese Gegenstände, so wie auch das wellige, ochsenblutfarbene Linoleum noch aus der Zeit der Erstausstattung.
Einzig bei dem Kühlschrank, einer elektrischen Doppelkochplatte und einer Kaffeemaschine handelte es sich um Anschaffungen neueren Datums.
»Darf ich mich etwas umsehen?« fragte er in gekünstelter Manierlichkeit.
»Ja klar«, sagte Georg und lachte gutmütig, wenn auch etwas herablassend. »Aber was willst du entdecken? Hier gibt es nicht viel zu sehen. Ich muß dich enttäuschen: keine weiteren Löcher, keine Rattennester, keine eingemauerten Prinzessinnen.«
Mehringer ließ sich nicht ablenken, er nahm sich vor, eine Türe nach der anderen zu öffnen. Das war sein Programm, denn er war überzeugt, daß, hätte er erst einmal alles gesehen, was es in dieser verrotteten Wohnung zu sehen gab, kein Raum mehr wäre für eine abwegige Faszination.
Die zweite Tür führte wie angenommen in das Zimmer, in dem er mit Georg gesessen hatte. Hinter der dritten verbarg sich ein kleiner fensterloser Raum, vermutlich ehemals als Abstellkammer gedacht. Hier befanden sich die textilen Hül-

len aus Georgs altem Leben. Auf einem rollbaren Kleiderständer hingen sieben oder acht elegante Anzüge, etliche Jacketts und Hosen, drei Mäntel und zwei Outdoor-Jacken. An einer Wand stand ein neues Lattenregal, zwar sauber, aber doch primitiv, mehr gedacht für Lagerräume oder Keller, auf dem Pullover, Hemden, Unterwäsche, Bettwäsche, Socken und T-Shirts gestapelt waren, auch Schuhputzmittel und eine Kleiderbürste kamen in seinen Blick. Auf dem Boden standen ordentlich aufgereiht acht Paar gut geputzte Schuhe und ein Paar Winterstiefel.
An einem Nagel in der Wand hing ein rührendes Bademäntelchen. Es wirkte verloren, paßte es doch weder zu dem Raum, noch zu der Wohlstandskleidung. Im Vergleich zu dem Raum schien es zu freundlich, im Vergleich zu den anderen Textilien zu erbärmlich.
Plötzlich fühlte er sich beim Beobachten beobachtet. Georg stand hinter ihm in den Türrahmen gelehnt und schien belustigt.
War er belustigt?
Ja.
Mehringer berührte einen der Anzüge an der Schulterpartie und brachte den Bügel dadurch leicht ins Schaukeln.
»Dein schickes Outfit hat Margy dir gelassen?«
»Ja, was sollte sie damit anfangen? Und, wer weiß, vielleicht brauche ich die Klamotten irgendwann noch mal. Nur die ganz affigen, die sie mir aufschwatzte, habe ich noch in Frankfurt bei Ebay verramscht.«
»Und deine Bücher? Wo sind deine vielen Bücher? Hat sie die auch an sich gerafft?«
»Nein, für die hat sie keine Verwendung. Die passen nicht in ihr Lebensdesign. Ich glaube nicht, daß sie je ein umfangreiches Buch bis zum letzten Satz gelesen hat. Sie schnappt auf,

verwertet das Gehörte nach Belieben und plappert dann mit. Im Durchmogeln war sie immer gut. In Bücherwänden sieht sie ein innenarchitektonisches Malheur. Nein, meine Bücher waren vor ihr vollkommen sicher, sie sind in unzähligen Kartons hier im Keller verwahrt.«

Mehringer war wieder auf den Gang getreten.

»Und wohin führt diese Tür?«

»Voilà«, sagte Georg und stieß mit theatralischer Gestik die vierte Tür auf, als präsentiere er die Wunderkammer in einem Renaissanceschlößchen.

»Und hier nun die Naßzelle, der unerfreulichste Raum.«

Mehringer fand das bestätigt, obwohl ihm bislang alle anderen Räume in dieser Wohnung auch schon sehr unerfreulich erschienen waren.

Die meisten der gelblichen Fliesen an Wand und Boden waren defekt. An einigen Stellen waren sie überhaupt nicht mehr vorhanden. Das Waschbecken und die Kloschüssel mußten tatsächlich dringend erneuert werden. Er sah üble Spuren eines sehr langen Gebrauchs. An einer Wand auf halber Höhe befand sich ein alter Durchlauferhitzer. Seine weiße Emaille war an den Kanten abgestoßen und gab einen schwarzen Grund frei. In seiner Front befand sich eine Auslassung, in der eine kleine bläuliche Flamme unruhig züngelte.

Auf einer Seite des engen Raums war irgendwann einmal eine Badewanne – man sah noch den Abdruck ihrer rostigen Stützfüße – durch eine Dusche ersetzt worden. Georg hatte den Boden der Dusche und auch den Weg dorthin mit Gummimatten ausgelegt, vermutlich um nicht nackten Fußes mit den rissigen Bodenfliesen in Kontakt kommen zu müssen. In deren Rillen stand das Wasser. Ein Tummelplatz für Silberfischchen.

Neben dem Waschbecken stand ein hochbeiniger Rolltisch,

eine neuere Anschaffung – Mehringer erkannte die Ikea-Herkunft –, auf ihm hatte Georg seine Toilettenartikel versammelt: einen hohen Stapel frisch gewaschener Handtücher, einen Standspiegel, ein Duschgel, ein Shampoo, einen elektrischen Rasierapparat, ein Rasierwasser, eine angebrochene Zahnpastatube, eine elektrische Zahnbürste im Geräteverbund mit einer Munddusche, ein Deodorant, ein Set für die Nagelpflege, eine Haarbürste, einen Kamm und eine Körperlotion.

Mehringer, der Bühnenbildner, spezialisiert auf die Stimmigkeiten von Ambiente und Atmosphäre mit hervorragenden Kenntnissen der Warenwelt, erkannte sofort: Bei den Artikeln des täglichen Bedarfs, die periodisch erneuert werden mußten, handelte es sich um einfache, wenn auch solide Drogerieprodukte; bei den Artikeln des ständigen Gebrauchs, die vermutlich noch aus der Frankfurter Zeit stammten, um das Teuerste, was an dieser Konsumfront zu haben war. Hygienebewußt ragten sie gemeinsam in die beklemmende Umgebung.

Auf dem Ablagebord des Waschbeckens unterhalb eines blinden Spiegels stand neben einer großen Spraydose Sagrotan eine kleine, halbvolle grüne Flasche. Das altertümliche Etikett war kaum noch entzifferbar, auch weil jemand ein kleineres Schildchen schräg darüber geklebt hatte. Auf dem stand in geschwungener Handschrift:

»Adornos Rasierwasser«.

»Was ist das?«

»Ein Rasierwasser.«

»Hat der Irre das hier vergessen?«

»Nein, lies doch! Das ist Adornos Rasierwasser.«

»Du willst mir jetzt aber nicht erzählen, daß der hier einmal gewohnt hat?«

»Nein, die Flasche gehört zu Tante Charlottes Erbe.«

Mehringer sah Georg ungläubig an. Was könnte eine Frau, zu deren Nachlaß dieses Spießerhäuschen gehörte, mit dem Philosophen zu tun gehabt haben?
»Hatte sie was mit dem?«
»Nein, sie hatte nichts mit dem, jedenfalls nicht in der Weise, die deine plumpe Frage nahelegt.«
»Und wie kam sie an sein Rasierwasser?«
»Es handelt sich um eine perverse Devotionalie. Sie hat mir die Geschichte erzählt. Bei meinem vorletzten Besuch sah ich die grüne Flasche auf ihrem Bord stehen, und ich fragte sie, genauso, wie du mich jetzt gefragt hast, was es mit der auf sich habe. Da hat sie beinahe verlegen gelacht und gesagt, daß sie die Flasche irgendwie nicht loswerde, sie habe selbst seit vielen Jahren, ja seit Jahrzehnten, nicht mehr an sie gedacht, sie habe vielmehr angenommen, daß sie die irgendwann weggeworfen habe oder daß sie verlorengegangen sei, vielleicht bei einem ihrer vielen Umzüge. Aber als sie sich bald nach dem Einzug in ihrer letzten Bleibe, in diesem häßlichen halben Zimmer im Pflegeheim umgesehen habe, sei die Flasche wie durch ein Wunder wiederaufgetaucht. Sie sei im ersten Moment richtig erschrocken.«
»Hast du sie gefragt, wie sie denn an diese Flasche gekommen ist?«
Georg legte eine Hand an die Schläfe, als könne er durch einen sanften Druck seiner Finger die Erinnerung beleben.
»Ja, sicher. Mal sehn, ob ich die Geschichte noch richtig zusammenkriege.«
Er sah Mehringer nachdenklich an, als zweifele er, daß dieser die Mühe wert sei. Dann sprach er aber doch.
»Also, sie war Musikwissenschaftlerin und arbeitete in den späten sechziger Jahren am Konservatorium in Frankfurt am Main. Zu dieser Zeit besuchte sie zusammen mit einer etwas

jüngeren Freundin, die gerade ihre Doktorarbeit bei Adorno schrieb, regelmäßig dessen Vorlesungen. Offensichtlich taten das viele, auch wenn sie das Studium längst hinter sich hatten. ›Du mußt wissen, Jungchen‹, hat die Tante zu mir gesagt, ›diese Vorlesungen waren gesellschaftliche Ereignisse. Aus aller Welt strömten sie herbei, die Leute, dienstags und donnerstags in den großen Hörsaal VI.‹ Ich meine mich auch zu erinnern, daß sie einmal sagte, daß diese Jahre ihre besten gewesen seien. Als meine Tante kurz darauf einem Liebhaber, den sie – wie sie nie vergaß anzumerken – ›irrtümlich heiratete‹, nach Berlin folgte, hat ihr diese Freundin mit bedeutungsvoller Miene die Flasche zum Abschied geschenkt. Meine Tante war etwas pikiert, weil sie nicht wußte, wie sie dieses merkwürdige Geschenk deuten sollte. Hatte die jüngere Freundin auf diesem unsinnig komplizierten Weg zu verstehen geben wollen, daß sie in intimer Beziehung zu dem berühmten Philosophen stand? Meine Tante fand das vulgär und verklemmt, kurzum: völlig bescheuert. Sie glaubte lange einer Erinnerung, in der sie sich sah, wie sie die Flasche verächtlich wegwarf.«

Auch in Georgs Blick lag nun Verachtung.

»Aber die Erinnerung war eine Täuschung, oder, wie sie sagte, ›ein Trug‹. Das blöde Geschenk hat sie verfolgt. Ich glaube, das war für sie richtig ärgerlich, weil sie der Lehre des Künstlerphilosophen viel zu verdanken hatte. Und diese Flasche trivialisierte ihre gute Erinnerung.«

Als sie den Raum verließen, sagte Mehringer:

»Und jetzt hast du die anhängliche Flasche. Mach sie doch mal auf, vielleicht entsteigt ihr ein Geist und fragt dich nach deinen Wünschen.«

»Pfff«, machte Georg, um anzuzeigen, wie albern er Mehringers Witzchen fand.

Dann saßen sie wieder in dem Zimmer mit dem Loch in der Wand und tranken Bier aus der Flasche. Der Architekt kam nicht.

Auf dem Heimweg fiel Mehringer ein, daß er die fünfte Tür nicht geöffnet hatte.

Das Manuskript I

Vorbemerkung

Ich habe mich entschlossen, diese Textfragmente, ich sollte wohl besser schreiben: dieses Gestammel, bestehend aus Ortsbeschreibungen, Lock- und Hilferufen, »Manuskript« zu nennen, weil mir kein treffendes Wort dafür einfällt. Obwohl das wirre Stückwerk in schlechtem Deutsch kaum diese Bezeichnung verdient. Heute Morgen ist wieder ein Abschnitt, der dritte, in meinem Briefkasten gelandet. Ohne Umschlag. Auf dem ersten Blatt stand »Georg Laub: Folge der Fährte!« Das hatte auch bei den vorangegangenen Zusendungen auf dem Titelblatt gestanden. Aber ich hatte den Befehl jeweils mißachtet.
Heute, das habe ich beschlossen, würde ich der Fährte folgen und das Aufgespürte, wenn es da etwas geben sollte, dokumentieren.
Spaßeshalber.
Nur spaßeshalber.

Protokoll einer Irrfahrt
Café Lau

Ein strahlend schöner Tag.
Zweimal war ich an dem genannten Café vorbeigerannt. Es war von außen kaum als solches erkennbar. Die großen Scheiben bei-

derseits der Eingangstür waren bis zum oberen Drittel mit einem schmutzigweißen Papier abgeklebt worden. Es sah aus wie einer der vielen leerstehenden Läden, die es zunehmend in der Stadt gibt. Dann, ich war ein letztes Mal den im Manuskript beschriebenen Straßenabschnitt abgelaufen, entdeckte ich das kleine Schild neben der Tür *Café Lau*.
Als ich aus dem hellen Tag in das abgedunkelte Café trat, mußten sich meine Augen erst an die Düsternis gewöhnen. Ich wählte einen Platz dicht an einer der beiden großen Fensterscheiben. Hier war es nicht gar so dunkel. Durch das dünne Papier der Fensterverkleidung fiel ein milchiges Licht auf meinen Tisch. Ein sehr junges, mageres, blasses, ja farbloses Mädchen fragte mich nach meinen Wünschen. Ihr kurzes Haar, das strohig nach allen Seiten abstand, war ausgebleicht und ließ eine grindige Kopfhaut erkennen. Sie trug ein schwarzes T-Shirt, einen kurzen schwarzen Rock, und ihre dünnen wadenlosen Beine endeten in klobigen schwarzen Turnschuhen mit dicken Sohlen. Auf ihrem von vielen Waschmaschinengängen angerauhten und mit Stoffknötchen übersäten Shirt befand sich eine Aufschrift, die ich nicht lesen konnte. Die dürre Gestalt war, während ich die Einrichtung noch musterte, plötzlich vor mir aufgetaucht, als habe sie sich von der Decke abgeseilt, und sie fragte artig und etwas steif: »Sie wünschen, bitte?«
An dem Café war nichts ungewöhnliches. Alte, abgenutzte Holztische und Stühle, wie es sie in vielen anderen Kneipen und Cafés auch gab. Ein großer Garderobenständer, an dem zwei schwere dunkle Wintermäntel hingen. Wahrscheinlich hingen sie hier schon seit den kalten Monaten. Ein massives altes Buffet, auf dem drei Platten mit eingestaubten Kuchen standen. Auf einem Regal an der Wand hinter dem Buffet waren Gläser, Tassen und Teller gestapelt.
»Vielleicht«, so dachte ich, »ist hier alles etwas zu gewöhnlich.«

Eine geradezu übertriebene Gewöhnlichkeit, die ja im Moment ihrer Übertreibung eigentlich keine mehr ist.
In einer entfernten Ecke saßen zwei Männer über ein Spiel gebeugt. Sie waren nicht gut zu erkennen, auch weil der eine mir seinen gewaltigen Rücken zuwandte und den, der ihm gegenüber saß, fast gänzlich verdeckte. Von ihm erspähte ich, als sich der Hüne bückte und eine weiße Schachfigur aufhob, die sich hell von den eingedunkelten Bodendielen abhob, einen Schopf fahlblonder Haare und den Ärmel eines Wintermantels. Ich wunderte mich etwas, weil auch der Hüne an diesem besonnten Frühsommertag einen dicken dunklen Mantel trug. Außer diesen beiden und mir befand sich nur noch ein Gast in dem Raum. Ein alter Mann, der den Schirm einer roten Basecap tief ins Gesicht gezogen hatte, Pfeife rauchte und Zeitung las. Er wirkte deplaziert, ohne daß ich hätte sagen können, warum. Er saß in der Nähe des Tresens, an dem das dünne Mädchen meinen Kaffee herrichtete.
»Cappuccino ham wir nich, nur Kaffee«, hatte sie mit ihrer piepsigen Stimme zu mir gesagt. Das hatte ich lange nicht gehört. Überhaupt machte das Lokal einen stehengebliebenen Eindruck. Aber vielleicht war es gerade das, was mancher hier suchte. Eine gestrige Gewöhnlichkeit.
Im Manuskript war von einem Hof die Rede. Ich ließ meinen Blick nochmals durch das Café schweifen. Ja, dort hinten neben den beiden Schachspielern war eine Tür.
Ich stand auf, durchquerte den Raum, vorbei an dem lesenden Alten, den Tresen entlang, hinter dem das dünne Geschöpf fahrig hantierte, in Richtung der Spieler und steuerte schließlich geradewegs auf die Tür zu. Niemand nahm von meinem Tun die geringste Notiz, und doch hatte ich das Gefühl einer strengen Beobachtung.
Als ich in den Hinterhof trat, der an vier Seiten von hohen grauen

Häusern umschlossen war, kam es mir merkwürdig vor, daß keine dieser Figuren auch nur aufgeschaut hatte.

Auf dem engen schmutzigen Hof, in den kein Sonnenstrahl dringen konnte, befanden sich sieben überquellende Mülltonnen, ein Stapel alter Autoreifen und zwei defekte Fahrräder, das eine wie durch einen schweren Unfall völlig demoliert, bei dem anderen fehlte der Hinterreifen und der Lenker. Über eine nahezu durchgerostete Teppichstange hatte jemand einen zerfressenen Läufer geworfen. Ein fauliger Geruch stieg mir in die Nase. Mir war nicht wohl auf diesem Hof. Gar nicht wohl.

Hätte ich dem Manuskript weiterhin gehorchen wollen, so hätte ich jetzt den Hof überqueren und zu einer Tür gehen müssen, die sich auf der Rückseite des gegenüberliegenden Hauses befand. Eine graue Metalltür, die sich ebenerdig unterhalb der Fenster des Erdgeschosses befand und vermutlich in den Keller des Gebäudes führte.

Während ich noch überlegte, ob ich so folgsam nicht lächerlich vor mir selbst würde, hatte ich plötzlich das Gefühl einer Bewegung in meinem Rücken. Ich kann beschwören, daß da kein Geräusch war, nur dieses Gefühl einer Bewegung. Ich wirbelte herum. Vor mir standen die drei Männer aus dem Café. Der Hüne und sein flachsblonder Kumpan, ein junger Kerl, der einen unbedarften Eindruck machte, lehnten entspannt rechts und links neben der Tür, aus der ich soeben gekommen war. Die dunklen Mantelschöße zurückgeschlagen wie Westernhelden in Schießbereitschaft, die Daumen in ihren Hosenbund gehakt, betrachteten sie mich abwartend unter schweren Lidern. Auch der alte Mann war anwesend, er stand etwas abseits, und auch er fixierte mich. Mit vorgebeugtem Rumpf und schräggelegtem Kopf beäugte er mich aus funkelnden Knopfaugen von unten, als habe er aus dieser Perspektive die beste Sicht auf ein exotisches Untersuchungsobjekt. Er glich einem tückischen Marabu.

Eine eisige Kälte überzog mich. Ich war umstellt. Ich spürte den Schlag meines Herzens in den Ohren. Dann trat der alte Mann an mich heran, richtete sich hoch auf, warf den Vogelschatten von sich ab und begann mit klarer Stimme eine Tirade, die weit über den Hof schallte und sich vielfältig an den Häuserwänden brach.

Die Tirade des alten Mannes (auch Lügenkrüppel genannt):

»Einst war ich Künstler.
Ein besserer, als du einer bist.
Kein Vergleich.
Oh, gar kein Vergleich.
Soll heißen: ICH war ein Künstler.
Eine einzige Verszeile von meiner Hand hätte deine gesamte Schreiberei, die nicht einmal der Vernichtung wert ist, rückstandsfrei vernichtet.
Aber du wirst sie nie lesen, diese kostbaren Zeilen,
du bist ihrer nicht würdig. Du Schrumpfpoet.
Höre aber dies:
ICH liebte die Künste.
Ja, ich liebte die Künste.
Und ja, die Künste liebten mich.
Und ich ehrte sie.
Und ich mehrte sie.
Worte warf gewaltig ich in die Welt.
Wollte rütteln.
Wollte schütteln.
Wollte wecken.
Auch verwunden, wo es not tat.
Jedes Wort ein Beilhieb.
Wie von K. empfohlen.«

»Axt«, murmelte ich in seine Deklamation hinein. Ich konnte mir, obwohl ich vor Angst ganz starr war, die Besserwisserei nicht verkneifen, aber ich murmelte es nur unhörbar.

»Die heilige Kunst war alles mir.
So einer war ich einst!
So ein Braver.
So ein Gläubiger.
Jetzt aber spuck ich drauf.
Jetzt aber scheiß ich drauf.
Hab nur noch Fluch und Hohn dafür.
Bin umgeschult.
Lernte klagen, ohne zu leiden.
Bin Opfer jetzt beruflich,
ein Superstar des Leids,
bejubelter Märtyrerstar,
Champion der Qualperformance.
Diplomierter Torturerdulder,
Sisyphos und Hiob gleich in einem.
Eine Aura des Grauens umweht mich.
Ein hartes Lamento eilt mir voraus.
Ein Entsetzen dient mir als Schleppe.
Das ist mein glamouröser Part.
Bin Qualdarsteller und Dauervorwurf.
Hetz jedweden in Schuld und Scham.«

Er wurde immer lauter.

»Knapp entronnen aus Krieg und Folterkammer,
geb ich den Fliehenden, zeig schlecht vernarbte Wunden,
böse Male von Kopf bis Fuß und jodle mein Jammerlied
schrill in dein Ohr, bis daß der Kopf dir platzt.«

Bei den letzten Worten hatte der Alte Jacke und Hemd aufgerissen, zeigte eine weiße ausgemergelte Greisenbrust, auf der keinerlei Wundmale zu sehen waren.
Dann knöpfte er Hemd und Jacke wieder zu, lockerte seine Haltung, zog seine rote Cap tiefer in die Stirn und sprach spöttisch weiter:

»Jedenfalls:
Du hast keine Chance,
weil der Gute stets für mich sein muß
und gegen dich, du Tropf.
Vergiß das nie.
Gebeugt und wund und arm und alt und Treu aus Not
hink ich mit im Trupp des Riesen,
in der Meute deiner Plagen,
im Gleichtrott mit dem Stummen und der Dünnen.«

Der Alte schwang gleichmäßig wieder zur Seite auf seine alte Position, so als befände er sich auf der Drehscheibe, und fixierte mich wie vordem tief gebeugt mit schiefem Kopf.

Jetzt im Rückblick, glaube ich, daß ich mich wie ein in die Enge getriebenes Tier fühlte. Für den Bruchteil einer Sekunde sah ich mich im Sprung.
Dann stürmte ich los, nutzte den Überraschungseffekt, erahnte die kleine Fluchtlücke, sprang tatsächlich mit einem einzigen großen Satz zwischen den beiden Schachspielern hindurch auf die Tür zu, jene Tür, aus der ich höchstens zwei Minuten zuvor friedlich gekommen war, riß sie auf, raste weiter durch das Café auf die Straße.
Selbst dort im besonnten städtischen Treiben, umgeben von harmlosen Passanten in gemäßigter Gangart, rannte ich noch ein

ganzes Stück blind weiter und kam erst nach zwei Straßenkreuzungen an einer roten Ampel zum Stehen. Nicht das Signal, allein der Fluß der vorbeibrausenden Autos bremste mich. Ich war so fertig, daß ich in einer großen schwarzen Limousine Margy mit ihrem Lover zu erkennen glaubte.

Das ist doch alles völlig absurd.

Am Abend fand ich in meinem Briefkasten nur ein einziges Blatt. In der gewohnten Schrifttype stand dort fett geschrieben: »Schriftsteller Georg Laub: Du hast versagt!«

Öl und Ekel
oder: Georg sieht fern

»Wir sind jetzt schon Legende«, dachte er. Aber wer war mit »wir« gemeint?

Georg saß in seinem Arbeitssessel und sah fern. Das hatte er seit vielen Monaten nicht mehr getan.

Er sah eine Reportage über arabische Ölmilliardäre. Er hatte auf Ablenkung versessen den Apparat eingeschaltet und sich durch etwa dreißig Programme gedrückt. Man sollte es nicht glauben, aber in Tante Charlottes Häuschen befand sich tatsächlich ein Kabelanschluß. Und es gab auch ein funktionierendes Telephon, dessen Nummer er jedoch niemandem verraten hatte. Der altmodische Apparat lag unter seinem Bett. So ganz ohne die Möglichkeit einer Verbindung nach außen hatte er doch nicht bleiben wollen, wenngleich er sie seit seinem Einzug der Verkargungsidee treubleibend nie genutzt hatte.

Hatte er nicht?

Nein.

Als er den Versuch, eine erträgliche Sendung zu finden, schon aufgeben wollte, war er in diese Reportage geraten. Im programmübergreifenden Matsch von Bild und Rede schien sie das kleinste Übel.

Mehrere Potentaten des Orients wurden gezeigt. Häupter von Familienclans, die alle behaupteten, mit dem Propheten Mohammed verwandt zu sein, eine Behauptung, die sogar dem Interviewer etwas kurios erschien.

»Verwandtschaft könnte schon sein«, dachte Georg, sie hatten alle das gleiche vom Öl getragene Gewinnerlächeln.
Einer dieser Scheichs wollte unbedingt in seiner Güte und Volksnähe gezeigt werden. Der Reporter tat ihm den Gefallen. Und Georg sah, wie dieses Säugetier im Burnus, ohne sich die Mühe zu machen, auch nur die kleinste Erweichung in seine Maske zu bringen – das Öllächeln war vorübergehend wie weggeschmolzen – und ohne die herankriechenden Untertanen eines Blickes zu würdigen, angewidert, ja angeekelt deren Bittschriften entgegennahm und sie achtlos auf einen Haufen warf.
Georg hatte noch nie so viel Verachtung in einer Geste gesehen. Wäre er Schauspieler, er würde genau diese Geste über Stunden einstudieren. Er lachte auf. Selbst für die gewollte Gütedarstellung konnte dieser Kerl nicht mehr Ekelverleugnung aufbringen. Eine Szene wie aus einer lange vergangenen Zeit. Ein bitterböser Märchenkalif. Aber der Kerl war echt und heutig.
Ein anderer Clanchef, auch so ein Verwandter, wurde gezeigt wie er sich über die Pläne für die Inneneinrichtung seiner im Bau befindlichen Yacht beugte. Es handelte sich um die größte Yacht aller Zeiten. Die Größte aller Zeiten! Der devote Architekt hatte einen gravierenden Fehler gemacht, er hatte eine Bibliothek eingezeichnet. Der Potentat schüttelte sich geradezu vor Abscheu. Nein, die wollte er nicht auf seinem Schiff haben.
Ein weiterer Herrscher aus dieser Region kam ins Bild. Ein Finanzjongleur. Hier war es wieder, das milde Lächeln. Ein Aktienartist auf den Weltmärkten des Turbokapitalismus. Er halte, wie er sagte, alle Zügel von Wirtschaft, Politik und Religion in seinen Händen und treffe ununterbrochen Entscheidungen. Ununterbrochen! Er treffe schnelle Entscheidungen,

wie er betonte. Und er könne sie so schnell treffen, weil er, wie er noch nachdrücklicher betonte – sein Lächeln, glitt vorübergehend ins Sardonische –, von lähmenden Parlamentsentscheidungen oder anderen Bremswirkungen plebiszitärer Art nicht behindert werde. Hier in seinem Reich werde alles nur von einem, nämlich von ihm, dirigiert und komme nach seiner immer weisen Entscheidung unmittelbar zu einer Macht und Reichtum vermehrenden Wirkung. Er lächelte wieder weich und milde mit hartem Glanz im Auge. Nur so könne man global spielen und bestehen.
Kein Zweifel, der das sagte war ein Gewinner, und er gewann täglich neu, und er siedelte in einem Land, in dem öffentliche Enthauptungen stattfanden.
Beduinenschläue gepaart mit Technologie auf höchstem Stand.
Georg spürte eine starke Abscheu, der er zugleich schon wieder mißtraute.
War das die Spießerangst vor dem Unbekannten?
Verwandelte sich der einst weltgewandte Autor hier in der Reihenhaus-Diaspora in einen rassistischen Kleingeist?
Er beruhigte sich.
Nein, seine Abscheu war nicht ethnisch grundiert.
Sie betraf die Aussparung: Eine archaische Despotie verband sich nahtlos mit jener digitalen Machtartistik, der die Zukunft schon jetzt gehörte, und sparte seine Welt komplett aus.
Er war nicht vorgesehen. Er kam nicht mehr vor. Er und seinesgleichen waren gelöscht.
Wessen Lächeln hatte er gesehen?
War er das, der neue Mensch?
»Ja«, dachte er, »eine Version zumindest.«
War das die Zukunft?
»Ja«, dachte er, »eine Möglichkeit zumindest.«

Innerhalb von Sekunden sah Georg alles in Frage gestellt. Alles. Wirklich alles, was seinen Gewohnheiten und auch seinen Überzeugungen und auch seinen Sehnsüchten entsprach.
Kultur. Moral. Demokratie.
Zack. Weg. Futsch.
Auch die Liebe. Diese Potentaten halten Frauen wie Kamele.
Ach, und das gütige Lächeln und die wissenden Wüstenaugen und der friedfertige Ton und die rücksichtslose Milde der unangefochtenen Theokratie, in der jede Lebensform, die ihm lieb war, erstickt würde.
Diese Mutation des Menschlichen im petro-chemischen Glanz schien ihm plötzlich weitaus bedrohlicher als die Designpläne, wie sie für das Humanum in den biotechnologischen Forschungslaboratorien der Genindustrie bereitlagen.
Er stand noch etwas unter dem Einfluß eines Artikels, den er kurz zuvor gelesen hatte, über die Erfolge der synthetischen Biologie. Soviel er verstanden hatte, war es den Bioingenieuren gelungen, ein künstliches Erbgut zu kreieren. Seinem gebildeten Großvater, der in den späten siebziger Jahren des vergangen Jahrhunderts verstorben war, wäre diese wissenschaftliche Verheißung ebenso phantastisch und unrealistisch erschienen wie die U-Boot- und Raumfahrterzählungen eines Jules Verne den Menschen des neunzehnten Jahrhunderts. Er hätte vermutlich an wüste Mythen, kindische Märchenbilder und literarische Träume erinnert, durch die seit der Antike menschlich erschaffene Kunstwesen gegeistert sind, an Hephaistos und Pygmalion, an den schachspielenden Türken, eine künstliche Ente, an Golem und Frankenstein und – ja, natürlich an Goethes Homunkulus.

Genomretorte oder Barbarenmacht, so oder so, dachte Georg Laub, er, Georg Laub, war ein Auslaufmodell.
Aber jetzt mal im Ernst: Wäre es schade um ihn?
Von welchem Standpunkt aus sollte er das denken?
Und doch erschien er sich mit der gleichen Dringlichkeit, mit der er sich zumeist wichtig war, für einen Moment nichtswürdig.

Was hätte er der neuen Welt entgegenzusetzen?
Das einfache Leben? Hier in der Hütte? Ohne Mobilfunk und Internet? Lächerlich. Gab es das einfache Leben überhaupt? Wahrscheinlich ebenso wenig, wie es einfache Leute gab.
Gab es welche, die sich tierhaft mit Gleichmut in ihre fremdbestimmten Lenkungen fanden? Vielleicht jene, die da herangebuckelt waren und dem Potentaten ihre Bittschriften überreicht hatten.
Brutal oder fatal.
War zukünftig noch ein Raum zwischen diesen beiden Daseinsformen?
Darauf wußte er keine Antwort.

Er switchte noch ein wenig durch die TV-Programme im Versuch, sich vom Ablenken abzulenken.
Es hatte sich nicht viel geändert, seit er kein Zuschauer mehr war.
Eine Moderatorin forderte auf: »Wählen Sie den blödesten Popsong!« Ranking, wohin man auch schaltete. Schwachsinnig hierarchisierter Schwachsinn. Das lief schon lange so.
Jetzt sah er eine dieser Sendungen über sogenannte »Prominente«.
»Auch so eine neue Spezies, die ohne Leistung, allein durch

Behauptung generiert wurde«, dachte er und argwöhnte, daß er beinahe einmal dazugehört hätte.
Hatte er?
Nein.
Jetzt erzählte ein als prominent Veranschlagter, der, wie Georg wußte, mit einem Haufen Schwachsinn einen Haufen Geld in ebendiesem Medium gemacht hatte, in dem er sich jetzt geschäftstüchtig interviewen ließ, einer beeindruckten TV-Tussi von der großen Wende in seinem Leben. Wie er plötzlich bemerkt habe, daß Geld und Konsum nicht alles im Leben sein könnten, wie ihm »das Spirituelle« gefehlt habe und er sich alsbald in einem Kloster auf ebendiesen spirituellen Weg begeben habe, wie er dort in der Stille zu sich gekommen und ein neuer Mensch geworden sei.
Und über diese Wende hatte er – Georg mußte diese Pointe nicht abwarten und schaltete das Gerät aus – ein Buch geschrieben, das er gern mal vorstellen wollte, und mit dem er zweifelsohne einen Haufen Geld verdienen würde.

War Georg Laub neidisch?
Nein, das war auch kein akzeptables Modell.

Wie geht es Georg Laub?

Wie geht es eigentlich Georg Laub?
Er wirkt etwas verändert.
Das ist ja unverkennbar.
Er ist schlaff.
Und schlapp.
Ja, schlaff und schlapp.
Ihm fehlt die drahtige Energie, die ihn einmal auszeichnete.
Was treibt er im Moment?
Jetzt sitzt er tief über seine Tastatur gebeugt.
Schreibt er?
Ja, wie ein Besessener, schon seit drei Stunden. Und er raucht, eine nach der anderen.
Da wird er bald Nachschub brauchen.
Was er wohl schreibt?

Rote Strümpfe
oder: Georg Laub weint

Am nächsten Morgen konnte Georg sein Ritual nicht erfüllen. Er war viel später als gewöhnlich völlig verschwitzt mit einem Ziehen in der Brust und klopfenden Kopfschmerzen aufgewacht, war gegen jede Gewohnheit noch vor dem Duschen wie ein alter Mann in die Küche geschlurft und hatte sich einen starken Kaffee gebraut. Mit dem Kaffee spülte er zwei Aspirin herunter.
Dann verstrichen sechs Minuten, von denen er nicht hätte sagen können, wie er sie verbrachte.
Das half ein wenig.
Danach mußte er feststellen, daß der alte Durchlauferhitzer im Bad sich weigerte, warmes Wasser zu liefern. Er rumpelte nicht einmal mehr gefährlich, wie er es in letzter Zeit getan hatte. Er tat gar nichts mehr.
Das hätte ihm an anderen Tagen nichts ausgemacht, heute aber ließ ihn das kalte Wasser schaudern. Da Georg Laub seit den Tagen harmloser Kinderkrankheiten von allen körperlichen Übeln verschont geblieben war, fehlte die Erfahrung, die es ihm ermöglicht hätte, diesen Schauder auf eine leicht erhöhte Körpertemperatur zurückzuführen.
Er rasierte sich nicht, zog fröstelnd eine Jeans, ein T-Shirt und, obwohl ein milder Frühlingstag angebrochen war, einen dicken Rollkragenpullover an, und verließ anders als an vielen vorangegangenen Tagen schon am Vormittag ohne Ziel das Haus. Aus seinem Briefkasten ragte ein Umschlag. Georg zog

ihn heraus. Es war ein gestelzter Brief von seinem Mieter Herrn Hökl, der ihm mitteilte, daß zwei der Fenster in seiner Wohnung nicht dicht schlössen und bei starkem Regen das Wasser hereinfließe. Auch habe er den Eindruck, daß neuerdings Nässe durch das Dach eindringe.

»Wenn es weiter nichts ist«, dachte Georg und steckte den Brief achtlos in seine Hosentasche.

Für einen Moment stand er unschlüssig vor seiner Haustür, dann kam ihm ein besonntes Straßencafé in den Sinn, an dem er mehrfach vorbeigefahren war. Es befand sich keine zehn Gehminuten entfernt an einem beschaulichen kleinen Platz. Eine Oase, ein wahrhaft friedlicher Ort, so meldete sein Gedächtnis, wie es sie vielerorts in dieser bizarren Stadt gab. Ein wahrhaft friedlicher, intimer Ort, wie ihm jetzt schien. Er stellte sich vor, daß es schön wäre, frühsommerlich entspannt in diesem Café zu sitzen und Zeitungen zu lesen.

Wenig später, saß er dort in der Sonne, bestellte einen Milchkaffee und ein Croissant und schwitzte.

Der erhoffte innere Frieden stellte sich nicht ein. Er fühlte sich kraftlos und ließ die Zeitung, die er zuvor bei Baumi gekauft hatte – Alida Arnold war nicht zu sehen gewesen – bald wieder sinken, weil er für einen Artikel über das Kernforschungszentrum Cern die Konzentration nicht aufbrachte.

In seinem Blickfeld befand sich ein Kinderspielplatz, nur durch einen breiten Bürgersteig und eine mäßig befahrene Straße von den Cafétischen getrennt.

An einem Klettergestell versuchten sich zwei Kinder, ein Junge und ein Mädchen, mit gewagten Verrenkungen zu übertrumpfen. Ihre Mütter, die auf Georg einen freudlosen Eindruck machten, erregten sich am Nachbartisch über die mangelnden Förderleistungen einer Kindertagesstätte.

Das kleine Mädchen, es hatte braune Locken und trug rote

Strümpfe, war deutlich kleiner und jünger als sein Spielgefährte. Es sah sich jetzt chancenlos im Kletterwettbewerb, ließ abrupt ab vom ungleichen Spiel, wirbelte herum und rannte zornblind in Richtung Mutter.

Georg war mit einem Schrei aufgesprungen. Das scharfe Geräusch einer Bremse im Gleichklang mit einer Hupe zerriß die sonnige Kaffeehausharmonie.

Ein kurzer Moment des absoluten Stillstandes.

Dann schrien andere auch, und alles um ihn herum geriet in heftige Bewegung.
Nur Georg stand noch immer starr mit erhobenen Armen.
Wie eingefroren in einer Pose des Entsetzens.
Er konnte nichts mehr erkennen, weil viele hinzugelaufene Menschen, darunter auch die Betreiber des Cafés, einen schwarzen Kombiwagen umringten und ihm die Sicht nahmen auf jene Stelle, wo eben noch die roten Strümpfe des kleinen Mädchens zu sehen gewesen waren.
Erregte Stimmen. Ein Mann fluchte, vermutlich der Fahrer des Kombiwagens, und er hörte die Worte: »um Haaresbreite«.
Dann konnte er sehen, wie die Mutter die zwar laut brüllende, aber offensichtlich unverletzte Kleine zu ihrem Tisch trug.
Und dann konnte er gar nichts mehr sehen. Die Szene verschwamm.
Georg weinte.
Auf dem Heimweg übergab er sich in einen gelben Papierkorb.

Das Manuskript II

Was sollte ich davon halten?
»Wenn du helfen willst, tu es an einem Dienstag. Potsdamer Platz. 12.30 Uhr.«
Dachte die Manuskriptfrau tatsächlich, daß ich nach der *Café Lau*-Erfahrung dem folgen würde?
Ausgerechnet Potsdamer Platz! Ein horribler Ort. Gedankenlos zerbaut, teuer mit Stahl, Beton und Glas zugeramscht. Unendlich viel Glas. Eine Spiegelhölle. Da wird einmal viel splittern. Man glaubt es schon zu hören, das hässliche, kreischende Geräusch der großen Zersplitterung. Gehäuftes Steinstahlglasgerümpel, das schon in seiner aktuellen neureichen Demonstration den Zustand einer zukünftigen Frühverslumung ahnen läßt. Wollte man sich eine Vorstellung machen von den ästhetischen Vorlieben mächtiger Leute, Leute, die die Weichen stellen, die Geldflüsse lenken, die Planungen dirigieren – ich denke da an Politiker, Bankmanager oder Wirtschaftsmagnaten –, muß man sich nur einen Eindruck verschaffen von den brutalen Gestaltungen auf diesem Platz. Ein morphologisches Paradebeispiel. Scheußlich, einfach nur scheußlich, man kann sich kaum etwas Scheußlicheres vorstellen. Zeugnis von Hoffart und ästhetischer Verrohung. Ich muß immer an die Oper *Vom Aufstieg und Fall der Stadt Mahagonny* denken, wenn ich mich diesem Platz nähere, aber ich argwöhne – ich war noch ein Schüler, als ich das Stück sah –, daß diese Assoziation viel zu harmlos ist.

Protokoll einer Irrfahrt

Obwohl ich es abgeschmackt und einfallslos fand, dort hingeschickt zu werden wie ein Berlintourist, beschloß ich, noch einmal einen Ausflug zu wagen. Und was sollte mir an einem so stark bevölkerten Touristenort schon passieren?
So dümmlich dachte ich, bevor ich aufbrach.

Was soll ich schreiben?
Noch einmal: Ich Idiot bin gegen jede Vernunft dort hingefahren. Warum?
Weil Dienstag war oder weil ich neugierig war oder weil es mir etwas besser ging, oder aus einem Grund, den ich nicht kenne. Das freundliche Wetter machte die Sache nicht besser.

Und wieder mußte ich mühselig die beschriebene Stelle suchen. Ich war bald schon angegriffen von der schonungslosen Häßlichkeit dieser Hochhausschluchten, als ich sie endlich fand. Zwischen einem Briefkasten und einem der vielen Coffeeshops. Ich sah mich ratlos um. Was machte ich hier?
Ich hätte mich gerne gesetzt und eine Zigarette geraucht. Weit und breit keine Bank. Irgendjemand hat mir einmal erzählt, daß das Methode habe. Die Menschen der Stadt und ihre Besucher sollten nicht auf Bänken herumsitzen, sie sollten in Cafés, Restaurants und Geschäfte gehen und ordentlich konsumieren. Der Boden unter ihren Füßen gehörte ihnen nicht mehr, war längst schon verkauft, so wie ihr Wasser, ihr Strom und ihre Verkehrsmittel.
Und nochmals fragte ich mich, was ich hier zu suchen hatte.
Ich stand etwa fünf Minuten unentschlossen vor einer der abweisenden Hochbauten: blinkender Stahl und blickabweisendes Glas, vermutlich von einem berühmten Architekten phantasiearm

ineinandergepreßt. Ebenerdig befanden sich teure Läden. Als ich interesselos die funkelnden Auslagen eines Juweliers betrachtete und dabei flüchtig an Margit Maneckel dachte, öffnete sich wie durch Zauberhand zwischen dem Schaufenster und dem Eingang des Coffeeshops eine Tür, die so nahtlos in die silberne Gebäudehaut eingelassen war, daß man ihre Existenz nicht vermuten konnte.
Eine kleine Hand an einem dünnen Arm ragte heraus und winkte mich herbei. Hand und Arm gehörten zu einer zarten Frau mit einer roten Löwenmähne, die jetzt in einem gutgeschnittenen schwarzen Kostüm auf eleganten hohen Lackpumps vor mir herging. Nein, gehen konnte man dazu nicht sagen: mal hüpfte sie, mal schwebte sie wie ein leichter Vogel, ohne mir auch nur für einen flüchtigen Moment das Gesicht zuzuwenden. Ich folgte ihr in einen schmalen Gang, der auf Boden, Decke und Wand mit dem gleichen weißsilbrigen Belag ausgekleidet war, wie die Fassade des Hochhauses. Ein funkelnder Eistunnel. Ich wunderte mich über das straffe Tempo, das die schmale Frau auf dem glatten Metall vorlegte, wie von einem Magneten gelenkt. Ihre Lackpumps schienen den Boden nicht zu berühren.
Ein warmes Licht, dessen Quelle nicht auszumachen war und das die Makellosigkeit der Silberwände noch hervorhob, hüllte uns schmeichelnd ein.
Ich weiß nicht mehr, wie lange und wie weit wir gingen, weil ich in dieser allumfassenden Makellosigkeit das Maß für Zeit und Raum verlor.
»Wohin gehen wir?« fragte ich in den Rücken der Eleganten, und meine Stimme kam mir hohl vor.
Da ich keine Antwort erhielt, schickte ich noch eine zweite Frage zaghaft hinterher. Die Frage eines verängstigten Kindes:
»Ist es noch weit?«
»Sind schon da«, sagte sie hell, und ich hatte den Eindruck, daß

der Nachhall ihrer drei Worte in endlosem Zickzack wie ein Pingpongball an den Wänden entlangsprang und sich erst in einem unwägbar fernen Verlauf der Silberröhre verlor. Plötzlich blieb sie stehen – ich wäre beinahe in sie hineingerutscht – und drückte auf einen Knopf, der kaum sichtbar in die Wand eingelassen war. Ich erwartete ein kratzendes Geräusch, das ihr langer blutrotlackierter Fingernagel auf dem Silbermetall verursachen würde, aber konnte nichts hören. Stattdessen schob sich lautlos eine Tür in die Wand hinein und gab eine Öffnung frei, die die schmale Frau sogleich durchschritt. Für einen Augenblick erwog ich, zurückzurennen und ins Freie zu flüchten. Nur die Angst, daß sich auch die Außentür wieder fugenlos hinter uns geschlossen haben könnte, hielt mich davon ab.

Dumpf stolperte ich ihr nach in eine gleichermaßen silbrige Edelstahlkammer. Ich nahm erst mit einer kleinen Verzögerung wahr, daß es sich um einen Lift handelte. Es war kaum zu bemerken, daß er glitt und wohin er glitt, aber ich war mir sicher, daß wir uns ein oder zwei Etagen in die Tiefe bewegten.

Als die Lifttür wieder in einer Wand verschwand, betraten wir einen großen fensterlosen Raum, in dem sich ein stählernes Fächerwandlabyrinth befand. Ich sah mich um und benötigte wiederum einige Sekunden, bis ich erstaunt begriff, daß wir uns im Schließfachuntergrund einer Bank befanden.

Die Rothaarige war verschwunden. In einer Ecke saß ein blonder Nadelstreifenangestellter hinter einem Schreibtisch und arbeitete an einem Computer. Er machte, so wie er da in seine Arbeit vertieft war, einen vertrauenerweckenden Eindruck. Gerade als ich zu ihm gehen wollte, versperrte mir ein riesiger Mann den Weg. Auch er war seriös mit einem dunkelblauen Anzug, einem blütenweißen Hemd und einer weinroten Seidenkrawatte bekleidet.

Jetzt, einem Stromschlag gleich, durchfuhr mich die Erkenntnis, daß es sich um den Hünen aus dem *Café Lau* handelte, und zugleich wurde mir klar, daß die dünne Frau und der blonde Mann in umdekorierter Gestalt zu seiner Bande gehörten. Fehlte nur noch der alte Mann.

Bevor ich zu einem Plan oder wenigstens zu einem Gedanken kommen konnte, legte der Hüne seine schwere rechte Hand gespreizt auf meine Brust, senkte unerbittlich meinen Körper mit gleichmäßigem Druck, dem ich nichts entgegenzusetzen hatte, zu Boden, baute sich mit gespreizten Beinen wie der Koloß von Rhodos über mir auf und setzte mit tief dröhnender Stimme zu einer Tirade an:

Die Tirade des Hünen (auch roter Riese genannt)

»Ich gehöre nur meinem Gehirn, das ich übrigens selbst erschuf und täglich optimiere.
Die Welt in meinem Kopf, mein Kopf als Welt.
Zudem: Die Welt ist auch mein verlängerter Körper, ich habe da als Kleinkind gar nicht erst mit der Abspaltung begonnen, habe nicht getrennt, wurde nie nur zum armen Einzelnen, blieb immer allseits mit allem verbunden, wese also auch im Verbund der Gestirne. Daher kann ich ewig wachsen, ich wachse von Tag zu Tag. Je mehr Welt und Kosmos ich in mich aufnehme, um so mehr wuchere ich stetig in sie hinein. Ich bin der Körper meiner Körperwelten. Zugleich – vergiß das nicht – ist die Welt komplett mit allem drum und dran in meinem Kopf. Auch du zappelst da irgendwo herum. Eine Mikrobe, die ich gleich gedanklich zerquetschen werde.
Ich räume auf. Nichts darf meinen Weg behindern. Mit Wänden fing ich an, längst schon durchstoße ich jede Schallmauer mit bloßer Faust, mit bloßem Geist. Ich bin der Schrecken der Milchstraße.

Bin Geist auch in deinem Geist. Frage dich nicht länger, du Wicht, ob du hier wirklich bist, dich hier und jetzt wirklich vor mir im Staube krümmst. Ich bin es, der deine Wirklichkeit zur Wirkung bringt, du Gnom.
Es ist völlig unerheblich, ob es dich gibt oder nicht. Mich dagegen gibt es fraglos, mich gibt es ohne dich, das ist mal sicher.
Es macht mir Freude, mich in deine langweiligen inneren Monologe einzumischen, dir neuronale Stürme zu servieren, hinein in deine lächerlichen Bemühungen, die Welt zu sehen, wie sie wirklich ist.
Aber vielleicht gibt es diese Welt ja gar nicht. Schon mal dran gedacht? Oder sie ist nur ein Geschwür am Arsch eines Riesen. Das wirst du nie wissen können. Denn du kannst nur sehen, was du sehen kannst, du kannst nur erkennen, was du erkennen kannst.
Ich könnte dir mühelos und zwingend darlegen, daß es dich gar nicht geben kann und nie gegeben hat. Du hast keine Notwendigkeit auf deiner Seite. Du bist nicht wesentlich. Ich steuere deine neuronalen Schaltkreise nach Belieben, verknote Netzwerke, verschmutze Lappen, veröde Synapsen, schäle Rinden ...
Deine Ich-Illusionen fege ich weg wie nichts. Deine Weltvorstellungen blamiere ich nach Gusto. Ich setze dein Hirn unter Strom. 1000 Volt! Das gibt ein prächtiges elektronisches Feuerwerk. Ein Höllenfeuer. Ein großer Schmorspaß.
Wehe dir!
Ich schleudere dich in die Ortlosigkeit, in die Zeitlosigkeit, da magst du in Gasnebeln herumtrudeln bis in alle Ewigkeit als was auch immer. Ich, der große Quasar jage dich, den von mir unendlich verdichteten Dichter über kosmische Minenfelder, stopfe dich in ein Wurmloch, wirble dich ein in die Todespirouette eines sterbenden Sterns, verfroste dich im Eismeer eines Kometen, schubse dich ins Ansaugrohr eines schwarzen Lochs, schmeiße dich zum stellaren Atommüll.

Erkenne!
Du bist ein nichtiges Nichts, sowohl im Totentanz von Sonne, Mond und Sternen als auch im Neuronenspiel des eigenen Gehirns. In dem, was dein Geist für deinen Geist hält. Du armseliger Vernunftidiot.
Ja, heute morgen noch schraubtest du dich hoch, brachtest da an deinem Schreibtisch öde Tautologien zu Papier, du kleiner Schreiberling, plustertest dich auf. Hieltest dich für einen desillusionierten Durchschauer jedweder Illusion. Seit wann hast du diese kognitive Dauererektion eigentlich? Du Zwerg. Wähnst dich als ein Abgeklärter. Verkündest dich als biographische Erinnerungsillusion. Dein Ich in jedem Moment nur Kopfgeburt und Opfer der eigenen gedanklichen Operationen. Das glaubst du schlau durchschaut zu haben. So weit kamst du, na Donnerwetter. Aber ich sage dir: auch das ist nur eine neue Illusion. Wie die Sache mit der Sache vor dem Urknall. Fauler Zauber, alles nur nach hinten oder – wie es beliebt – nach vorne verschoben. Ach, du lieber Kosmos, was oder wo ist hinter hinten? Oder was oder wo ist vor vorne? Immer krabbelst du käfergleich herum in der alten Zeittunnelstube, im Schleifenwirrwarr deiner Raumillusionen, du tellurischer Säugling.
Wie auch immer. Du kannst dich gerne erkennen, als schnöde Selbstprojektion, bloße Gehirnerfindung, Virtualität von eigenen Gnaden und getäuschte Täuschung. Das ist ein altes Lied. Reißt du einen Schleier weg, stehst du gleich vor dem nächsten.
Aber deine neue Demut nützt dir nichts.
Denn einzig ich bin wahr, bin deine wahre Heimsuchung.
Dein wahrhaftiger Gegner.
Für dich wird es keine andere Wahrheit mehr geben.
Nicht einmal die Wahrheit, daß es die Wahrheit nicht gibt.
Einzig meine giftige Gegnerschaft steht in der Wahrhaftigkeit.
Bin riesiger roter Riese vor dir und kleinster Virus in dir.

Es gibt kein Entrinnen!
Ich bin dein Schmerz!«

Und dann drang sein gewaltiger Baß in jeden Winkel des Raums, als er einen blöden Vers wie den Refrain einer primitiven Karnevalsmelodie mehrfach wiederholte:

»Dies ist kein Scherz.
Ich bin dein Schmerz.«

Der Hüne lachte noch derb seinem Singsang hinterher, dann schrumpfte er etwas – aber nur zurück auf ein halbwegs glaubhaftes Maß – und verschwand in den Gängen des Schließfachlabyrinths.

Ich lag in kaltem Schweiß.
Ich versuchte aufzustehen.

Es gelang mir erst im zweiten Anlauf.
Ich hätte gerne geschrien.
Aber es ging nicht.
Die dünne Frau war plötzlich wieder da und kicherte idiotisch. Sie riß die rote Perücke vom Kopf, warf sie zu Boden, mir vor die Füße, trat dicht an mich heran und brachte ihren blutrotgeschminkten Mund nahe an mein Ohr:
»Hören Sie nicht auf ihn. Er redet stundenlang dieses gruselige Zeug. Ich jedenfalls hör da schon gar nicht mehr hin.«
Ich bemerkte an der hinteren holzgetäfelten Wand des Raumes eine Tür, die mit dem Piktogramm für Notausgänge versehen war. Ein weißes Männchen auf grünem Grund, das ich gerne gewesen wäre, lief auf eine rettende Tür zu.
Als ich mich hochraffte und auf diese Tür zugehen wollte,

klammerte sich die dünne Frau plötzlich wie ein Greifarmtier an mich und flüsterte mir mit schlechtem Atem ins Ohr:
»Eines müssen Sie aber beachten. Verriegeln Sie immer alle Türen und Fenster. Verbarrikadieren Sie auch ihre Empfindungen. Gehen sie dem Riesen gedanklich aus dem Wege. Bauen Sie einen Schutzschirm über Ihren Schlaf. Er hat die Gabe, Sie in Ihren eigenen Träumen einzusperren. Sie sind dann ewiger Gefangener eines Traums.«
Ich starrte auf ihre gelben, schadhaften Zähne, die dort, wo sie im Fleisch staken, einen dunklen Saum hatten.
Ein Ekel schüttelte mich, und sie glitt knisternd wie ein welkes Blatt von meiner Seite.
Und erneut strebte ich der rettenden Türe zu.
Da, schließlich, das wäre ja, hätte ich einen klaren Kopf gehabt, zu erwarten gewesen, trat noch gebückt der alte Mann in meinen Weg. Auch er in dunklem Zwirn, allerdings trug er immer noch die rote Basecap.
Er nahm die Pfeife aus dem schiefen Mund und raunte: »Du hast nur eine Chance: Verlaß dein beschissenes Haus, und zwar subito!«

Dann waren sie alle verschwunden. Ich glaubte nicht mehr an meine Flucht und sank mit weichen Knien wieder zu Boden.
Es wurde dunkel.
Ich glühte.
Mir war kalt.

Ich mußte eine ganze Weile dort gelegen haben wie ein weggeworfener Frosch, als sich ein Bankangestellter zu mir herunterbeugte und fragte, ob er irgendetwas für mich tun könne.
Ich schnappte nach Luft.
»Nein, vielen Dank, es geht schon wieder«, stammelte ich.

»Besitzen Sie ein Schließfach in unserem Institut?« fragte er.
»Nein«, sagte ich, »ich muß mich wohl irgendwie verlaufen haben.«
Sein eben noch mitleidiges Gesicht verfinsterte sich.
»Folgen Sie mir«, sagte er barsch, er ergriff hart meinen Oberarm, zog mich hoch und führte mich energisch über eine Treppe ins Freie.
Dort angekommen und wieder allein hatte ich kurz das Gefühl, als läge ICH noch immer im Schließfachuntergrund und der Bankangestellte hätte nur ein virtuelles Selbst ans Tageslicht gezerrt. Mein Bewußtsein meldete mich als weißes Männchen.

Auf dem Zettel, den ich am Abend aus dem Briefkasten holte, stand: »Du bist nicht einer, der einem anderen helfen kann.«

Im Wartezimmer
oder: Georg erschrickt

Er hatte sofort Aufnahme gefunden in der Praxis von Dr. Arthur Winter.
Georg Laub war Privatpatient. Jetzt war er froh, daß er noch nicht die Kraft gefunden hatte, zu günstigem Tarif über die Künstlersozialversicherung in eine der gesetzlichen Kassen zu wechseln. Die Arzthelferin, der er gestehen mußte, daß er unangemeldet aufgetaucht war, hatte zwar gesagt, daß er ein wenig warten müsse, ihm aber doch sehr wohlwollend den Weg ins Wartezimmer gewiesen. Dort saßen stumm den Blickkontakt vermeidend eine alte Frau mit geschwollenen Beinen, die ein Buch las, ein etwa dreißigjähriger sportlich ausgestatteter Mann mit einer verbundenen Hand und eine gruftige sehr junge Frau. Sie hatte tiefschwarz gefärbte Haare, Piercings in Lippe, Nase, Ohren und exotische Tätowierungen auf den Unterarmen. Georg Laub hatte sich noch nicht gesetzt, als die junge Frau – »Frau Fuchslieb bitte« – per Lautsprecher aufgerufen wurde. Sie streifte ihn mit einem feindseligen Blick, als sie, dem Aufruf folgend, an ihm vorbeiging.
Warum?
Was ging ihn diese Frau an?
Was machte er hier überhaupt?
Gewiß, er war nicht fit im Moment. Doch, doch, das mußte er sich schon eingestehen. Er fühlte sich nicht wohl, war nervös, auch reizbar, sogar sehr reizbar, aber das war kein Grund, gleich zum Arzt zu rennen. Solche, die das taten, hatte er

immer verachtet. Diese lächerlichen Hypochonder, die sich wegen nichts und wieder nichts irgendwelche furchtbaren Krankheiten einbildeten. Wie Margy, die sich schon bei einer Nagelbettentzündung dem Tode nahe fühlte. Warum dachte er jetzt schon wieder an Margy? Ja klar, die hatte dieser Fred Mehringer in seine Gedanken geschleppt, so wie er die Nässe mit jedem Schritt in sein Haus getragen hatte, so wie man Bakterien zu anderen Menschen bringt.
Dagegen würde der Arzt, in dessen Wartezimmer er gerade saß, wohl keine Medizin wissen.
Er blätterte in einer Illustrierten, ohne etwas zu lesen, ohne die Abbildungen zu sehen.
Wie war er hierhergekommen?
Die Frage konnte er sich beantworten.
Er hatte seine Zigaretten auf dem Kaffeehaustisch liegengelassen, weil er so überstürzt aufgebrochen war. Nein, bitte, er wollte sich die Wahrheit nicht verbergen: Er hatte einen Fünfeuroschein auf den Tisch geworfen und war geradezu panisch weggerannt. Wie von Hunden gehetzt. Beinahe hätte er den Tisch umgeworfen.
Und ja, auch das wollte er sich eingestehen: Er hatte geweint und gekotzt.
Du liebe Güte, dem Kind war doch gar nichts passiert!
Er war sich sicher, daß seine heftige Reaktion etwas mit den roten Strümpfen des kleinen Mädchens zu tun hatte, aber er wußte nicht, warum, und er wußte auch nicht, warum er sich dessen so sicher war.
Dann war er wieder zu Baumi gegangen, um Zigaretten zu kaufen. Diesmal hatte Alida Arnold mit Cato in ihrer Ecke gesessen.
»Sie sehen gar nicht gut aus«, hatte sie gesagt, als Georg zum zweiten Mal an diesem Tag nach Zigaretten verlangte und

zum ersten Mal nicht nur ein einzelnes Päckchen, sondern gleich eine ganze Stange seiner Marke kaufte.
»Sie sollten nicht so viel rauchen.«
Georg, dem es nicht gefallen hatte, daß seine Schwäche so offensichtlich war, reagierte etwas giftig. Mit einem Blick auf das bunte Muster der großflächig ausgestellten Zigaretten in dem Regal hinter Baumi hatte er gesagt:
»Leben Sie nicht unter anderem von dieser Sucht?«
Die beiden hatten ihm die kleine Aggression nicht verübelt, hatten versöhnlich gelacht, als habe er nur einen Witz gemacht.
Seine Schroffheit tat ihm leid, und in der Erinnerung glaubte er Alida Arnold die Fürsorge.
»Es grassiert ein grippaler Infekt. Nehmen Sie sich in acht, damit ist nicht zu spaßen. Ehe man sich's versieht, hat man eine Lungenentzündung. Gehen Sie zu unserem Nachbar Dr. Arthur Winter. Ein guter Arzt. Ich gehe auch zu ihm. Er hat mir oft geholfen. Dem können Sie vertrauen.«
Georg hatte sich an das weiße Praxisschild von Dr. Winter erinnert am Eingang des Nebenhauses, in dem sich auch die Bäckerei befand.
Er hatte bezahlt, sich die Zigarettenstange unter den Arm geklemmt und war ohne weiter nachzudenken der Arnoldschen Empfehlung gefolgt. Nahezu automatisch. Ihre fast mütterliche Sorge hatte ihn gerührt.
Himmel, was ihn heute nicht alles rührte.
Jetzt, alleine im Wartezimmer – die alte Frau und der Sportler waren inzwischen auch aufgerufen worden –, ruhte sein Blick auf ambitionierten Laienphotographien von weißgekalkten griechischen Häuschen mit blauen Türen und Fensterrahmen, so idyllisch, ja so idyllisch und so typisch, ja so ganz und gar typisch fügten sie sich in die sonnengeflutete Landschaft

am Saum eines blauen Meeres. Ja, das Leben kann so einfach sein. Und so schön. Wahrscheinlich mietete sich der Arzt in seinen Ferien dort ein oder besaß selbst so ein Haus. Georg dachte flüchtig, daß es vielleicht nicht gut sei, zu einem Arzt zu gehen, der sich so bereitwillig in die Idyllen fand.
Gleich darauf fand er sein Vorurteil geschmäcklerisch. An anderen Tagen hätte er diese Sehnsucht nach dem Glück eines anspruchslosen Lebens vielleicht sogar liebenswert gefunden.
Er überlegte, ob er aufstehen, am Tresen der Arzthelferin vorbei auf die Straße spurten sollte. Aber seine weichen Knie sprachen dagegen.
»Ein unspezifisches Unwohlsein, so, so.«
Dr. Winter wiederholte seine Antwort in gedehnten Worten. Machte er sich lustig?
War da Ironie im Tonfall des Arztes?
Nein.
Was hätte er auch antworten sollen auf die Frage nach seinen Beschwerden? Ich schwitze in zu warmen Pullovern? Ich vertrage keine Besuche? Meine Mieterin erkennt mich nicht? Ich weine und kotze, wenn ich Beinahe-Unfälle sehe?
Er hatte seit vielen Jahren nicht mehr geweint. Zum letzten Mal während der Trauerfeier für seine Eltern, als die Musik einsetzte. Tante Charlotte hatte ihm damals die Nachricht vom fernen Unfalltod seiner Eltern überbracht.
Jetzt, da er auf Anweisung des Arztes mit nacktem Oberkörper in einem Behandlungsraum auf einer mit schwarzem Kunstleder bezogenen Liege saß, schwitzte er nicht mehr, im Gegenteil, er fröstelte. Neben ihm lag die Zigarettenstange und hob sich grell anklagend vom schwarzen Grund ab.
Die Arzthelferin hatte gelacht und gesagt: »Sie sind der erste Patient, der hier mit einer Stange Zigaretten unter dem Arm in die Praxis marschiert.«

»Wie viele inhalieren Sie von denen pro Tag?« hatte der Arzt ihn mißbilligend gefragt.

Dr. Winter klopfte gerade seine Brust ab, nachdem er ihn gründlich abgehört, seinen Blutdruck gemessen, seinen Puls gefühlt und gefragt hatte, ob Georg Fieber habe, er fühle sich etwas heiß an und habe einen auffallend roten Kopf. Georg konnte ihm die Frage nicht beantworten.

Während der Arzt mit einem Metallhammer seine Reflexe überprüfte, preßte er brav den rechten Oberarm gegen seine Rippen, um den Sitz des Fieberthermometers in seiner schweißigen Achselhöhle zu sichern.

Das ist, dachte er, beschissen, wie ich hier sitze.

Die Stimme des Arztes drang in seine Verstörung.

»Ein Fieberthermometer sollte sich schon in Ihrer Hausapotheke befinden.«

Georg gestand nicht, daß er überhaupt keine Hausapotheke besaß und daß sich, nachdem er die letzten beiden Aspirintabletten am Morgen aus einer harten Plastikfolie gedrückt hatte, keine weiteren Medikamente in seinem Besitz befanden.

»Öffnen Sie bitte weit den Mund und sagen Sie ›Aaa‹.«

Georg öffnete den Mund und sagte »Aaa«. Der Arzt drückte mit einem Holzspatel seine Zunge runter und leuchtete mit einer kleinen Lampe in seinen Rachen, dann tastete er den Hals gründlich ab.

Georgs Gedanken schweiften ab, ohne irgendwo anzukommen.

Jetzt studierte Dr. Winter das Fieberthermometer.

»38,2«, verkündete er.

War das viel? Alarmierend zumindest schien es nicht zu sein. Georg konnte diese Zahl nicht richtig einschätzen.

Dr. Winter forderte Georg auf, sich wieder anzuziehen und ihm dann in sein Sprechzimmer zu folgen.

In dem durchgeschwitzten T-Shirt, das jetzt kalt auf seiner Haut klebte, und dem warmen Rollkragenpullover fühlte sich Georg außerordentlich unwohl. Er hatte das Gefühl, schlecht zu riechen.

Jetzt, da er vor dem Schreibtisch des Arztes saß, während der etwas auf eine Karteikarte schrieb, war ihm, als habe er dessen Zeit und Mühe unrechtmäßig in Anspruch genommen.

Verlegen kaute er auf seiner Unterlippe herum, wie er es als Kind getan hatte. Dann sah er aus dem Fenster, das weit geöffnet war, um den schönen Tag, die gute Luft und die erste Frühjahrswärme hereinzulassen, und erschrak.

Er sah direkt auf sein Haus.

Warum erschrak er bei diesem Anblick?

Damit hätte er eigentlich rechnen müssen. Er wußte doch, wo er sich befand.

Hey Georg. Alles in Ordnung: Er schaute aus einem Fenster von der gegenüberliegenden Straßenseite auf sein Haus – na klar, das entsprach den räumlichen Konventionen in dieser Welt. Und den Zustand dieses Hauses kannte er lange schon, da mußte er jetzt nicht erschrecken.

Allenfalls auf einen kleinen zusätzlichen Unmut hatte er ein Recht.

Dieser Unmut galt der unverstellten Sicht auf sein privates Leben, daß er aus dieser Perspektive trotz der ziemlich verschlierten Fensterscheibe seines »Arbeitszimmers« – er hatte deren Glas einmal mit Seifenlauge und einem Lappen von den schlimmsten Verkrustungen befreit – deutlich seinen Schreibtisch, seinen Arbeitssessel sowie den großen Bildschirm erkennen konnte. Jetzt bereute er, sich um die Frage der Einsehbarkeit nie gekümmert zu haben, und gerade, als er überlegte, ob sich die Anschaffung irgendeines Sichtschutzes noch lohnte, fragte der Arzt:

»Sie wohnen im Agniweg 46?«
Woher wußte der Arzt das? Ach ja, er war bereit gewesen, das kleine Formular auszufüllen, das die Arzthelferin ihm ins Wartezimmer mitgegeben hatte.
»Ja, das stimmt.«
»Ist das nicht dieses etwas ...«, der Arzt räusperte sich »na, sagen wir ramponierte Haus schräg gegenüber?«
Georg nahm ihm das nicht übel. Ramponiert war ja eine geradezu vornehme Beschreibung für den hoffnungslosen Zustand seiner geerbten Hütte.
»Ja, so kann man das sagen.«
»Vielleicht sollten Sie Ihrem Hausbesitzer raten, sich um seine Immobilie etwas mehr zu kümmern.«
»Ich bin der Hausbesitzer.«
Dr. Winter sah Georg, der jetzt einen hochroten Kopf hatte, erstaunt an, dann räusperte er sich erneut und wurde wieder ganz Arzt.
»Also ich kann im Moment die Ursache für Ihre erhöhte Temperatur und Ihr allgemeines Unwohlsein nicht finden. Wir müssen die Laborwerte abwarten. Ich möchte Sie bitten, sich morgen früh nüchtern für eine Blutentnahme und eine Urinprobe hier einzufinden.«
Als er die Paxis verlassen hatte und die Straße überqueren wollte, hörte er plötzlich schnelle Schritte hinter sich. Ein atavistischer Impuls, dem er nur mit Not widerstehen konnte, befahl ihm die Flucht. Aber als er sich umwandte, war da nur die Sprechstundenhelferin. Sie übergab ihm die Zigarettenstange, die er auf der Liege zurückgelassen hatte.

»Vielen Dank.«

War da was?
Oder: Georg wehrt sich

Georg Laub saß frisch geduscht in einem gebügelten weißen Shirt wieder an seinem Schreibtisch. Er dachte darüber nach, warum ihn der Anblick seines Hauses so schockiert hatte.
War es der enge Blickausschnitt durch das Fenster des Arztes gewesen? So in der gerahmten Isolation sah das Haus noch grotesker aus.
Gewiß, gewiß, aber er mußte sich doch auch eingestehen, daß seine Reaktionen in letzter Zeit – wie sollte er denken? – übertrieben, unangemessen, hysterisch waren. Und warum fiel es ihm in letzter Zeit so schwer, seine Zustände befriedigend zur Sprache zu bringen? Das war doch zuvor nie sein Problem gewesen.
Er kannte jetzt das Bild, das ein beliebiger Patient von ihm haben könnte, von Georg Laub, vormals Schriftsteller, wie er da so saß am Schreibtisch in seinem schäbigen Haus.
Eine heruntergekommene, eine einsame Existenz?
Was war denn das?
Selbstmitleid! Ein Kind der Schwäche!
Scheiße. Das ging so nicht weiter. Er mußte sich zusammennehmen.
Auch jetzt saß vermutlich wieder irgendein armes Schwein vor dem Schreibtisch von Dr. Winter, wartete auf ein gutes oder ungutes Urteil über seinen gesundheitlichen Stand und glotzte bisweilen verlegen zu ihm herüber.
Er ging zum Fenster.

Tatsächlich. Dort auf dem Stuhl, auf dem er selbst vor fünf oder sechs Stunden gesessen hatte, saß jetzt eine nicht mehr ganz junge Blondine. Sie wirkte allerdings überhaupt nicht bedrückt und sie glotzte auch nicht in seine Richtung. Die Art, wie sie gerade die Beine übertrieben schwungvoll übereinanderschlug und affektiert den Kopf zurückwarf, ließ sogar vermuten, daß sie mit dem Arzt flirtete.
Georg holte sich das Bild des Arztes vor Augen: mittleres Alter, groß, graumeliert, randlose Brille, schlank, fast schlaksig, ebenmäßige Züge.
Ja klar: Der Mann war attraktiv.
War seine Erscheinung, so wie Georg sich erinnerte, sympathisch?
Ja, durchaus.
Während Dr. Winters Untersuchung war er apathisch gewesen, antriebslos, meinungslos, interesselos. Der Arzt war eben ein Arzt, der tat, was ein Arzt zu tun hatte. Nicht einmal für die ärztliche Interpretation des eigenen Zustands hatte er sich sonderlich interessiert. Er hatte alles wie durch eine Milchglasscheibe wahrgenommen, hatte seine Wahrnehmungen nicht bewertet, hatte nur ganz körpernah empfunden: jetzt hört dieser Arzt meinen Herzschlag, jetzt hört er meine Lunge ab, jetzt klopft er mit seinem kleinen Hammer gegen mein Knie, jetzt schwitze ich, jetzt friere ich.
Vielleicht, so dachte er im Rückblick, empfanden Tiere so.
Die Blondine stand elastisch auf. Sie streckte den Arm aus. Wahrscheinlich verabschiedete sie sich von dem Arzt. Dann verschwand sie in der Raumtiefe, die er nicht mehr einsehen konnte.
Da seine Wohnung im Nachkriegshäuschen fast ebenerdig war, die Arztpraxis sich hingegen im Hochparterre eines Altbaus befand, hatte er eine ansteigende Blickbahn. Zudem

stand das Haus, in dem sich die Praxis befand, von seiner Position gesehen etwas nach rechts versetzt. Er öffnete das Fenster und lehnte sich heraus. Nein, der Sitzplatz des Arztes war außerhalb seiner optischen Reichweite. In gerader Linie und auf gleicher Höhe befand sich Baumis Laden. In ihn konnte er nicht hineinsehen, da die große Schaufensterscheibe mit vielen Reklametafeln verhängt war.
Könnte der Arzt von seinem Schreibtischsessel aus ihn, hier an seinem eigenen Arbeitstisch sitzen sehen? Georg versuchte dessen Blickwinkel zu berechnen. Nein, er sah an seinen Patienten linkerhand vorbei auf die große Linde am Straßenrand.
Jetzt stieg ein Trotz in ihm auf. Das konnte ihm doch scheißegal sein, ob und wie er zu sehen war!
Der verklemmte Rolladen verhinderte peinliche Einblicke in sein Schlafzimmer, und darüber hinaus mußte es ihn nicht interessieren, was sie über einen Mann dachten, der oft an seinem Schreibtisch saß. Was sollten sie schon groß von ihm denken? Sie hatten doch gar keinen Stoff!
Es ärgerte ihn, daß er sich in seiner Apathie dem Arzt als Hausbesitzer zu erkennen gegeben hatte.
Was soll's. Das mußte ihn alles nicht interessieren. Sollten sie doch denken, was sie wollten.
Sie waren belanglos. Sie waren allenfalls Übergangsfiguren in einem Übergangsleben.
Selbst Henry und Bernd würden bald Geschichte sein.
Kein Grund zur Beunruhigung!
Aber es beunruhigte ihn doch. Mehr noch. Es nagte an ihm: Er wurde mehr und mehr zur Figur. Zur kenntlichen Figur.
Er war in dieser Straße längst kein Fremder mehr.
Selbst schuld! Warum füllte er Formulare aus, ließ sich auf Gespräche ein, gab geschwätzige Auskünfte, entwickelte Kneipenfreundschaften?

So war das nicht gedacht.
Er hatte in Tante Charlottes Bruchbude einen Unterschlupf gefunden. Ja wahrhaftig, er war in das düstere Haus geschlüpft wie der Fuchs in eine rettende Höhle, in der er vorübergehend verharren wollte, bis der Jäger die Geduld verlor. Er lachte auf. Welcher Jäger? Er selbst hatte sich doch hierher getrieben. Er fand sich in seinen eigenen Angelegenheiten nicht mehr sonderlich gut zurecht. Wo war sie nur geblieben, die klare Entschiedenheit der letzten Monate, der letzten Tage?
Er hatte bislang keinerlei Gedanken an seine Nachbarschaft verschwendet, hatte die vielen Protestbriefe, die ihm irgendwelche Anrainer wegen des schändlichen Zustands von Haus und Vorgarten schrieben, achtlos in eine Ecke gepfeffert und auch die finsteren Blicke ignoriert, die sie ihm zuweilen über ihre Gartenzäune hinweg zuwarfen, wenn er auf sein Haus zuging oder es verließ.
Nein, das mit seinem Desinteresse stimmte nicht ganz. Gestern zum Beispiel hatte er sich Gedanken machen wollen über Alida Arnold und Baumi. Und gelegentlich hatte er auch über Bernd und Henry nachgedacht.
Jetzt erinnerte er sich an einen Satz des Arztes:
»Ihre Beschwerden sind vermutlich auf einen Infekt zurückzuführen.«
Hatte der Agniweg ihn infiziert?
Er hatte nie vorgehabt, hier zu wurzeln.
Eine Durchgangsstation nur.
Schon Ende März hatte die alte Heizung ihren Geist aufgegeben. Da war nichts mehr zu machen. Er brauchte keinen Monteur, um das zu wissen. Jetzt gab es kein warmes Wasser mehr, und das Dach war auch nicht dicht. Bald würde man dieses Haus ohnehin nicht mehr bewohnen können.
Die Türklingel!

Er erschrak.
Er erwartete keine Lieferung.
Es klingelte nochmals.
Er würde nicht öffnen.
Er wollte seine Ruhe haben.
Stille.
Gerade als er hoffte, daß der Störer sich resigniert von dannen getrollt haben möge, klopfte es an der Wohnungstür.
Verdammt, die Haustür war wieder nicht ins Schloß gefallen. Jemand hatte sich schon nah an ihn herangepirscht.
Ein Störer!
Ein Feind!
Aber vielleicht war es auch nur Herr Hökl, der sich nochmals wegen des durchsickernden Wassers beschweren wollte.
Was könnte er ihm sagen? Er solle sich gefälligst damit abfinden?
Er beschloß, sich nicht zu rühren.
Oder? – Ja, auch diese Möglichkeit durfte er nicht außer acht lassen – oder es war die Frau, die ihn nicht erkannte, mit der gleichen Beschwerde. Sickerte das Wasser auch schon in den ersten Stock? Hatte auch ihr Boiler schlappgemacht? Das Gesetz der Serie? Hatte auch sie am Morgen kalt duschen müssen? Hatte auch sie ein Schauer durchfahren, als das kalte Wasser auf ihre nackte Haut traf? Auf ihren nackten Körper?
Und in diesem Fall sollte er öffnen, die Frau hereinbitten. Und wer weiß ...
Er sollte öffnen.
Unbedingt!
Auf Zehenspitzen, ja wirklich auf Zehenspitzen, ging er zur Türe.
Es klopfte erneut.
Dann der Schock: eine Männerstimme.

»Hey, Georg, mach doch auf, ich bin's, Fred.«
Fred Mehringer!
Das erregende Bild der Kaltduschenden verschwand und machte stattdessen einem brausenden Zorn Platz. Was wollte dieser gottverdammte Mehringer schon wieder hier? Wahrscheinlich herumschnüffeln. Dieser widerwärtige Schnüffler!
Warum verpißte er sich nicht schnellstens? Hatte der ihn von draußen gesehen? Von der gegenüberliegenden Straßenseite?
Und wenn schon.
Mehringer gab nicht auf.
Jetzt bollerte er ordinär mit der Faust gegen die Tür.
»Verdammt nochmal, Georg, laß den Scheiß.«
Dann hörte Georg eine Frauenstimme, sehr viel leiser: »Du siehst doch, er ist nicht da oder will nicht da sein.«
Margy?
Er hätte es nicht beschwören können, aber es hätte Margys Stimme sein können.
Die fehlte ja gerade noch. Himmel hilf!
Ein erneuter Schweißausbruch.
In seinen Ohren war ein Rauschen, begleitet von einem hohen Ton.
Ihm war auch übel.
Erneutes Wummern.
Margy als weitere Heimsuchung? Womit hatte er das verdient?
Quatsch, Margy war in München. Bestimmt hatte Mehringer nur wie früher seine aktuelle Tussi mitgeschleppt, um ihr eine Horrorwohnung zu bieten.
Vermutlich hatte er sich getäuscht.
Er lauschte. Preßte das Ohr gegen die Tür. Er hielt sogar den Atem an.

Jetzt sprachen sie miteinander, aber es drang nur ein undeutliches Gemurmel an sein Ohr. Er konnte nichts mehr verstehen, auch keine Stimme identifizieren.
Nach einer Weile hörte er, wie sich die Schritte von Mehringer und seiner Begleiterin entfernten.
Er lehnte sich erleichtert gegen die Wand und schloß die Augen. Ihm war heiß. Erhöhte Temperatur? Fieber?
Das wenigstens hatte sein Arztbesuch gebracht: Er kannte jetzt Worte für diesen Zustand. Dumpf argwöhnte er, daß er über das Stadium der erhöhten Temperatur weit hinaus war. Zu welchen Graden mußte sein Körper sich erhitzen, um das Wort »Fieber« zu rechtfertigen?
Dann formte sich im hocherhitzten Kopf eine Idee und er hetzte zum Fenster, riß es auf und schaute hinaus.
Zu spät.
Auf der Straße war niemand zu sehen, nein falsch, auf der anderen Seite ging ein alter Mann, tief gebeugt auf einen Stock gestützt. Es sah aus, als folgte er mühselig humpelnd dem eigenen Schatten.
Georg schloß das Fenster.
Für den Fall, daß Mehringer und die Frau zurückkämen, wollte er sich außer Sicht bringen, deshalb schob er hektisch Stuhl und Schreibtisch in die Zimmermitte. Und obwohl er bei den filigranen Möbeln nicht viel Kraft aufwenden mußte, war er nach Beendigung dieser Aktion schweißnaß. Er würde ein drittes Mal an diesem Tag kalt duschen und das T-Shirt wechseln müssen.
Aber nicht jetzt. Nein, jetzt hatte er keine Kraft dafür.
Er taumelte.
Zu seinem Glück befand er sich unmittelbar neben dem Holzstuhl, auf dem Mehringer gesessen hatte. Er klammerte sich an die Rückenlehne und ließ sich noch im Taumel auf

den Sitz gleiten. Das bewahrte ihn vor einem schmerzhaften Sturz.

Er fuhr sich mit der Hand über seine feuchte Stirn. Seine Augen brannten, sein Mund war trocken.

Ein leichtes Zittern durchrieselte seinen Körper.

Für einen kurzen Moment konnte er sein Zimmer und alles, was ihn umgab, nur noch verschwommen wahrnehmen. Er lehnte sich zurück. Er schloß die Augen. Als er sie nach wenigen Sekunden öffnete, hatte seine Umgebung wieder feste Konturen.

Aber er durfte dieser Festigkeit nicht trauen. Er spürte, daß eine Schwäche immer mehr Besitz von ihm ergriff, eine Schwäche, die auch sein Denken bremste.

Dann hatte er trotzdem noch eine gute Idee. Die Ideen waren nicht Resultat einer Überlegung, sie fuhren jetzt vereinzelt wie kleine Nadelstiche in sein Bewußtsein.

Margy hatte die Gewohnheit, viel zu viel eines sündhaft teuren Parfüms namens *Envy me* aufzulegen. Er würde riechen können, falls Mehringer tatsächlich die Frechheit besessen hätte, sie anzuschleppen.

Er öffnete die Wohnungstür einen kleinen Spalt. Die Flurbeleuchtung war ausgegangen. Ganz konzentriert sog er die Luft durch die Nase ein.

Er roch Staub.

Kann man Staub riechen?

Er schnüffelte erneut.

Doch ja, er roch Staub mit einer kleinen modrigen Beigabe. In seiner Wohnung hatte der Staubgeruch eine kalkige Beigabe, was sicher von der vergleichsweise frischen Wandwunde rührte.

Er roch nochmals in den Gang hinein.

Da gab es nichts weiter zu riechen.

Er horchte wieder.
Da gab es nichts zu horchen.
Hielt er es für möglich, daß man ihm mit kindischer Arglist im Dunkeln auflauern wollte?
Ja, durchaus.
Er konnte sich vorstellen, wie sie da kauerten, böse Schattenwesen.
Dieser Mehringer ging ihm zunehmend auf die Nerven.
War der nicht auch schuld an seinem angegriffenen Zustand?
Ja, genau! Mit seinem Besuch hatte alles angefangen.
Was eigentlich?
Egal.
Die unbestimmte Wut, die in ihm brodelte, kochte erneut hoch.
Sein Blut kochte, seine Gefühle kochten.
Höchste Zeit, daß er dem Kerl deutlich zu verstehen gab, wie unerwünscht er war. Er und die Schlampe an seiner Seite. Wer auch immer sie sein mochte.
Er war sich jetzt ganz sicher, daß Mehringer ihm auflauern wollte.
Vorsichtig machte er einen Schritt durch die Tür, zog sie aber bis auf einen Spalt hinter sich zu, so daß nur wenig Licht in den düsteren Flur drang. Es fiel in einem schmalen Streifen auf die dreckige Wand des Ganges.
Dann wagte Georg zwei weitere vorsichtige Schritte hinaus und erahnte unmittelbar vor sich eine Gestalt.
Mehringer! Also doch!
Mit einem erstickten Wutlaut sprang er die Gestalt an. Eine hohe Gestalt, die noch zu wachsen schien, deren Umriss er nur verschwommen wie durch einen dichten Schleier wahrnehmen konnte. Er rammte sie gegen die Wand.
»Laß mich in Ruhe!« schrie er.

»Laßt mich alle in Ruhe!«
Und noch während er so schrie, nahm Georg das Auge wahr.
Was war das?
Ein riesiges Auge!
Nein, das gehörte nicht zu Mehringer!
Um Himmels willen, was war das?
Wieder verschwamm alles um ihn herum.
Als er nach kurzer Zeit wieder klarer sehen konnte, war es noch da, das Auge.
Aus dem Lichtstreifen schaute es ihm starr entgegen, hart, kalt, durchdringend.
Ein Blick aus einer riesigen totenschwarzen Pupille, die noch dieses wenige Licht zu absorbieren schien und umgeben war von einer irrwitzig hellen, kaum noch wahrnehmbaren Iris.
Ein Blick, der sich in ihn hineinbohrte, der ihn aufspießte, ein Blick ohne Bewegung, ohne Regung, ohne Wimpernschlag.
Seine Gedanken rasten und zugleich flutete ein Entsetzen.
Die Frau!
Er hatte die Frau angesprungen!
Hatte er?
Sie hatte keinen Laut von sich gegeben, obwohl ihr seine blind wütige Sprungaktion weh getan haben mußte.
Wie war das möglich?
Woher war sie gekommen?
Was für ein verdammter Idiot er doch war. Er lockerte seine in einen Stoff verkrampften Hände – ihr Kleid? ihr Morgenmantel? –, löste sie von der glatten Seide, rutschte ab, fing sich auf, raffte sich etwas hoch, trat einen Schritt zurück und stöhnte leise, hochgradig beschämt. Suchte nach Worten. Wollte sich entschuldigen. Wollte erklären.
Stammelte irgendetwas.

Er ist wieder neun Jahre alt. Er hat sich aus dem gekühlten Haus geschlichen. Das ist verboten. Er darf sich nur in Begleitung Erwachsener im Freien bewegen.
Die Hitze des Landes, dessen Namen er gerade erst gelernt hat, legt sich auf ihn wie eine schwere Decke. Er rennt, obwohl er spürt, daß er das nicht tun sollte, aber er will sich aus der Sicht der Eltern bringen. Das Rennen in der Hitze und auf Sand läßt seine Beine schnell schwer werden. Deutlich langsam geworden und keuchend trifft er auf eine Gruppe von fünf oder sechs einheimischen Jungen in seinem Alter. Ihre Haut ist fast schwarz, sie tragen lange weiße Gewänder, hokken im Kreis und rufen ihm etwas zu, das er nicht versteht. Ihr Anführer winkt ihn heran. Sie befühlen seine Shorts und sein Hemd und lachen. Viele aufgerissene Münder mit sehr weißen Zähnen. Er schämt sich seiner knochigen Knie. Dann zeigen die Jungen auf etwas, das aus dem Sand ragt. Er geht darauf zu und sieht, daß es eine skelettierte Hand ist. Er schreit auf. Die Jungen lachen noch lauter. Das letzte, was er sieht, bevor er zurückrennt, ist das Amulett, das der Anführer um den Hals trägt, und das im Rhythmus seiner Lachkonvulsionen hin und her schwingt. Darauf ist ein schwarzer Punkt mit einem Kreis darum zu sehen. Eine Zielscheibe? Eine Uhr? Ein Auge? Nein, er würde nicht mehr wegrennen.
Nie mehr.

Dann ritt ihn der Teufel.
Das Ächzen der alten Holzdielen unter seinen trampelnden Anlaufschritten hätte ihm Warnung sein können, als er zum zweiten Mal die Gestalt in seinem Flur anstürmte.
Und dann stöhnte er nochmals.
Es war mehr als ein Stöhnen, fast schon ein schlecht unterdrückter Schrei.

Ein harter Aufprall, ein Stoß, Schlag oder Tritt, ein scharfer Schmerz durch den leichten Stoff der Sommerjeans hindurch. Ein Schmerz, der ihm den Atem nahm, ihn lahmlegte.

Als er sich gerade umwenden wollte, um gekrümmt und schmerzblind, die Arme zwischen den Beinen, in seine Wohnung zurückzutaumeln, fühlte er sich am Halsausschnitt seines T-Shirts ergriffen, aufgespießt und zurückgerissen, so daß er für einen Moment wie ein Drehorgeläffchen in seinem Hemd hing. Seine haltsuchenden Hände ertasteten wieder den glatten Stoff.

Und obwohl der Schmerz in den Lenden seine Wahrnehmung weiterhin verzerrte, glaubte er, während er noch versuchte, Boden und Balance zu gewinnen, an dem Widerstand, auf den sein eigener Körper schmerzend getroffen war, den Körper der Frau zu spüren. Er war sich sicher, daß sie unter einem seidigen Morgenrock nackt war.

Hatte sie nicht gerade jetzt mit knappen schnellen Bewegungen Knopf und Reißverschluß seiner Jeans geöffnet?

Hatte sie?

Und tat sie all das nicht sehr schnell und präzise so, als lege sie ein Operationsfeld frei?

Tat sie das?

Jetzt liegt er wieder auf der schwarzen Liege von Dr. Winter, und die Frau beugt sich über ihn und öffnet seine Jeans. »Sie erlauben doch«, sagt sie.

»Ja, bitte«, sagt er höflich, um sie in ihrem willkommenen Tun, das eher den Charakter einer medizinischen Maßnahme als den einer sexuellen Handlung hat, zu bestärken.

Aber merkwürdigerweise sieht er sich gerade durch diese kalte Präzision in eine Erregung getrieben, wie er sie nicht kennt:

elementar und fast schmerzhaft. Aber es ist ein anderer Schmerz als der gerade überwundene.
Er schließt die Augen, um der immer noch starr auf ihn gerichteten Pupille zu entgehen, die seine Lust bei dem, was er tut, stört.

Sie stößt mich nicht zurück, sie läßt mich gewähren, sie entzieht sich mir nicht, glaubte er zu registrieren.
Obwohl er bald wütig zu einem rauhen Rhythmus fand und seine Wahrnehmung einzig auf Steigerung und Erlösung zentriert war, nahm er ihre reglose Bereitschaft mit in seine Erregung.

Der Schriftsteller Georg Laub hatte ein bestimmtes Bild von sich als Liebhaber. Ein kultivierter, ja überfeinerter Liebhaber war auf diesem Bild zu sehen, ein Liebhaber, der sich auf das Begehren der Frauen verstand und animalische Eindrücke sehr wohl zu vermeiden wußte, es sei denn, sie waren gewollter Teil einer erotischen Inszenierung. Natürlich hatte er das gespielte Tier ebenso im Repertoire wie die Kunst einer geradezu unglaublichen Lustverlängerung. Ein Kenner und Könner aller gewünschten Varianten und Artistiken der körperlichen Liebe. Das gehörte auch zu seinem literarischen Image. Hatte er doch einst aparte Details und sensible Beobachtungen des Sexuellen kleinteilig in seiner Literatur untergebracht. So gut eingefühlt in die Spielarten der weiblichen Lust habe man das aus männlicher Feder noch nie gelesen, hatte sogar die Rezensentin einer seriösen Frauenzeitschrift befunden.

In dem Moment aber, da er seine Mieterin im dunklen Hausflur primitiv zu ficken glaubte, war es ihm gleichgültig, daß er dieses Bild beschädigte. In seine blinde Erregung mischte sich

ein primitiver Triumph: Mochte sie doch schweigen und nicht einmal mit der Wimper zucken, mit ihrer passiven Duldung gab ihm die Frau, die sich weigerte, ihn wahrzunehmen, unfreiwillig eine überaus deutliche Antwort.
Jaaaaaaah.
Als er nach kurzer Zeit ejakulierte, stemmte er mit zurückgelegtem Kopf und immer noch geschlossenen Augen seine Hände gegen die Wand, als wolle er die Frau zwischen seinen Armen gefangensetzen. Jetzt könnte er die Augen öffnen, jetzt könnte er der schwarzen Pupille standhalten. Er wußte sich als Sieger. Er wußte, er würde sie auch im schwachen Licht genau erkennen, er würde sie betrachten: ihre Brüste, ihren Mund, ihren Bauch, ihre Schenkel, ihr Geschlecht ...
Ja, jetzt.
Aber als er seine Augen öffnete, war da kein Auge, und auch keine Frau. Er sah im schmalen Lichtsteifen, der aus seiner Wohnung fiel, nur die nackte schmutzige Wand.
Wie konnte das sein?
Wie konnte sie so spurlos verschwinden?
Lautlos unter seinem Arm wegtauchen?
Lautlos die Treppe hinauf in ihre Wohnung gleiten?
Mußte er das verstehen?
Ihm schwindelte.
Die Welt schwankte.
Das marode Haus ein schwankendes Schiff?
Soll es doch versinken!
Soll doch die ganze Welt versinken!
Die Sehnsucht nach einer tiefen Schwärze.
Nein, er konnte das nicht verstehen.
Und er wollte nichts mehr verstehen.

Er sank.

Todmüde und fieberglühend schmiß er sich auf sein Bett und fiel sekundenschnell in einen Schlaf, der einer Ohnmacht glich.

Wie geht es Georg Laub?

Wie geht es eigentlich Georg Laub?
Nicht gut.
Das kann man sehen?
Ja, er tigert ruhelos herum.
Gerade reißt er das Fenster auf, wirft wild den Kopf hin und her, und schaut die Straße zu beiden Seiten hoch und runter.
Ist da was zu sehen?
Nein, eigentlich nicht. Nur ein alter Mann, der an einem Stock geht.
Wirkt er unruhig?
Ja, sehr unruhig. Jetzt schließt er das Fenster wieder und schiebt seinen Stuhl und seinen Schreibtisch in die Zimmermitte.
Ist zu erkennen, warum er das tut?
Nein.
Was macht er jetzt?
Jetzt setzt er sich hin. Besser gesagt: Er sinkt völlig erschöpft auf einen Stuhl.
Er ist schwach?
Ja, er scheint ziemlich fertig zu sein. Unruhig und fahrig. Er wirkt, als wäre er nicht so recht bei sich.
Man hat nicht den Eindruck, daß er genau weiß, was er tut. Er steht wieder auf und geht zur Tür, öffnet sie aber nur einen kleinen Spalt. Er verharrt, horcht oder späht.
Hat da jemand geklingelt?
Nein, weit und breit kein Mensch zu sehen.

Warum steht er dann an der Tür? Worauf wartet er?
Das ist nicht zu erkennen.
Hat er Angst, hinauszugehen?
Sieht ganz so aus. Nein, er geht doch hinaus.
Und?
Es rührt sich nichts mehr, da in seiner Behausung.
Aber wo ist er hingegangen? Er hat die Flurbeleuchtung nicht eingeschaltet und das Haus nicht verlassen. Was treibt er da in dem dunklen Flur die ganze Zeit?
Keine Ahnung.
Was macht er?
Weiterhin nichts zu sehen.
Das ist aber doch merkwürdig.
Ja, sehr merkwürdig.

Da, jetzt wankt er zurück, er kann sich kaum noch auf den Beinen halten, er taumelt, beinahe wäre er gestürzt, er fuchtelt mit den Armen und bewegt den Mund, jetzt verschwindet er in seinem Schlafzimmer.

Was soll man davon halten?
Es hat eine deutliche Veränderung in seinem Verhalten gegeben.
Wie könnte man das beschreiben?
Er wirkt panisch, hektisch, fiebrig, hysterisch, delirierend.
Ist er ernsthaft gefährdet?
Könnte sein.
Man müßte wissen, was so dramatisch auf ihn einwirkt.
Vielleicht sollte man helfen?
Ja.
Aber wie?

In der Nacht
oder: Georg ist krank

Georg erwachte in tiefer Nacht.
Er war vollständig bekleidet. Seine Kleidung war verschwitzt, sogar das Laken war feucht. Er konnte sich riechen. Sein Schädel schmerzte, als wollte er zerspringen.
Er konnte nicht gut denken. Eigentlich konnte er überhaupt nicht denken. Es dachte in ihm: Richte dich ganz vorsichtig auf, schalte die Nachttischlampe nicht ein, sie wird dich blenden. Begnüge dich mit dem Schein der Straßenbeleuchtung, den der verklemmte Rolladen hereinläßt. Stehe sehr langsam auf, bleibe einen Moment stehen, schließe deine heruntergerutschte Hose, damit du nicht fällst, und hole die Tabletten, die der Arzt dir mitgab. Langsam, langsam. Bewege dich langsam. Wo hast du sie hingelegt? Ach ja, auf den Schreibtisch neben den Computer.
Als Georg die Tablettenschachtel aufriß, packte ihn erneut ein Schwindel. Er schwankte. Er hielt sich an der Tischkante fest und wunderte sich, daß die Lampe auf seinem Schreibtisch brannte. Das Licht schmerzte in den Augen.
Wie viele von den Tabletten mußte er nehmen? Sollte er nicht den Beipackzettel lesen? Aber das würde er nicht schaffen. Nicht in dieser Verfassung. Er drückte drei Tabletten aus dem Plastikstreifen in seine hohle Hand und machte sich auf den Weg in die Küche, um Wasser in ein Glas zu füllen. Als er sich langsam, sehr langsam umwandte, fiel ihm auf, daß die Tür zum Gang weit aufstand.

Da war gestern etwas gewesen, an das er sich vielleicht erinnern sollte, aber vorläufig nicht erinnern wollte oder konnte. Nicht mit diesem schmerzenden Schädel, nicht mit diesem Brennen in seinen Augen, nicht mit diesem kotzigen Geschmack im Mund, nicht mit diesem zerschlagenen Körper.
Es waren nur Erinnerungsfetzen, die durch sein Hirn schwammen. Wie einzelne Eisschollen auf einem bewegten Wasser. Hin und wieder stießen sie aneinander, ohne sich zu einem zusammenhängenden Geschehen zu verbinden.
Was war das gestern gewesen?
Sein Gedächtnis gab vorläufig nur atmosphärische Details frei: die verschwommene Erinnerung an eine blinde Wut, eine Beschämung, einen Schmerz und eine Lust. Was hatte diese Empfindungen ausgelöst? Kamen da nicht auch Bilder vor, die er nicht wahrhaben wollte? Er konnte keine Ordnung in sein Erinnern bringen. Mußte er ja auch nicht. Schließlich war er krank. Ja, er war krank. Eine Infektion, hatte der Arzt gesagt.
»Ich bin krank«, sagte er jetzt zu sich selbst. Halblaut mit fremder Stimme.
Dann rief er die Worte nochmals sehr laut und zornig in den beschädigten Raum:
»Ich bin krank.«
Dann wieder leiser: »Ich bin infiziert.«
Er trat heftig gegen die Tür zum dunklen Gang, zuckte zusammen, als sie krachend ins Schloß fiel, schleppte sich durch das rieselnde Loch, kam – er mußte sich immer wieder an den Wänden abstützen – in die Küche, ließ Wasser in ein Glas laufen, spülte die Tabletten hinunter, wankte zurück in sein Schlafzimmer, warf sich bäuchlings auf sein zerwühltes Bett, schlief erneut ein, träumte wirr von einem Unfall, einem Auf-

prall, der so heftig war, daß er in den Orbit geschleudert wurde.

Er erwachte erst, als die Sonne schon hoch am Himmel stand.

Der Nebentisch
oder: Fred Mehringer und Margit Maneckel bei *Frieda*

»So ein Idiot, ich möchte wetten, daß er zu Hause war, da brannte doch Licht, man konnte es, als die Flurfunzel ausging, durch die Türritzen erkennen«, sagte Margit Maneckel und schob ihren Arm unter den von Fred Mehringer, als sie neben ihm auf dem Weg zu seinem Auto den Agniweg hinunter an der ganzen Häuschenreihe wie an einer Paradeaufstellung vorbeimarschierte. Mehringer störte dieser untergeschobene Arm und die schlaff herunterhängende teuer beringte Hand, aber er wußte nicht, wie er sich, ohne grob zu werden, aus dieser Vereinnahmung hätte herauswinden können.
Vielleicht schaute Georg Laub ihnen nach und kam bei dieser gestischen Vertraulichkeit zu falschen Schlüssen.
Margit Maneckel war zweifellos attraktiv, manche sprachen sogar von einer Schönheit. Das war zwar zu hoch gegriffen, wie er fand, aber man konnte sich mit ihr sehen lassen. Ihn ließ sie jedoch kalt. Zu viele künstliche Verschalungen, durch die man erst einmal hindurchmüßte, um zu dem zu kommen, was Freude macht. Zu gestylt, zu kalkuliert in den Applaus strebend. Das verhieß stachelige Komplikationen. Fred Mehringer aber wollte im Erotischen keine Komplikationen. Er bevorzugte die direkten Wege, die fintenlose und freudige Übereinkunft, und er hatte gute Witterungen für Frauen, die sie auch bevorzugten.
»Ich hätte mich weigern müssen, Margy hierherzuführen«,

dachte er, gerade als sie einen albernen Hüpfer tat, um mit ihm in eine Schrittgleichheit zu kommen.
Sie hatte noch in Frankfurt irgendwie erlauscht, daß er die Adresse des nachgelassenen Hauses kannte, und hatte ihn, seit sie sich in Berlin aufhielt, unter einen Dauerbeschuß von Handy-, Mail- und SMS-Anfragen gesetzt. Sie hatte ihn bestürmt, ja geradezu angefleht, Straße und Hausnummer von Georgs derzeitigem Wohnsitz preiszugeben. Er war erst weich geworden, als sie behauptete, daß bei ihr in München via Nachsendeantrag jede Menge Schreiben für den abgetauchten Dichter eingelaufen wären, darunter auch einige Schecks.
»Sogar seine Bank hat er gewechselt, der Vollidiot. Leute von irgendeiner Zeitung wußten nicht, wie sie ihm ein ausstehendes Honorar zukommen lassen sollten.«
Und auch Mahnungen seien eingegangen, wichtige Schreiben von Ämtern, darunter auch heikle Bescheide des Finanzamtes.
War das glaubhaft?
Wohl kaum.
Obwohl er zweifelte, war er nach langem Hin und Her einverstanden gewesen, sie unter der Bedingung mitzunehmen, daß sie seinen Wagen nicht mit ihrem Parfüm »verpestete«. Er wolle keinen Ärger mit seiner derzeitigen Freundin, hatte er vorgegeben, obwohl es die gar nicht gab. Die Überreste eines fast schon überwundenen Trennungsgrolls schoben sich in seinen aktuellen Unmut und verstärkten ihn.
Warum hatte er sich breitschlagen lassen? Suchte er noch immer nach Vorwänden für seine Besuche? Etwa wegen der fünften Tür? Brannte ihm das so auf der Seele, daß er bereit war, den Zorn Georgs auf sich zu nehmen? Mehringer wußte das vermutlich selbst nicht so genau.

Als sie vor Georgs armseligem Erbe angekommen waren, hatte Margy schallend gelacht.
»Kraß!«
Eine weitere Lachsalve.
»Wie schräg ist das denn? Sag, daß das nicht wahr ist.«
Sie war gar nicht mehr herausgekommen aus dem Lachen. Es hatte sie geschüttelt. Passanten hatten sich nach ihnen umgesehen. In ihrem hemmungslosen, sehr lauten Gelächter – Mehringer hatte sich mit einem kurzen Blick davon überzeugt, daß die beiden Fenster von Georgs Wohnung geschlossen waren – hatte sich Ungläubigkeit mit Schadenfreude vermischt. Er hatte heftig bereut, sie mitgenommen zu haben.
»Reiß dich zusammen«, hatte er gezischt.
»Reiß dich zusammen«, hätte er auch jetzt gern gesagt, während sie sich schwer an seinem Arm hängend weiterhin ereiferte.
»Nie hat er sich bei mir gemeldet. Ist einfach verschwunden, ohne ein Wort. Bei niemandem hat er sich gemeldet. Nicht bei seinem Verlag, nicht bei seinen Freunden und Bekannten. War einfach abgetaucht, offline, das Handy abgemeldet, keine Antwort auf die E-Mails. Zurück in die Steinzeit. Aber sag mal selbst: Das ist doch auch nur so ein Kitsch, sich zum Einsiedler zu stilisieren. Kraß! Wahrscheinlich schreibt er seine Texte jetzt wieder mit der Feder. Wenn er überhaupt noch was zustande bringt. Das muß er doch wissen, ohne Netzwerk, außerhalb jedweder Community läuft heute gar nichts mehr. Aber so war er schon immer, ›Alles oder Nichts‹. Jetzt ist wohl gerade mal ›Nichts‹ angesagt. So ein blöder Loser. Gerade nach Tiefschlägen muß man Format und Präsenz zeigen. Das ist heute alles eine Frage der Performance. Das Leben ist keine Kur. Glaubst du, mein Hoteljob war immer der reine Spaß?

Aber ich habe da eine Menge Leute kennengelernt. Interessante Leute. Wichtige Leute, die ...«
Mehringer unterbrach ihren Redefluß, weil sie bei seinem Wagen angekommen waren.
»Wo kann ich dich absetzen?«
Margy zögerte.
Zufällig hatte Mehringer direkt vor dem Eingang von Georgs Stammkneipe einen Parkplatz gefunden. Aber von diesem Zufall konnten die beiden nichts wissen.
»Laß uns bitte für einen Moment in diese Kaschemme hier gehen, ich habe noch Fragen.«
Mehringer hatte nicht die geringste Lust auf dieses Gespräch, zumal er ahnte, was sie ihn fragen wollte. Er fügte sich aber ihrem Wunsch, weil er Durst hatte.
»Ja, aber bitte wirklich nur ganz kurz, ich habe in einer Stunde einen wichtigen Termin.«
Das war gelogen. Das hatte sie bemerkt. Aber ihr böser Blick berührte ihn nicht.
Es war typisch für Margy, dieses kleine, aber saubere und offensichtlich ordentlich geführte Lokal Kaschemme zu nennen. Immer großspurig, immer forsch, immer hochnäsig. Unter welchen Bedingungen sie und Georg sich auch getrennt haben mochten, Mehringer war da ganz auf Georgs Seite. Das war mal sicher, ungeachtet des seltsamen Verhaltens, das der Laub da in seiner grotesken Behausung an den Tag gelegt hatte. So dachte er, als er in tiefen Zügen die ersten Schlucke seines Bieres trank.
Margy hatte bei Marlene Werner einen grünen Tee bestellt, wohl in der Annahme, daß dergleichen in diesem Lokal keinesfalls zu haben sein würde. Marlene Werner hatte nur milde gelächelt, »sehr gerne« gesagt und kurz darauf das Gewünschte gebracht.

»Haben Sie eine Speisekarte?« rief Margy jetzt in Richtung Theke, hinter der die Wirtin Gläser polierte. Nach einem taxierenden Blick auf ihn und die nach neusten modischen Vorgaben ausgestattete Margy Maneckel sagte Marlene Werner:
»Nein, tut mir leid. Wir sind ein Lokal, in dem das Rauchen erlaubt ist. Infolgedessen dürfen wir keine Speisen servieren.«
Margy nahm diese Auskunft zum Anlaß, affektiert gegen den Rauch, der vermeintlich vom Nebentisch zu ihnen zog, anzuwedeln.
»Da werde ich gleich morgen früh meine Klamotten in die Reinigung bringen müssen«, sagte sie laut.
Die beiden Männer am Nebentisch zeigten sich nicht beeindruckt, auch der schwere Mann nicht, der sich gerade eine Zigarette angesteckt hatte. Sie schienen eher amüsiert.
Kein Zweifel, Mehringer und Begleitung fielen auf in diesem Lokal, allein schon wegen ihrer Kleidung und Margys Unfreundlichkeit.
Aber das erklärte noch nicht hinreichend das Interesse, mit dem die beiden immer wieder zu ihnen herübergeschaut hatten.
Das des Jüngeren galt zweifellos auch Margys weiblichen Reizen. In seinem Blick, der auf ihren wohlgeformten seidig bestrumpften Beinen ruhte, lag unverhüllte Gier.
Aber auch der Ältere – Mehringer schätzte ihn auf Mitte vierzig –, hatte ihnen aus den Augenwinkeln mehrfach fragende Blicke zugeworfen.
Nachdem Margy ihr Make-up in einem Taschenspiegel überprüft und einen günstigen Eindruck von sich gewonnen hatte, bewarf sie Mehringer mit ihren angekündigten Fragen.
»Was macht er denn für einen Eindruck, unser Georgie? Ist er so heruntergekommen wie sein Häuschen?«

»Nein eigentlich nicht.«
»Nun sag schon. Hat er sich überhaupt nicht verändert?«
»Das kann man so auch nicht sagen.«
»Hat er eine Neue?«
»Keine Ahnung.«
Margy wurde ungeduldig.
»Geht's ein bißchen genauer? Wie sieht er aus? Warum ist er in diese Bruchbude gezogen? Was macht er? Schreibt er?«
Ihre letzte Frage beantwortete sie vorsichtshalber selbst. »Na klar schreibt er, er kann ja nichts anderes. Aber das sollte er doch wissen: so groß war sein Autorenrühmchen nicht, daß er sich durch Rückzug interessant machen könnte.«
Noch bevor Mehringer auf ihren Frageansturm reagieren konnte – in ihrem Gesicht stand jetzt ein unvorteilhafter Mißmut wegen seiner blassen und ausweichenden Antworten – wandte sich der Ältere vom Nebentisch an Mehringer:
»Entschuldigen Sie bitte. Kann es sein, daß ich Sie vorgestern gesehen habe, wie Sie in das Haus von Georg Laub gingen?«
»Das stimmt. Kennen Sie Georg?«
»Ja, wir haben uns ein wenig angefreundet, er kommt regelmäßig hierher.«
»Hierher?«
Margys anfängliche Ungläubigkeit mündete schnell wieder in ein Gelächter, bei dem sie makellose Zahnreihen freilegte. Es war die kleinere, die Indoor-Ausgabe des unschönen Lachens, das sie schon beim Anblick des Agniwegs 46 befallen hatte. Mehringer wartete darauf, daß sie nochmals »kraß« sagen würde.
Aber das tat sie nicht.
Bernd und Henry merkten sehr wohl, daß in ihrem Lachen auch ein Urteil über sie lag.
Henry, der gerade noch bereit gewesen war, eine Göttin in ihr

zu sehen, schien zwar auch etwas irritiert, aber das war ihm nicht Warnung genug, und so wagte er doch, was er blind gesteuert immer wagte, wenn ihm eine Frau gefiel: eine untaugliche Annäherung.
»Kann es sein, daß ich Sie mit einem prominenten Model verwechsle?« fragte er von allen sozialen Instinkten verlassen.
Bernd sah seinen Freund betrübt an. Sogar in Mehringers Gesicht lag ein vorgreifendes Mitleid.
Margys Stimme war wie erwartet eisig.
»Ich manage ein Fünf-Sterne-Hotel«, sagte sie und strafte Henry mit einem Blick, der auch einer Kakerlake hätte gelten können.
Margit Maneckel konnte nicht anders, die Lust daran, ein soziales Gefälle zwischen sich und andere zu bringen, ließ sie nicht nur hemmungslos lügen, sondern auch gegen ihre Interessen handeln, denn nur zu gerne hätte sie die beiden über Georg ausgefragt. Das hatte sie verpatzt.
Der Ältere drehte ihr jetzt sogar ostentativ den Rücken zu. Der Jüngere starrte wieder auf ihre Beine. Es gelang seiner erotischen Phantasie offensichtlich mühelos, diese anziehenden Körperteile von ihrem abstoßenden Gehabe zu isolieren.
Margy hatte Glück, weil auch Mehringer neugierig war.
Er setzte ein entschuldigendes Lächeln auf und sprach zum Nebentisch hin:
»Sie sagten eben, daß Georg Laub häufig hier verkehrt habe ...«
Bernd wandte sich wieder in seine Richtung, aber Margys Snobismus hatte ihn in die Einsilbigkeit getrieben.
»Ja.«
»Sind Sie heute Abend mit ihm verabredet?«
»Nein, wir sind nie verabredet.«
»Aber Sie sehen ihn häufig?«

»Stimmt.«
»Könnte es sein, daß er heute Abend hier auftaucht?«
»Könnte sein.«
»Aber Sie wissen das nicht?«
»Nein, wir wissen das nicht.«
Margy mischte sich ein:
»Ich mache mir nämlich Sorgen, weil ich so lange nichts von ihm gehört habe.«
Bernd schaute sie skeptisch an. Er hatte offensichtlich Mühe, das Wort Sorge mit der polierten Margit Maneckel in Einklang zu bringen.
Da die Männer am Nebentisch stumm blieben, fragte sie weiter.
»Ist er nicht sehr unglücklich?«
»Warum sollte er unglücklich sein?«
»Na, in dem Haus und so.«
»Macht er auf dich einen unglücklichen Eindruck?« fragte Bernd seinen Freund.
»Nein, überhaupt nicht, er ist putzmunter«, sagte Henry fröhlich.
»Hat er nicht von mir gesprochen?« fragte sie weiter.
»Von wem sollte er da gesprochen haben?«
Unter dem forschenden Blick von Bernd fielen Glanz und Arroganz mehr und mehr von Margy ab.
»Ich heiße Margy. Ich war lange mit Georg zusammen, wenn Sie verstehen, was ich meine.«
»Ich denke schon, daß ich das verstehe, und zu Ihrer Frage: Nein, er hat nicht von Ihnen gesprochen.«
»Kein Wort«, setzte Henry gehässig hinzu.
Mehringer sah keine Zukunft mehr für dieses Gespräch. Margy verhinderte das, was vielleicht hätte interessant werden können. Diese Jungs kannten offensichtlich einen ganz

anderen Georg Laub. Aber die Anwesenheit von Margy ließ sie mauern. Vielleicht sollte er ohne sie nochmals hierhergehen.
Er winkte Marlene Werner herbei. »Ich möchte bitte zahlen.« Und zu Margy gewandt sagte er in ungehaltenem Ton:
»Jetzt, wo du weißt, daß er keinen unglücklichen Eindruck macht, können wir ja gehen.«
Als er aufstand, lächelte er Bernd resigniert zu. Ein Lächeln, mit dem er sich deutlich von seiner Begleiterin distanzierte.
Nachdem sie bezahlt und das Lokal verlassen hatten, sagte Henry:
»Was für 'ne Zicke!«

Henry war an Abfuhren gewöhnt, sie kränkten ihn nicht sonderlich, er nahm sie sportlich, aber er schätzte es doch nicht, wenn sein bewunderter Freund Zeuge davon wurde.

Der Job
oder: Mehringer leidet

Als sie in Mehringers Auto stieg, sagte Margy:
»Ich geh später noch mal zum Haus, ich kriege raus, was da abläuft.«
Als sie seine abweisende Miene sah, fügte sie an: »Davon kannst du mich nicht abhalten. Irgendwie erwische ich ihn, ich habe ihm noch einiges zu sagen.«
Eigentlich wollte Fred Mehringer dieses Gespräch nicht, aber eine vulgäre Neugier, die auch in ihm wohnte, ließ ihn doch fragen.
»Und was hast du ihm zu sagen?«
»Na ja, ich sag mal so: Es ist eher eine Art Angebot, das ich ihm machen möchte.«
»Was für ein Angebot?«
Margy hatte ihre teuren Pumps ausgezogen. Während sie antwortete, massierte sie ihre Füße.
Sie zog den Fuß, den sie jeweils knetete, mit steil angewinkeltem Knie auf den Sitz eng zum Körper, und es störte sie offensichtlich überhaupt nicht, daß sie dabei mit hochgerutschtem Rock tiefe Einblicke gewährte.
Im Unterschied zu Mehringer, den das sehr störte. Nicht der Anblick ihres seidenen Spitzenslips unter der dünnen Strumpfhose irritierte ihn, vielmehr, daß sie sich so völlig ungeniert in seiner Anwesenheit verhielt. Als säße sie neben einer Freundin oder ihrer Schwester.
Ein kleiner Ekel stieg in ihm auf. Aber er konnte nicht anders,

als immer, soweit der Straßenverkehr das erlaubte, wieder hinzusehen.
»Blöde Henne«, dachte er nicht zum ersten Mal.
»Ich habe einen tierisch guten Job in Aussicht«, sagte sie, »deshalb bin ich ja auch hier in Berlin. Ich soll für ein neues Magazin Promi-Interviews machen, weil ich die Leute kenne, auf die es ankommt. Ich sage dir, das sind beleuchtete Typen, die das Projekt anschieben, echte Granaten. Superkreativ. Die sind im Netz schon höllisch zugange. Ein ganz neues Format haben die im Blick, nicht so abgestanden wie der Scheiß, den es schon gibt. Galaktisch. Schrill. Und verdammt nochmal: Ich brauche diesen Job.«
Mehringer lächelte böse. Unter dem blätternden Empfangsdamenlack kam in der Panik eine ziemlich ordinäre Person hervor, die schon die sprachlichen Anbiederungen an die nachfolgende Generation probte, die sie verjugendlichen sollten. »Ja, Margy«, dachte er, »fünfunddreißig plus, da kann man schon mal panisch werden.«
»Hast du nicht gerade vor den Männern in der Kneipe mit deinem Münchner Fünf-Sterne-Job angegeben?«
»Es gab Differenzen mit der Leitung«, sagte sie fast kläglich.
»Aha«, dachte er, »sie haben sie rausgesetzt.«
Sie hatte aufgehört, ihre Füße zu bearbeiten, und saß jetzt übertrieben manierlich neben ihm, aufrecht wie ein Schulmädchen mit eng aneinanderliegenden Knien. In diesem Moment wirkte sie verzagt, und Mehringer spürte ein bißchen Mitleid, das aber gleich wieder vertrieben wurde von dem arroganten Ton, mit dem sie seine Frage »Und was hat das alles mit Georg Laub zu tun?« beantwortete.
»Ich dachte, ich nehme ihn vielleicht mit ins Boot.«
»Sehr edel von dir.«
Unter seinem Spott wurde ihr Ton wieder kleinlauter.

»Na ja, ich soll für die Printversion auch so etwas Ähnliches wie Porträts schreiben. Also der Promi, und was er macht und wie, und mit wem er lebt und so weiter. Du verstehst schon: viel Ambiente, viel Glam, viel Sex. Blöd, daß sie mich ausgerechnet für diese Old-School-Schriftlichkeit haben wollen. Und, hm, ich bin eher so ein mündlicher Typ, verstehst du? Da schlummert mein kreatives Potential. Das Schriftliche liegt mir nicht so, eigentlich gar nicht, und da ...«
»Und da hast du dich an Georg erinnert.«
»Ja klar, ich hab denen gesagt, ich wär noch mit dem zusammen und wir hätten die Schreiberei immer schon kollektiv gestaltet, das hat den Jungs irgendwie imponiert. Vielleicht braucht der Laub auch Asche, war ja alles in letzter Zeit nicht mehr so gut gelaufen mit seinem Genie-Output. Der Laub-Stern sinkt. Kann dir auch nicht entgangen sein. Der muß sich erst wieder ins Spiel bringen. Da kann er doch froh sein über mein Angebot. Ich kann ihn neu promoten. Dann kommt er auch wieder raus aus dem Loch, in dem er haust.«
»Vielleicht will er das gar nicht.«
»Dann ist er verrückt geworden.«
»Der will seine Ruhe haben. Er war auch nicht besonders begeistert über meine Besuche.«
»Das kriege ich nicht in den Kopf, daß der sich abmelden will. Ausgerechnet in Berlin. Ich kenne Spitzenleute, die aus New York oder Mailand oder Tokio einfliegen, sich schicke Lofts in den hippsten Vierteln kaufen und ihr kreatives Ding durchziehen, weil das hier eine total kreative Szene ist. Die Club-Szene, die Fashion-Szene, die Film- und die Kunstszene, alles superkreativ und wie ich immer sage: total authentisch. Das blickst du doch als Medienfreak ganz genau. Das muß ich dir ja nicht erklären. Und was macht der Laub? Er versteckt sich in dieser abgenagten Kleinbürgergegend und etabliert

in der geerbten Bruchbude seine Parallelexistenz. So was geht gar nicht. Ohne mich an seiner Seite läuft der total aus der Spur.«

»Ach Margy«, sagte Mehringer, als er sie vor der preiswerten Frühstückspension absetzte.

Das Unglückshaus
oder: Alida Arnold erzählt

Kurze Zeit nach dem Abgang von Mehringer und Margy betraten Alida Arnold und Baumi das Lokal. Und auch Boris Werner war anwesend. Sie saßen alle an einem Tisch, und Marlene Werner setzte sich, wenn sie nicht bediente, zu ihnen.

»... ein Unglückshaus, man könnte abergläubisch werden. Als läge ein Fluch drauf. Ich glaube, es hat in den letzten sieben Jahren viermal den Besitzer gewechselt«, sagte Alida Arnold gerade.

»Zunächst hat es einem alten Herrn gehört. Als ich vor zwanzig Jahren in den Agniweg zog, wohnte er schon dort. Vor sechs Jahren wurde er von einem schweren Nervenleiden befallen, konnte das Haus und sich selbst nicht mehr versorgen und starb wenig später in einer Heilanstalt. Er vermachte es seiner Schwester und deren Mann. Damals auch nicht mehr die Jüngsten. Noch in der ersten Freude über den unerwarteten Besitz und beflügelt von ambitionierten Renovierungs- und Umbauvorhaben, starben auch nur sechs Monate später. Er litt an einem inoperablen Hirntumor, und sie hat sich, weil sie über seinen Tod nicht hinwegkam, das Leben genommen. Das Haus ging an ihren Sohn. Aber kaum hatte er das Erbe angenommen, holte er sich bei einer Fernreise eine tückische Tropenkrankheit, die zu spät erkannt wurde, und starb auch. Im Alter von fünfundfünfzig Jahren. Die neue Besitzerin war seine fünf Jahre ältere Frau Charlotte Chronwitz. Meine Freundin. Sie hatte sich allerdings schon fünfzehn Jahre zuvor von ihrem Mann getrennt und wohnte in einem anderen Stadtteil. Kurzum, sie hatte so gut wie keinen Kontakt zu ihm. Aber da es keine Kinder gab und sie nie geschieden worden waren ...«

»Du liebe Güte, was für eine Kette grausiger Ereignisse«, sagte Marlene. »Da kann man ja Angst kriegen. Keinen Fuß würde ich in dieses Unglückshaus setzen. Armer Georg. Wie hat er das nur ausgehalten?« Sie schüttelte sich, als wolle sie eine Gänsehaut abwerfen.

»Vielleicht handelt es sich auch nur um eine Kette gespenstischer Zufälle«, sagte Bernd.

»Na, so gespenstisch war das alles auch wieder nicht«, sagte Alida Arnold, »vielleicht nicht einmal sonderlich zufällig, wenn Sie bitte bedenken wollen, daß die Herrschaften alle nicht mehr sehr jung waren. Alle älteren Häuser haben einmal Leuten gehört, die inzwischen tot sind. Aber das verdrängen die jungen Leute gern, wenn sie in steril sanierte Wohnungen einziehen.«

Sie lächelte Bernd zu, damit er in ihren Worten keine Kritik sehen sollte.

»Aber ungewöhnlich ist es doch.« Henry blieb beharrlich.

»Ja, vielleicht«, sagte sie. »Aber wäre es denn besser, wenn es tatsächlich merkwürdig oder – wie sagten Sie? Ach, ja – ›ungewöhnlich‹ wäre?«

»Wie meinen Sie das?« fragte Bernd.

»Ich meine, daß es uns vielleicht besser oder tröstlicher erschiene, wenn wir solch eine Häufung von Todesfällen als etwas sehr Grausiges oder Verbrecherisches ansehen könnten, als uns der Tatsache zu stellen, daß alle Menschen, wirklich alle, im Alter sterben und zuvor für gewöhnlich krank waren. Es sind zumeist Todesfälle, die dem Besitzerwechsel von Häusern vorausgehen.

Ist es nicht bemerkenswert: das Gewöhnliche irritiert uns mehr als die Gruselei?«

Sie lächelte versöhnlich, um die Stimmung nicht ganz zu verderben.

In solchen Fällen half Baumi:

»Das Grausige ist vielleicht nicht besser, aber doch immer unterhaltsamer«, sagte er gutgelaunt und hob sein Weinglas. Baumi erfüllte das Klischee vom fröhlichen Rheinländer auf eine sehr erfrischende Weise.

Es war ein besonderer Abend. Obwohl niemand von ihnen hätte sagen können, wie genau diese besondere, geradezu vertrauliche Stimmung zustande gekommen war. Aber einige günstige Voraussetzungen ließen sich doch benennen. Boris Werner hatte verkündet, daß er sich mit Marlene geeinigt habe und daß er mit den am Tisch Anwesenden auf die anstehende Renovierung anstoßen wollte. Deshalb hatte er einen guten Rotwein spendiert. Die Düsternis, die Alida Arnolds Auskünfte über das Schicksal des Hauses Agniweg Nummer 46 begleitet hatte, war vollständig gewichen. Henry und Bernd hatten lustig und sogar mit pantomimischen Ausschmückungen ihre Begegnung mit Mehringer und Margy geschildert.

»Ich kann immer noch nicht glauben, daß Georg mal was mit so einer blöden Tussi gehabt haben soll«, hatte Henry abschließend gesagt und dabei seinen kläglichen Annäherungsversuch entweder vorsichtshalber unterschlagen oder schon vergessen.

Auch Mehringer war bei dieser Erzählung nicht besonders gut weggekommen. Der Wunsch, witzig zu sein und die Heiterkeit, die an den Tisch gekommen war, zu befördern, trieb die Erzähler in die Ungerechtigkeit. Henry hatte eine goldene Halskette, die Margy getragen hatte, in ein Brillantcollier ver-

wandelt und dem Bild, das er von Mehringer entwarf, ein Ziertüchlein verpaßt. Aber auf die Wahrhaftigkeit des Einzelnen kam es hier nicht an. Es ging um das alkoholgestützte kleine Glück einer Gemeinsamkeit bei guter Laune.
Alida Arnold, Baumi und die Werners hatten erheitert zugehört. Es wurde viel gelacht. Dann hatte Baumi um Mitternacht preisgegeben, daß sie jetzt auf seinen Geburtstag anstoßen könnten, und Boris Werner hatte auf Kosten des Hauses noch zwei Flaschen Sekt herangetragen.
»Ich glaube, Georg erwähnte einmal, daß eine Tante ihm das Haus vererbt habe«, sagte Bernd, der mit dieser Bemerkung, in der sich eine Frage versteckte, die Ernsthaftigkeit vorübergehend zurück an den Tisch holte.
»Ja, das stimmt«, sagte Alida Arnold. »Das war meine Freundin, die besagte Charlotte Chronwitz. Eine interessante und sehr gebildete Frau. Und sie war mehr als eine Tante für Georg Laub. Er hat Teile seiner Jugend bei ihr verbracht, weil sich seine Eltern oft im Ausland aufhielten. Sein Vater, ein Ingenieur, baute Kraftwerke in Asien und auch in Afrika. Man kann nicht sagen, daß sie ihn vernachlässigt hätten und besonders lieblos gewesen wären, aber sie waren leidenschaftlich aufeinander bezogen. Da blieb nicht viel Platz für den Sohn. Der kleine Georg, er war ihr einziges Kind, wirkte immer etwas verloren. Vielleicht gehörten sie zu jenen Paaren, die kein Kind haben sollten. Charlotte hat sich um ihn gekümmert, wann immer es sich ergab, um sein vernachlässigtes Seelenleben bemüht. Er blieb, nach ihrer Auskunft, immer ein Einzelgänger. Die letzten beiden Jahre vor seinem Abitur hat sie ihn ganz bei sich aufgenommen, weil er die ewige Herumzieherei in der Welt leid war. Sie hat ihn auch zum Schreiben ermuntert. Er hatte kaum sein Studium begonnen und die ersten Schreibversuche unternommen, da starben seine

Eltern bei einem Autounfall in Südamerika. Oje, jetzt fällt es mir auch auf, es gibt wirklich viele Tote in meinen Berichten.«

Sie lächelte dieser Anmerkung fast ein wenig verlegen hinterher. Nach einer kurzen Pause fuhr sie in einem strafferen Tonfall fort.

»Was ich eigentlich sagen wollte: Ich glaube, Charlotte hatte einen beträchtlichen Einfluß auf die Entwicklung von Georg Laub.«

»Und sie wohnte damals in dem merkwürdigen Haus?« fragte Marlene Werner.

»Nein, nein, sie hat niemals in dem Haus gewohnt. Sie haßte dieses Haus. Wie gesagt, es fiel ihr unerwartet zu, im späten Nachhall ihrer letzten kurzen und glücklosen Ehe. Sie wußte nicht so recht, was sie damit anfangen sollte. Sie hat sich viele Jahre einfach nicht darum gekümmert. Ein schmieriger Makler hatte zunächst etagenweise an Durchziehende vermietet. Vertreter, Schauspieler, Stipendiaten. Später wollte sie die Immobilie irgendwie loswerden. ›Und wenn ich das Haus verschenke?‹ hat sie gesagt. Aber bevor sie das in die Tat umsetzen konnte, erlitt sie einen Schlaganfall, kam ins Krankenhaus und schließlich in ein Pflegeheim. Ich habe sie dort bis zu ihrem Tod häufig besucht.«

»Hat sie von Georg Laub gesprochen?« fragte Marlene Werner.

»Ja, sehr oft. Sie hing an ihrem Neffen, zeigte mir einmal Photographien, auf denen er in unterschiedlichen Lebensphasen zu sehen war. Ein blasser schmaler Junge, der trotzig in die Kamera schaute. Sie war stolz auf seine Erfolge und hätte sicher nicht gewünscht, daß er einmal in diesem Haus wohnen würde.«

Sie schüttelte nachdenklich den Kopf.

»Ich verstehe immer noch nicht, was ihn dazu bewogen haben konnte.«

Hier schlossen sich etliche ernsthafte, aber dann mehr und mehr skurrile Vermutungen über die Motive an, die solcher Wohnungswahl zugrunde liegen könnten.

Da gab es wieder viel zu lachen.

Bernd hatte Alida Arnold im Laufe des munteren Abends gefragt, wie es kam, daß sie Georgs Tante so gut kannte und warum sie das Georg Laub, dem sie doch häufig in Baumis Laden und bei *Frieda* begegnet war, nie gesagt habe. Aber ihre Antwort ging im Trubel des Gesprächs unter.

Hatte sie überhaupt geantwortet?

Nein.

Gerade in dem Moment, als ihre Antwort erwartet wurde, hatte Henry, der seine Reden mit starken Gestikulationen begleitete, versehentlich sein Bierglas umgestoßen, und ein Teil der Flüssigkeit hatte sich auf Marlenes Rock ergossen, die mit einer Platte frisch belegter Brote in den Händen an den Tisch getreten war. Erschrocken hatte sie das Tablett fallen gelassen. In der Turbulenz war nicht bemerkt worden, daß Alida Arnold sich die Antwort erspart und Bernd seine Frage vergessen hatte.

Sie unterhielten sich noch lange sehr angeregt über dies und jenes.

Georg Laub tauchte an diesem Abend nicht bei *Frieda* auf.

Der Fleck an der Wand
oder: Georg taumelt

»Das ist nicht gut«, dachte Georg Laub. Er befühlte einen Fleck an seiner Küchenwand, tastete ihn mit den Fingerspitzen ab. Nässe! Er hatte einen kleineren Fleck an gleicher Stelle schon vor zwei Tagen bemerkt. Ganz flüchtig nur hatte er ihn wahrgenommen, hatte dem aber weiter keine Bedeutung beigemessen. Mein Gott, wenn er sich über jeden Fleck in dieser Wohnung aufregen wollte.
Jetzt aber lag die Sache anders. Ein Rohrbruch! Scheiße. Darüber durfte man nicht einfach hinweggehen. Man müßte die Wand aufstemmen, das Rohr freilegen und es wenigstens provisorisch abdichten. Andernfalls würde das Wasser stetig weiter in die Wand suppen. Da mußte er etwas unternehmen.
Und zwar bald.
Aber nicht gleich.
Er ging wieder in sein Schlafzimmer. Dort starrte er mißmutig auf ein großes Bündel mit Schmutzwäsche.
Er hatte sieben durchgeschwitzte T-Shirts, drei Jeans, eine beige und eine dunkelblaue Sommerhose, vier Hemden, einen Pullover, drei Bettlaken, drei Kopfkissenbezüge, zusammen mit schmutziger Unterwäsche, getragenen Socken, vier Pyjamas und fünf Handtüchern in einen großen Bettbezug gestopft. Es würde lächerlich aussehen, wenn er mit diesem Riesensack über die Straße wankte. Aber es blieb ihm nichts anderes übrig. Er besaß kaum noch saubere Kleidung, die dem frühsom-

merlichen Wetter angemessen war. Jedenfalls keine Kleidung der lässigen Art. Ein wenig widerwillig hatte er einen eleganten leichten Anzug aus seiner Kleiderkammer geholt und dazu ein gebügeltes weißes Hemd angezogen. Aber jetzt gefiel er sich erstaunlicherweise in diesen Textilien. Sie gaben ihm Halt. Eine urbane Verschalung.
Auch körperlich ging es ihm besser. Deutlich besser. Die Tabletten des Arztes hatten geholfen. Wenngleich die Kraft zum Wandaufstemmen noch nicht reichte. Er warf vorsichtshalber nochmals zwei Tabletten ein. Schon bald würde er wieder hergestellt, wieder fit, wieder ganz der Alte sein. Er wollte sich sammeln, sich neu sortieren, wollte erstarken und vorausschauen.
Natürlich würde er sich auch Rechenschaft ablegen müssen über die Merkwürdigkeiten der vergangenen Tage. Merkwürdigkeiten? Er überlegte, ob er nicht ein besseres Wort finden könnte. Zuspitzungen? Widerfahrungen? Auch nicht gut. Um ein angemessenes Wort für seinen Zustand und seine aktuellen Erlebnisse finden zu können, müßte er diesen Zustand und das Erlebte selbst genauer in den Blick nehmen. Das, was da die letzte Zeit mit ihm und in ihm geschehen war. Aber auch dafür hatte er kein Wort. Deshalb griff er feige wieder auf das Wort des Arztes zurück. Erhöhte Temperatur. Wahrscheinlich auch Fieber. Erklärte das etwas? Egal, vorläufig mußte es genügen.
Eigentlich hatte er ja heute wieder zu Dr. Winter gehen sollen.
Für die Blutentnahme war es viel zu spät. Er hatte noch immer nicht den Beipackzettel gelesen und hatte auch keine Lust dazu. Stattdessen überflog er die neuesten Anweisungen der Manuskriptverfasserin. Er hatte am Morgen zwei dicht beschriebene Blätter aus seinem Briefkasten gezogen.

Befehle, Schmeicheleien, Ortsbeschreibungen, Drohungen.
Lockungen.
Was für ein Quatsch!
Er schulterte verzagt das monströse Bündel und machte sich auf den Weg zur Wäscherei. Als er aus seiner Wohnungstür in den Hausflur trat, sah er, daß jemand am Fuß der Treppe einen riesigen Kleiderständer abgestellt hatte, ein Monstrum von der Art, wie es früher in ländlichen Kneipen für die Unterbringung schwerer Arbeitskluften bereitgestanden hatte. Er erinnerte ihn auch an die mannshohen Kakteen, die er als Kind in Mexiko bestaunt hatte. Oder verwechselte er da etwas? Kannte er diese Gewächse nur von den Landschaftsbildern der Westernfilme, die er als Junge so gerne sah?
Die Hakenarme des Hängemonsters in seinem Hausflur wuchsen mit spitzen nach oben gebogenen Enden aus einem dicken Stamm heraus und reichten weit in den Raum – an einem der Haken hing noch ein dünner Fummel.
Aus seinem Briefkasten ragte schon wieder ein Schreiben. »Jetzt übertreibt die Manuskriptterroristin aber etwas«, dachte er. Er hatte sich immer noch nicht von der Fiktion verabschiedet, daß es sich bei Sammuramat Denk um eine einzelne Person handeln könnte. Er setzte das Bündel ab und zog den Zettel heraus.
Aber es handelte sich nicht um ein weiteres Manuskriptfragment, es war ein Schreiben von Herrn Hökl, der mit sofortiger Wirkung das Mietverhältnis kündigte.
Die Miete sei bis Monatsende bezahlt. Und er, also Georg Laub, werde sicher unter den gegebenen Umständen – hier folgte eine lange Auflistung erheblicher Mängel und Schäden – nicht auf der Einhaltung irgendwelcher Fristen bestehen wollen.
Nein, das wollte Georg nicht. Aber er wollte, daß der Hökl,

der offensichtlich mit dem Auszug schon begonnen hatte, seinen sperrigen Kleiderständer nicht vergaß.
Er nahm sein Bündel wieder auf. Bevor er das Haus verließ, vergewisserte er sich, daß draußen niemand ungebeten auf ihn wartete.
Auf der Straße hielt er sich davon ab, zu den Fenstern der Praxis von Dr. Winter zu schauen. Er vermied das, wie man einem Blick ausweicht.
Mit düsterer Miene, die Augen auf den Gehweg gerichtet, das große Bündel geschultert, eilte er die Straße hinunter. Wer ihn so sah, hätte denken können, er täte etwas Verbotenes.
In der Wäscherei kannte man ihn nicht. Hier bedienten wechselnde Aushilfskräfte.
Nachdem er sein großes Bündel neben dem Verkaufstresen abgesetzt hatte, begann eine ältere knochige Frau mit arthritischen Händen seine Wäsche zu sortieren. Das war ihm peinlich. Er schaute aus dem Fenster und beobachtete konzentriert, wie Männer von der städtischen Müllabfuhr die grauen Tonnen zu ihrem Wagen brachten. Die knochige Frau vermerkte die einzelnen Stücke auf einem Zettel, trug sie ein in die vorgesehenen Rubriken. Sie sah nicht ein einziges Mal zu ihm auf. Auch jetzt, als er wie immer im voraus zahlte, sah sie ihn nicht an. Sie wollte offensichtlich nicht, daß ihr ein Kunde zur Person wurde. Das war ihr gutes Recht. Und auch Georg war es recht so.
Was könnte die Knochige wohl über ihn sagen, befragt von einem Polizisten, Staatsanwalt oder irgendjemand anderem? Ein hagerer Mann in einem teuren Anzug. Ja, die Qualität des Anzuges könnte sie bemerkt haben. Sie hatte den ganzen Tag mit Textilien zu tun.
Was für eine absurde Vorstellung. Wer sollte denn nach ihm fragen? Wurde er jetzt zu allem anderen auch noch ein we-

nig paranoid? Zu allem anderen? Was war denn »alles andere«?

Georg überquerte eine stark befahrene Straße.

Dann ging er in einen Supermarkt und kaufte Brot, Butter, Käse, Tomaten, Olivenöl, Äpfel, Kekse, Geschirrspülmittel, Küchenkrepp und Klopapier. Der Einkauf gab ihm Zuversicht. Auf dem Heimweg zog er dreihundert Euro aus einem Bankautomaten.

Kurz bevor er wieder in den Agniweg einbog, überfiel ihn ein heftiger Schwindel, er mußte sich an der eisernen Stange eines Gartenzauns festhalten und hätte beinahe seine Einkaufstüte fallen gelassen.

Die Umgebung schwankte wieder. Alles, was ihm eben noch verläßlich und beständig erschienen war, Straße, Haus und Himmel, geriet in Bewegung und trieb ihn in die Hilflosigkeit. Eine Schwindelattacke, die ihn aus dem Hinterhalt angefallen hatte wie ein feiger Feind.

Seine Augen fanden keinen Halt.

Verschwommen versuchte er sich einzureden, daß er diesen oder zumindest einen ähnlichen Zustand ja kannte, er war auch früher schon eingetreten, wenn er zuviel Alkohol getrunken hatte. Aber die Einrede half nicht.

Denn dieser Schwindel war viel stärker und zwingender. Er kam zudem aus dem Nichts, er hatte ihn nicht selbst aus Übermut oder aus Unverstand herbeigeführt. Es gab keine Kausalität und daher auch keine Plausibilität. Dieser Schwindelfeind überfiel ihn, wann und wo er es wollte. Unsinn. Solche Personifikationen eines körperlichen Übels waren kindisch. Da war kein äußerer Feind. Es war doch sein Körper, der ihm das antat, sein eigener Körper, und der Schwindel war eine miese Erscheinung ebendieses Körpers, eines Teils seiner selbst.

Georg hatte das Gefühl, daß auch sein Denken taumelte.

Natürlich hatte der Schwindel auch seinen Knecht, die Übelkeit, mitgebracht.
Dann verzog sich der Schwindel, ebenso unerklärlich wie er gekommen war, wieder. Auch die Übelkeit wich etwas. Die Welt kam mehr und mehr ins Gleichgewicht.
Georg, der breitbeinig eine leicht geduckte Haltung angenommen hatte – wie jemand, der sich in einen soliden Stand bringen will, weil er einem Schlag oder einen Fall fürchtet –, richtete sich langsam auf. Er holte tief Luft. Wie lange hatte er wohl so gestanden? Geduckt, hilflos an den Zaun gekrallt? Sekunden? Minuten?
Er holte nochmals tief Luft.
Ein Kind an der Hand seiner Mutter wies mit seinem kleinen Finger auf ihn und sagte: »Mami, schau mal.« Die Frau, offenbar zur Diskretion entschlossen, sah starr in eine andere Richtung. Vermutlich argwöhnte sie, daß er sturzbetrunken war. Das Kind beäugte ihn noch lange mit verdrehtem Hals, auch als sie ihn schon passiert hatten. »Was hat der Mann?« hörte er noch.
Für einen kurzen Moment haßte Georg dieses Kind.
Morgen wollte er wieder zu Dr. Winter gehen. Vielleicht kannte der Mediziner heilende Medikamente auch ohne Laborwerte. Für den Sieg über den schwindelerregenden Innen-Außen-Feind mußte er Hilfe von außen erbitten.
Vorsichtig, ganz auf sein Gehen konzentriert, bewegte sich Georg auf sein Haus zu. Er ging, wie es Seeleute auf einem schwankenden Schiff tun, den Blick zu Boden gesenkt, breit stapfend und wiegend. Elegant war dieser Gang nicht. Er konnte sich und der Welt nicht trauen. Auch schien ihm der Agniweg leicht ansteigend, eine Straße, von der er mit Sicherheit wußte, daß sie ganz plan verlief. Aber was konnte er mit Sicherheit wissen?

Als er auf etwa zwanzig Schritte an die Nummer 46 herangekommen war, sagte eine helle Stimme:
»Guten Tag, Herr Dr. Laub.«
Er schaute auf.
Die Frau!
»Guten Tag, Frau ...«, er brach ab.
Verflucht. Ihm fiel ihr Name nicht ein. Sie hatte doch zweifellos einen Namen. Ja klar. Die hatte einen Namen. Jeder hatte einen Namen. Aber ihm fiel ums Verrecken dieser Name nicht ein. In seinem Hirn war dichter Nebel. Dieser verdammte Name, den er einmal gekannt hatte. Natürlich den hatte er gekannt ... Aber jetzt ...
Er sah sie gequält an.
»Stella Remota«, half sie freundlich aus. »Ihre Mieterin. Haben Sie mich nicht erkannt?« Ihm schien, als habe ihre Stimme einen leicht sirrenden Klang.
»Entschuldigen Sie bitte«, sagte er matt.
»Schon gut.«
Er nahm neu Anlauf.
»Guten Tag, Frau Remota.«
Er klang artig wie ein Kind, das etwas gerade Gelerntes aufsagt.
»Gab es gestern Abend irgendwelche besonderen Vorfälle?« fragte sie.
»Nein, nein, Vorfälle? Was? Wieso? Nein«, stammelte er.
»Ich glaubte, Sie zu hören.«
»Mich? nein, nein, ich ...«
»Aber ich bin mir ganz sicher, jemand hat geschrien.«
»Das war ich nicht«, sagte er kläglich.
Schon wieder so eine kindische Formel. Er benahm sich wie ein Idiot. Er war ein Idiot. Sein Blick heftete sich auf das Blütenmuster ihres Kleides.

War das ein Seidenstoff? Für einen kurzen Moment hatte er die Idee, daß sich alle Probleme lösen ließen, wüßte er nur den Namen der Pflanze, der diese Blüte gehörte.
Aber er wußte ihn nicht.
»Sie wirken etwas angestrengt, kann ich Ihnen helfen?« fragte Stella Remota.
»Nein, vielen Dank, es geht schon«, sagte Georg und flüchtete in seine Wohnung.

Jetzt saß er wieder an seinem Schreibtisch. Erschöpft und ratlos. Mit herunterhängenden Armen. Die Einkaufstüte hatte er einfach neben seinen Stuhl fallen lassen. Sie war umgekippt, eine aufgeplatzte Tomate war herausgerollt und hatte eine kleine wäßrige Spur auf dem Boden hinterlassen. Georg, der die demolierte rote Tomatenkugel anstarrte, bemerkte erstmalig, daß dies die einzige kräftige Farbe in diesem Raum war.
Er lehnte sich zurück und schloß die Augen.
Georg Laub konnte es nicht fassen. Die Frau – sein Denken stockte, er wollte fortan, wenn er an sie dachte, einen Namen denken –, also Stella Remota hatte mit ihm gesprochen. Sie hatte ihn erkannt, sie hatte seinen Namen gewußt, und sie war ihm in ihrem bunten Kleid auch nicht »unstofflich« erschienen.
Und sie war schön. Ihm war, als habe er noch nie eine so schöne Frau gesehen.
Aber konnte er seiner Wahrnehmung noch trauen?
Hatte sie in letzter Zeit nicht alles in die Übertreibung gebracht?
»Stella Remota«, er setzte den Namen laut in den Raum.
»Stella.«
Stella, der Stern!

War ihm diese Wortbedeutung, als er vor Monaten ihren Namen in dem Mietvertrag gelesen hatte, überhaupt nicht aufgefallen?

Stella hatte ihn angesprochen. Das hätte sie nicht tun müssen. Er hätte in der Nachwirkung der Schwindelattacke gar nicht bemerkt, wenn sie stillschweigend an ihm vorbeigegangen wäre, wie das so oft geschehen war, wie es immer ihre Art gewesen war.

Aber sie hatte ihn angesehen! Und sie hatte gelächelt. Ja, sie hatte gelächelt. Da gab es keinen Zweifel. Gar keinen Zweifel.

Wie sonderbar.

Und wie könnte ihre Liebenswürdigkeit passen zu den Bildern von der vergangenen Nacht, die wirr immer mal wieder in seinen Geist einschossen?

Er wußte das nicht.

Hatte es, als er mit seiner Einkaufstüte vor ihr gestanden hatte, nicht für einen Augenblick eine große Möglichkeit gegeben?

Ja.

Und er?

Hatte er sie ergriffen?

Nein.

Er hatte nichts getan.

Hatte gestammelt wie ein blödes Kind.

»Helfen Sie mir«, hätte er sagen sollen.

Hatte er aber nicht gesagt.

Er war geflohen!

Auf schwachem Bein geflohen.

Verpaßt, verloren, verweht ...

Er schreckte auf.
Die Türklingel.
Stella? War sie zurückgekommen, um alles zu erklären?
Nein.
Vor der Tür stand ein smarter junger Mann, kaum älter als dreißig, hellgrauer Anzug, glänzende Augen, glänzende Haare und glänzende schwarze Schuhe. Unter dem Arm hielt er eine schmale Dokumentenmappe.
Eine knappe Verbeugung. Ein berufliches Lächeln.
»Sind Sie Herr Dr. Georg Laub?«
»Ja.«
Beinahe hätte er »leider« hinzugefügt.

»Ich komme von der Firma Wolffhard, Müller und Leonberg Immobilien- und Vermögensverwaltungen. Es war gar nicht leicht, Sie ausfindig zu machen.«

Wie geht es Georg Laub?

Wie geht es eigentlich …
Im Moment ist nichts zu erkennen.
Merkwürdig, er hat schon lange nicht mehr an seinem Schreibtisch gesessen.
Die Sache wird etwas unergiebig.
Und auch ermüdend.
Peinlich?
Ja.
Ich glaube wir sollten das jetzt mal lassen.
Ja, das sehe ich auch so.
Wir sollten zur Tat schreiten.
Ja, wenn es nicht schon zu spät ist.
Aber wie?

Das Manuskript III

»Fahren Sie heute, wenn die Dämmerung einbricht, in die Nalepastraße 18–50. Fahren Sie nicht zum Haupteingang des Areals. Entnehmen Sie der beigelegten Skizze den für Sie geeigneten Zugang.«
Das hatten sie sich ja fein ausgedacht, die vier Quälgeister. Beinahe hätte ich laut gelacht, als ich las, wohin sie mich diesmal schicken wollten. Den Ort kannte ich. Aber das konnten sie ja nicht ahnen, daß ausgerechnet ich dort schon einmal gewesen war. Ausgerechnet ich, der in den fünf Monaten meines Aufenthalts in Berlin nicht nur die mega-angesagten Orte sorgfältig gemieden hatte, die Event-Orte, zu denen sie alle strebten, die Restaurants, Cafés, Clubs, Galerien, Dark Rooms, die nächtlichen Abzockergeisterbahnen und Sex-Kitsch-Buden, in denen Infantile und Touristen das Gruseln lernen wollen, sondern daß ich auch jene Orte großräumig umgangen hatte, die nicht in den Stadtführern standen, die Orte, die als Geheimtip für das ganze Snobgesindel galten. Ja, damit hatten sie sicher nicht gerechnet, daß ich, der Hauptstadtidiot, der inmitten des großen Metroplen-Hypes ein Provinzleben installiert hatte, daß also ausgerechnet ich dieses abgelegene Gelände des ehemaligen Staatsrundfunks der DDR schon einmal betreten hatte. Über diesen Ort würde ich nicht ins Staunen kommen, da hatten sie sich verrechnet, ich hatte das Staunen schon hinter mir.
Vor vier Jahren, ich lebte noch in Frankfurt am Main, war ich als

Teilnehmer eines Literaturfestivals in die Hauptstadt gereist und von einem Rundfunkjournalisten um ein Interview gebeten worden. Er hatte, vielleicht weil er von einem auswärtigen Sender kam, kein anderes Studio reservieren können und war selbst auch noch nie dort gewesen.

Wir fuhren mit seinem Wagen und hatten mit Hilfe des Stadtplans – Navigationssysteme waren noch nicht verbreitet – die Straße gefunden. Die endete aber nach nur kurzer Fahrt zu unserem Erstaunen am Zaun einer Laubenkolonie. Sie hörte dort einfach auf. Weit und breit kein Funkgebäude und auch kein Mensch. Wir fuhren ein Stück zurück bis zu der Stelle, an der wir in die Nalepastraße eingebogen waren, und erst nach einer halben Stunde Rumfragerei – vier Passanten hatten keinen Schimmer oder wollten keinen haben – erfuhren wir, daß es sich um eine »unterbrochene« Straße handelte, und daß man das Laubengebiet großräumig umfahren mußte, um ihre Fortsetzung auf der gegenüberliegenden Seite zu finden.

Nachdem wir uns ausgewiesen hatten, passierten wir die Schranke am Pförtnerhäuschen und – so erzählt meine Erinnerung – kamen zu dem eindrucksvollen Bau, in dem sich die Tonstudios befanden.

Es war Herbst. Schon am Vormittag hatte ein Nieselregen eingesetzt. Im Laufe des Tages hatte er sich in einen feuchten Nebel verwandelt, der, als wir am Nachmittag dort eintrafen, die Umrisse aufweichte und Haus und Strauch ins Trübe senkte. Diese dunstige Trübnis paßte zur Verlassenheit des Geländes, in das sich eine nicht mehr gemaßregelte Natur vorsichtig, aber unaufhaltsam hineinfraß.

Ich hatte das Gefühl, in eine vergessene und unwirkliche Welt versetzt worden zu sein, und mir war schon mit dem ersten Schritt, den ich in das Gelände setzte, als hätte ich mich verirrt in die Kulissenwelt eines unheimlichen Films. Vielleicht in ein altmodisches Kriminalspiel, das atmosphärisch ins Phantastische und Horrible ausgreifen sollte.

Jetzt mit den Anweisungen der vier Horrordarsteller in der Hand, erinnerte ich mich sogar daran, daß ich damals kurz überlegt hatte, ob man nicht Mehringer auf diesen Ort aufmerksam machen sollte. Hatte er seine Karriere nicht sogar als Locationscout begonnen?

Da der junge Journalist über keine Ortskenntnisse verfügte, geisterten wir für eine quälende Weile etwas fröstelnd und befremdet herum. Unsere Schritte hallten einsam durch ein Foyer und in Gängen, die vermutlich einmal vibriert hatten von Schritten. Schritte, die eilig und zielbewußt gewesen waren und von den Emsigkeiten gezeugt hatten, wie sie zwangsläufig in den Hauptquartieren jeglicher Medienmacht anzutreffen sind. Hier aber war die Macht nicht mehr.

Nur noch ganz vereinzelt waren an den Außentüren der Studios neben den Bullaugen Vermerke angebracht, die anzeigten, daß sie vorübergehend für irgendeine private Produktion gemietet worden waren. Aber auch in diesen Räumen war kein Leben.

Schließlich fanden wir doch den für uns zuständigen Tontechniker. Einen außerordentlich freundlichen Mann in mittleren Jahren, der sich selbst beschrieb als einen Übriggebliebenen aus dem einstigen Riesenheer der Angestellten.

Spätestens als er ein kleines Schälchen mit selbstgebackenen Keksen neben mein Mikrophon stellte, hatte auch ich das Traurigkeitsniveau dieser Umgebung erreicht.

Eine Traurigkeit, die sich erst wieder etwas zurückzog, als ich ein angenehmes Gespräch mit dem klugen Journalisten geführt und auch eine kurze Sequenz aus meinem Roman vorgelesen hatte.

Das Gelände hatte mich beeindruckt. Die Trostlosigkeit einer kleinen verlassenen Stadt, in der einmal laut die Musik gespielt hatte. Triumphmärsche waren da zu hören gewesen. Jetzt spielte sie nur noch in dem großen Sendesaal, der, wie ich erfuhr, wegen seiner hervorragenden Akustik von Zeit zu Zeit für Konzerteinspielungen genutzt wurde.

Protokoll einer Irrfahrt III

Die Einzeichnungen in dem Lageplan, der dem Manuskript beilag, führten mich auf einen am Ufer der Spree gelegenen zugewucherten Pfad über viele Umwege wieder in das Hauptgebäude. Ich folgte genau der Manuskriptanweisung und stolperte auf einem Gang von Tür zu Tür, in der Hoffnung, das angegebene Tonstudio zu finden. Ich hatte den Eindruck, als wäre die gläserne Außenwand der Rotunde seit meinem ersten Aufenthalt weitaus blinder geworden und als hätten sich fleißige Moose durch die Fugen des welligen Holzbodens ans Licht gearbeitet. Gerade als ich aufgeben wollte, fand ich das Studio doch noch. Es war leer. Auch in dem angrenzenden Raum für die Technik – durch ein großes Glasfenster einsehbar – war niemand zu sehen. Als ich wieder auf den Gang gehen wollte, um nachzusehen, ob ich mich vielleicht in der Studionummer geirrt hatte, bemerkte ich, daß die Tür verriegelt war. Sosehr ich auch rüttelte, sie ließ sich nicht mehr öffnen.
Als ich mich wieder umwandte, um den Raum nach einem Telephon abzusuchen, tauchten meine Heimsuchungen hinter der Glasscheibe auf. Alle vier. Sie hatten Kopfhörer aufgesetzt, saßen hinter Pulten, und vor jedem stand ein Tischmikrophon.
Der Riese sprach als erster:
»Bevor wir Ihnen erlauben können, den Raum zu verlassen, müssen Sie uns einige Fragen beantworten.«

»Wie komme ich denn dazu?« sagte ich.
»Man kann Sie nicht verstehen. Sie müssen in das Mikrophon sprechen.«
»Wie komme ich denn dazu?« schrie ich so laut ich nur konnte in das Mikrophon, in der Hoffnung, daß den verhaßten Zuhörern das Trommelfell platzen möge.
Sie verzogen keine Miene.
»Wenn Sie hier nicht übernachten wollen, werden Sie antworten müssen. So laut Sie auch schreien, es wird Sie niemand hören. Diese Studios sind hervorragend isoliert. Es wird Sie niemand retten. Sie haben es sicher bemerkt, das Areal ist weitgehend verlassen. Sind Sie bereit?«
»Nein«, sagte ich.
Sie starteten ungerührt ihre Befragung.

Der Riese: »Lieben Sie Ihre Eltern?«
»Meine Eltern sind tot«, schrie ich.
Der Riese: »Wir modifizieren: Liebten Sie Ihre Eltern?«
»Selbstverständlich.«
Alle: »Selbstverständlich?«
Der Blonde: »Wovor ekeln Sie sich?«
»Vor blöden Fragen.«
Alle: »Wir bitten um eine größere Ernsthaftigkeit.«
Der Alte: »Wovor haben Sie Angst?«
»Sicher nicht vor diesem kindischen Spuk hier.«
Alle: »Wir bitten um größere Ernsthaftigkeit.«
Die Dünne: »Haben Sie ein Talent zum Genuß?«
»Ja.«
Alle: »Wir haben es nicht gerne, wenn Sie lügen.«
Der Riese: »Wann haben Sie das letzte Mal herzlich gelacht?«
»Weiß ich nicht.«
Alle: »Befriedigende Antwort.«

Der Blonde: »Wann haben Sie das letzte Mal geweint?«
»Vor circa zwanzig Jahren.«
Alle: »Wir haben es nicht gerne, wenn Sie lügen.«
Der Alte: »Sind Sie reich?«
»Nein.«
Alle: »Befriedigende Antwort.«
Der Alte: »Sind Sie arm?«
»Ja.«
Alle: »Wir haben es nicht gern, wenn Sie lügen.«
Der Blonde: »Verdienen Sie Geld zur Zeit?«
»Nein.«
Alle: »Befriedigende Antwort.«
Der Riese: »Tanzen Sie gerne?«
»Nein.«
Alle: »Befriedigende Antwort.«
Der Riese: »Haben Sie viele Freunde?«
»Nein.«
Alle: »Befriedigende Antwort.«
Der Blonde: »Warum bringen Sie Ihr Haus nicht in Ordnung?«
»Kein Geld.«
Alle: »Befriedigende Antwort.«
Die Dünne: »Welche Farbe hat der Tod?«
»Gelb.«
Alle: »Gute Antwort.«
Der Riese: »Lieben Sie eine Frau?«
»Nein.«
Alle: »Wir haben es nicht gerne, wenn Sie lügen.«
Der Blonde: »Warum besitzen Sie keine Waschmaschine?«
»Kein Geld.«
Alle: »Wir haben es nicht gern, wenn Sie lügen.«
Die Dünne: »Sind Sie oft im Internet?«
»Niemals.«

Alle: »Befriedigende Antwort.«
Der Blonde: »Besitzen Sie ein Telephon?«
»Nein.«
Alle: »Wir haben es nicht gern, wenn Sie lügen.«
Der Alte: »Geht es Ihnen gut, zur Zeit?«
»Ja.«
Alle: »Wir haben es nicht gern, wenn Sie lügen.«
»Denken Sie manchmal an Ihre Tante Charlotte?«
»Ja.«
Alle: »Wiederholen Sie bitte.«
»Jaaa.«
Alle: »Wir möchten Ihnen glauben.«
Die Dünne: »Warum glotzen Sie immer in das Fenster von Dr. Winter?«
Ich fuhr hoch.
»Das tue ich nicht. Niemals. Eure Behauptung ist eine bodenlose Unverschämtheit. Macht endlich die Tür auf. Ich werde eure idiotischen Fragen nicht länger beantworten, und wenn ich hier verenden muß.«

Die Dünne trat vor und kam ganz dicht an die Glasscheibe. Sie benutzte jetzt ein Handmikrophon und bewegte sich wie eine rheumatische Popsängerin.

»Hey man, keep cool, wir lassen dich gleich gehen, aber meine Tirade wirst du dir noch anhören müssen.«

Ich fügte mich in mein Schicksal.

Die Tirade der dünnen Frau (auch Heuchelweib genannt)

»Ohhhhhhhhhh
Ich war schon immer dünn.
Dünn und krank.
Von Anbeginn.
Schon zu meiner ersten Stunde und fortan.
Das Gesunde, das Kräftige, das Frohe – das alles ist mir fremd.
Bin schmal in jeder Hinsicht.
Von der Seite kaum zu sehen.
Eine mickrige Erscheinung seit je.
Weh, weh, weh.
Sprach ich, so hörte man es kaum; sang ich, so dachte man, ich wimmere;
tanzte ich, so sprang man bei, mich zu stützen.
Aiiiiiiiiiiiiiii
Ich trocknete, bevor ich blühen konnte.
Nie war ein Jubel in mir.
Nie war ein Saft in mir.
Nie war eine Lust in mir.
Nur für kurze Wege reicht die Energie,
eine kleine Energie,
eine kalte Energie,
ein fadendünnes Flämmchen nur.
Oh, oh, oh oh oh
Wie oft trat schon mein Tod an mich heran?
Strich sanft mir übers Haar,
tippte kurz mir an die Stirn,
flüsterte heiß mir in mein Ohr.
Doch er spielte nur mit mir.
Einmal aber wird er mir den Weg verstellen,

und meinen tiefen Sturz verlachen.
Das wird's dann sein.«

Sie kniete in unglaubwürdiger Demut nieder, und ihre Stimme, die immer leiser geworden war, ging in ein Flüstern über:

»Ich bitt:
Rasch soll's geschehn, rasch, rasch rasch
und leise auch,
zu einem halben Atemzug,
zu einem schnellen Wimpernschlag.
Ui, ui, ui ui ui
Das hoff ich.
Das wünsch ich.
Zart verlöschen möcht ich.
Sanft entschwinden.
Bis dahin aber lehn ich mich ans starke Jjaaah, jaaaaaah.
Ich such und brauch die Näh der Riesen.
Bin Parasit aus Not und Schwäche.
Spul böse mich ins Wehrlose, weil mir die Kraft zum Ranken fehlt.
Bin hier die arme Hilfsmagd nur,
tu, was ich grad noch kann,
leg die falschen, die vergifteten Fährten.«

Erneuter Ton und Haltungswechsel (demiforsch)

»Aber hey, verkenne mich nicht ganz, in mir ist noch dieses oder jenes Gefühlsfünkchen, wenn es auch schwach nur leuchtet, ganz schwach nur.
Zum Beispiel habe ich ein fadendünnes Mitleid mit dir, dem heillosen Artisten.

Und, das bedenke: der, den ich, die Schwächste unter den Schwachen, fadendünn bemitleide, der ist wirklich arm dran.
Nicht einmal dem Grottenmolch vergleichbar.
Ein armer Wicht fürwahr.«

Eintritt in eine geläufigere Redeweise
»Dies hat man mir gesagt:
Du habest deine eitle alte Welt verlassen, aber eine neue nicht gefunden.
Und:
Du seist zu klug für das Gefasel von der Suche nach Mitte und Ich-Essenz, jedoch zu dumm für eine fintenreiche und elastische Selbstbehauptung.
Ja, ja ich seh es kommen:
Der Riese wird dir anbieten, dich zu schützen, dich zu nützen, dich zu holen, zu uns, in unseren heilgen Bund nur der hohen Kunst geweiht ...«
Tiefer Seufzer.
»Und da du dir weder in der Höhe noch in der Gosse gefällst, wirst du dir das überlegen müssen.
Aber überlege gut.
Überlege gut.
Überle...«
Sie sank knochenlos zu Boden.

»War's das?« schrie ich.
Die vier nickten.
»Schwachsinniges Geschwurbel«, fügte ich noch an und »pubertär, hochtrabend und unausgegoren«, aber ich sagte das nur alles ganz leise, ich wollte nichts riskieren.
Keine Reaktion.

Mir wurde eiskalt, weil die vier hinter der Scheibe immer grauer und blasser wurden.
Ich wartete ihr endgültiges Verblassen nicht ab und hetzte zur Türe.
Sie ließ sich öffnen.
Erleichterung.

Draußen war es dunkel geworden, aber ich fiel nicht in die Spree.

In sieben Milliarden Jahren
oder: Georg Laub verliert den Anschluß

Als Georg an diesem Abend in seiner Stammkneipe auftauchte, fand er sie verändert. Aber er hätte nicht sofort sagen können, worin die Veränderung bestand. Erst als er sich etwas genauer umsah, bemerkte er: Die Wirtsleute Werner hatten entrümpelt. Eine größere Anzahl von bemalten Bierkrügen und Trinkkelchen aus Preßglas, die sich auf einem Regal über der Theke befunden hatten, waren abgeräumt worden, ebenso wie eine Wanduhr aus wilhelminischer Zeit, deren dunkles Holzgehäuse mit reichem Schnitzwerk versehen war. Und eine große vergilbte Aufnahme vom Tag der Einweihung des Lokals war verschwunden. Das Zeugnis der Eröffnung. Augenscheinlich hatten sich damals die Eltern und Großeltern von Boris Werner in feierlicher Aufstellung gemeinsam mit einem Koch und einer Kellnerin fächerförmig vor der Eingangstür für den Photographen postiert. Ernste Gesichter, in denen gleichwohl die Zuversicht noch Platz hatte.
Auch andere Bilder waren entfernt worden. Georg erinnerte sich nur an ein dunkles Ölgemälde, das einen Jäger mit seinem Hund in einem dunklen Forst zeigte. Es hätte besser in einen fränkischen Dorfgasthof gepasst. Helle Rechtecke auf der Tapete zeigten an, wo die Bilder und die große Photographie vormals hingen.
Als er sich setzte, stellte er fest, daß zudem die Tischdecken und die Getränkekarte erneuert worden waren.
Bernd und Henry waren nicht zu sehen.

Am Nebentisch tranken zwei junge Frauen Cola light und bewerteten kichernd die Männer in ihrer Firma. »Nee, den kannste mir vor den Bauch binden«, sagte die eine gerade.
Georg hätte ihr gern das Getränk in die Visage gekippt. Und schon wieder war er sich selbst fremd. »Was für ein alberner Impuls«, dachte er dann.
Kein Zweifel, er war sehr reizbar.
Zwei Tische entfernt saßen drei Männer in fleckigen weißen Overalls.
Boris Werner kam an den Tisch. Er zog einen Stuhl zurück und setzte sich.
»Was ist hier los?« fragte Georg.
»Was meinst du?«
»Die neuen Tischdecken, die fehlenden Bierkrüge und Bilder ...«
Boris Werner lachte. »Es gibt einen Kompromiß.«
»Und wie sieht der aus?«
»Wir entrümpeln, wie Marlene das nennt. Das heißt, wir schmeißen den alten Plunder raus und erneuern ein bißchen: neue Lampen, neue Stühle, neue Gläser und so weiter. Die Tische bleiben und die große Theke auch. Aber die Tapeten kommen runter, und es wird gestrichen. Helle Farben. Nächste Woche ist geschlossen. Die Jungs – er wies auf den Tisch mit den drei Overall-Männern – haben heute schon ausgemessen.«
»Blutet dein Herz?«
»Überhaupt nicht, ich bin voll einverstanden. Mit dem Zille-Scheiß habe ich ihr nur gedroht, damit sie die Erneuerung nicht übertreibt.«
»Mir wird euer Krieg fehlen.«
»Mir nicht. Er war in seine müde Phase gekommen, es wurde Zeit für ein Friedensabkommen.«

Boris Werner stand auf und kassierte bei den kichernden Mädchen ab. Dann fragte er Georg:
»Ein Pils?«
»Gerne.«
Als Boris Werner mit dem Bier zurückkam, setzte er sich wieder zu ihm.
»Da waren neulich zwei Leute hier, die sich für dich interessierten.«
»Ach ja?«
»Ein Mann und eine Frau.«
Georg versuchte, sich die Aufregung, die in ihn einschoß, nicht anmerken zu lassen.
»Wie sahen sie aus?«
»Ich habe sie gar nicht gesehen. Habe zu der Zeit am Telephon mit einem Lieferanten gestritten. Marlene hat sie bedient. Als ich an den Tisch kam, waren sie schon gegangen. Aber ich kann dir eine Beschreibung aus zweiter Hand liefern. Der Mann: etwa vierzig Jahre alt. Vielleicht knapp drüber, groß, schlank, dunkle Haare, die schon etwas zurückweichen, freundlich gesagt: hohe Stirn, ein bißchen geckig gekleidet, jedoch passable Manieren. Die Frau: schlank, nicht sehr groß, sehr blond, angesagte Frisur, etwas overdressed, viel Schmuck, arrogant.«
Da mußte Georg nicht rätseln. Keine Frage. Mehringer und Margy! Wie eine Rattenplage. Scheiße! Sie nagten sich immer dichter an ihn heran.
»Und was haben sie gewollt?«
»Da mußt du Bernd und Henry fragen.«
Wie auf Ansage erschienen die beiden im Rahmen der großen Eingangstür. Aber Georg hatte vorläufig keine Chance, sie nach ihrer Begegnung mit Mehringer und Margy auszufragen, weil sie hitzig in eine Diskussion verwickelt waren, die

sie auch nicht unterbrachen – ein kurzes Nicken mußte genügen –, als sie sich näherten und schließlich an den Tisch setzten.

»Ich glaube, es wäre etwas gewonnen, wenn die Leute erst mal rafften, daß sie in jedem Fall untergeht, verstehst du? Wenn das in ihren Schädeln ankäme, so würde es ihre Phantasie in Gang setzen und sie könnten wenigstens mal denken, was ihnen bislang undenkbar erscheint«, sagte Henry.

»Nein«, erwiderte Bernd, »ganz im Gegenteil, das würde sie nur noch hemmungsloser machen, weil ...«

»Wer oder was geht unter?« unterbrach Boris.

»Die Welt, die Erde, unser Planet«, sagte Henry enthusiastisch.

»Können wir vorher noch unser Bier austrinken?« fragte Georg.

»Sehr witzig«, sagte Bernd.

Henry überhörte Georgs Kalauer und fuhr eifrig fort.

»Das Schicksal der Erde ist, wie auch du vermutlich weißt, von dem der Sonne abhängig. Und auch das könnte dir bekannt sein: Sie wird ihre Strahlung kontinuierlich steigern. Eine Erhitzung, die der Menschheit allenfalls noch einen Spielraum von fünfhundert Millionen Jahren einräumt.«

»Das genügt mir völlig«, sagte Georg. Diese Diskussion interessierte ihn überhaupt nicht. Er hatte ganz andere Probleme. Und er wollte sie etwas fragen. Er mußte unbedingt wissen, was Mehringer und Margy mit ihm vorhatten. Sie planten etwas, keine Frage, erst Mehringers Rumschnüffelei und jetzt Margys Auftritte ...

»Noch ein Bier«, rief er blind in den Raum, obwohl der Wirt neben ihm am Tisch saß.

Aber Henry ließ sich auch weiterhin nicht beirren:

»Und schon in etwa drei Milliarden Jahren wird die Sonne

ihre Strahlung so gesteigert und unseren armen Planeten so erhitzt haben, daß alles Wasser verdampft und alles Leben erloschen sein wird.«

Er hatte so schnell und erregt gesprochen, daß er kurz Luft schöpfen mußte, bevor er den nächsten Satz anschieben konnte.

»In circa fünf Milliarden Jahren wird die Sonne in einer kolossalen Ausdehnung zu einem roten Riesen mutieren.«

»Das hast du aber sehr poetisch ausgedrückt«, sagte Georg sichtlich angeödet.

»Nein, diese Formulierung hat sich Henry nicht ausgedacht«, sagte Bernd eisig. Ihm gefiel die Herablassung nicht, mit der Georg auf Henrys eifrige Ausführungen reagierte. Zumal Henry sehr viel Zeit und Sorgfalt für die Wissensaneignung aufbrachte und sogar – wer hätte das gedacht? – über eine ganz brauchbare kleine Bibliothek verfügte, in der sich ernstzunehmende naturwissenschaftliche Schriften befanden. Henry war rechtschaffen an der Sache interessiert, und es ging ihm nicht darum, mit irgendwelchen Reader's-Digest-Weisheiten zu punkten. Georg hätte das an seiner gebundenen Rede ablesen können, die sich deutlich von Henrys üblichen Sprachfiguren abhob.

Aber Henry, der sich schon früh ein dickes Fell zugelegt haben mußte, redete ganz unbefangen weiter:

»Die Wissenschaftler sprechen tatsächlich von einem ›roten Riesen‹. Und du kannst dich gleich noch mal wundern, sie haben nämlich noch eine weitere Märchenbezeichnung vorrätig. Zum Beispiel für das letale Stadium der Sonne. Auch sie findet ein trauriges Ende. In einem weiterhin horriblen Verlauf wird sie in einem planetarischen Nebel zu einem ›weißen Zwerg‹ geschrumpft sein.«

Georg glotzte ihn nur trübe an.

Bernd, der sich zunehmend über Georgs Muffigkeit zu wundern schien, unternahm einen artigen Versuch, ihn in das Gespräch zu ziehen.
»Die Sprachbilder, die die hochgezüchteten Kosmologen entwerfen, um Unvorstellbares zur Anschauung zu bringen, müßten dich als Autor eigentlich interessieren.«
Aber Georg war nicht interessiert, ganz und gar nicht, er saß weiterhin apathisch vor seinem frischen Bier, das ihm Boris Werner gebracht hatte, und glotzte ins Leere.
Henry legte wieder los:
»Jedenfalls, und davon waren wir in unserer Diskussion ausgegangen, in sieben Milliarden Jahren ist die Erde ein Teil der Sonne.«
»Und worüber habt ihr euch so erhitzt?« fragte Boris.
Georg kicherte leise, unterdrückte das Geräusch aber sogleich wieder und überführte es in ein Hüsteln, als er merkte, daß Boris Werner gar keinen Witz hatte machen wollen.
Bernd übernahm die von Boris geforderte Erklärung.
»Die meisten Menschen der Neuzeit denken, insofern sie überhaupt je in diese Richtung denken, daß unserem Planeten ein ewiges Dasein beschieden ist. Nebenbei gesagt: Das unterscheidet sie von den Menschen des Mittelalters, die täglich mit dem Weltende rechneten. Davon kann keine Rede mehr sein. Du kannst ja mal eine kleine Privatumfrage machen« – das sagte er speziell zu Boris –, »und du wirst erstaunt sein, wie erstaunt sie sind, wenn du ihnen diese wissenschaftliche Erkenntnis vom unvermeidbaren Ende der Welt unterbreitest.«
»Das«, dachte Georg hämisch, »muß doch nicht verwundern, es trifft ja wohl auf den größten Teil der neueren, naturwissenschaftlichen Erkenntnisse zu.«
»Und worum genau geht es bei eurem Streit?« fragte Boris.

»Wir sind uns uneinig darüber, wie sich dieses Wissen von der grundsätzlichen Endlichkeit unseres Planeten auswirkt«, sagte Bernd.
»Das müßt ihr noch ein wenig erläutern«, sagte Boris.
»Ich zum Beispiel denke«, sagte Bernd, »daß es die Menschen zusätzlich enthemmt. Nach dem Motto: Wenn die Welt sowieso zugrunde geht, ist es ja unerheblich, was wir jetzt mit ihr anstellen. Hauptsache der große Knall kommt erst nach unserem Ableben. Zumal es ja auch eine Glaubensfrage zu sein scheint, ob menschliches Fehlverhalten da überhaupt eine nennenswerte Rolle spielt.«
»Ganz im Gegenteil«, widersprach Henry. Er hatte rote Ohren, und die Erregung ließ ihn jetzt doch ein wenig haspeln: »Die meisten wissen nichts vom finalen Bums. Ich meine: sie haben das grundsätzliche Aus der Erde ... also ihr Ende eben, ihren Untergang, ihr Verschwinden, ihr Erlöschen gar nicht im Bewußtsein. Sie glauben, daß der Planet, wie Bernd einmal gesagt hat ...« – mit gerunzelter Stirn konzentrierte er sich sichtlich, um seinen bewunderten Freund möglichst wortgenau zu zitieren – »... ›kosmisch geheiligt und göttlich beschützt‹ sei. Das heißt, sie halten seine Auslöschung für schlichtweg undenkbar.«
»Im Gegensatz zu Bernd glaube ich, wenn sie erst mal wüßten, daß dieser Untergang sogar mit *Sicherheit* einmal stattfinden wird, dann bekommen sie auch dessen Möglichkeit – versteht ihr: die *Möglichkeit* der unumkehrbaren Zerstörung!, in den Blick und kriegen Schiß und nehmen sich in acht und ...«
Henry brach ab. Es schien, als traue er plötzlich den eigenen optimistischen Annahmen nicht mehr über den Weg. Er wandte sich mit ungewohnter Aggressivität – so dick war sein Fell wohl doch nicht – an Georg:

»Hast du eine Meinung dazu, oder willst du lieber noch ein Witzchen machen?«
Vielleicht hoffte er auch auf argumentative Unterstützung durch einen belesenen Schriftsteller.
Georg hatte den Unmut seiner Freunde dumpf registriert und versuchte sich zu konzentrieren, um einer halbwegs seriösen Antwort auf die Spur zu kommen. Da gab es irgendwie eine Alternative, und er müßte sich begründet für die eine oder die andere Meinung entscheiden. Aber er kam nicht weit damit. Sein Denken war schwammig.
Die Freunde und der Wirt betrachteten ihn nachdenklich. Sie ließen ihm Zeit ...
Aber bevor er noch ansetzte zu einer Rede ohne Ziel, antwortete zu aller Erstaunen Alida Arnold auf Henrys Frage. Sie war aus der Küche gekommen und hatte vermutlich schon geraume Zeit ihrem Gespräch zugehört.
»Das abstrakte Wissen bringt es nicht«, sagte sie, »wir können uns das nicht vorstellen, daß da nichts mehr sein sollte. *Gar nichts.* Allenfalls ein bißchen Sternenstaub, aus dem ursprünglich alles kam. Vielleicht können wir uns nicht einmal unser eigenes Ende wirklich vorstellen, geschweige das der Menschheit, oder gar das unseres Planeten. Solche Unzugänglichkeit macht Angst. Wir sind generell überfordert.«
Plötzlich drehte sie ihren Kopf in Richtung Küche und rief laut:
»Marlene, bitte füttern Sie Cato nicht mehr. Er ist schon fett genug.«
Jetzt hörten es die anderen auch, das wohlige Schmatzen, das aus der Küche drang.
»Er würde fressen, bis er platzt. Er hat da gar keine Einsicht.«
Dann sagte sie zu Boris: »Falls Sie sich fragen, was ich in ihrer

Küche zu suchen hatte: Marlene bat mich, ein paar Kupferkessel und Kasserollen zu begutachten, die sie beim Aufräumen im hintersten Winkel einer Vorratskammer gefunden hat. Ich habe ihr geraten, sie ein bißchen zu polieren und auf einem der anspruchsvolleren Flohmärkte anzubieten. Da können Sie auch gleich die alten Bilder, Krüge und Gläser mitnehmen, die Sie abgeräumt haben.«

Alida Arnold hatte mit ihrer Rede über die Grenzen der menschlichen Vorstellungskraft alle erstaunt. Plötzlich nahmen sie Details an ihr wahr, die ihnen zuvor entgangen waren: Wie gepflegt die zierliche alte Frau war, wie zurückhaltend, aber gediegen gekleidet, wie sorgfältig frisiert.

Sie setzte sich neben Georg, der einen feinen Geruch wahrnahm, vermutlich ein unaufdringliches Parfüm, vielleicht auch nur eine sehr gute Seife.

»Entschuldigen Sie, daß ich mich einfach in Ihr Gespräch eingemischt habe. Aber bei der Lautstärke Ihrer Diskussion konnte ich nicht umhin mitzuhören«, sagte Alida Arnold.

»Man kann diskret wegsehen, aber weghören geht nicht. Da endet die Diskretion.«

Sie richtete ihren Blick auf Henry.

»Jedenfalls fand ich das, was Sie da ausführten, interessant, wenngleich ich Ihre Hoffnungen nicht teile.«

In der Ernsthaftigkeit, mit der sie zu Henry sprach, lag Sympathie.

Der spürte das und freute sich.

Sie redete weiter: »Das Problem besteht, so glaube ich, darin, daß niemand Menschen liebt, die es noch gar nicht gibt. Unsere vorgreifende Sorge umfaßt allenfalls noch die Zukunft unserer Kinder und Enkel. Die Enkel derer, die unserer Sippe nicht angehören, sind uns scheißegal.«

Bei dem Wort »scheißegal« war Georg etwas aufgeschreckt.

Nicht so sehr wegen der Ausdrucksweise, obwohl sie – wie schon das Parfüm – nicht so recht zu Frau Arnold zu passen schien, sondern weil ihm das ganze Thema scheißegal war.
Mit diesen Stammtischapokalypsen konnten sie ihm gestohlen bleiben, die gingen ihm, wenn er auch mal ordinär sein wollte – und das wollte er –, am Arsch vorbei. Er war nicht bereit, sich um den Erhalt der menschlichen Gattung zu sorgen, solange er kaum wußte, wie er sein eigenes Überleben sichern sollte.
Er zwang sich, zuzuhören. Es gelang ihm immer nur für eine kurze Dauer.
»Dem Thema sind sie, wie sie sich hier am Tisch wieder mal im Guten gut gefielen, doch gar nicht gewachsen. Es ist viel zu großräumig für sie«, dachte er hochmütig.
Er spürte die kleine Erregung, die in ihren Stimmen lag. Möglicherweise hatte auch der Alkohol, dem sie alle zusprachen, einen kleinen Anteil. Merkwürdig, die Vibrationen, die von ihrer Erregung ausgingen, teilten sich ihm scharf mit, nicht aber der Inhalt dessen, was sie sagten.
Den Gesprächsfetzen, die vereinzelt an sein Ohr drangen, entnahm er undeutlich, daß jetzt nicht mehr das Ende der Welt beschworen wurde. Das Gespräch hatte sich irgendwie gedreht, geradezu umgestülpt. Man war offensichtlich inzwischen bei der Frage nach dem allerersten Anfang von allem angekommen. Vielleicht hatten sie versehentlich recht. Vielleicht war da gar kein Unterschied zwischen Anfang und Ende. Vielleicht war das die Illusion. Er war jedoch weit entfernt davon, diese flüchtige Idee gedanklich weiterverfolgen zu können.
»Habt ihr es nicht etwas kleiner?« dachte er stattdessen verdrossen, sagte es aber nicht. Er trank sein Bier. Es war schon das vierte.

Ihm war sehr heiß. War das hier schon das Fegefeuer?
Worte wie »Urknall« und »unendliche Dichte« drangen an sein Ohr.
Als er sich eine Zigarette ansteckte, bemerkte er, daß seine Hände zitterten.
Er wäre gern gegangen, aber er blieb, weil er unbedingt noch eine Möglichkeit finden wollte, Henry und Bernd zu fragen, was sie mit Mehringer und Margy besprochen hatten. Das war doch wie ein Kurzschluß, der Vergangenes und Aktuelles miteinander verschmolz. Wie und wo hatten sie sich denn kennengelernt? Und wieso, um alles in der Welt, hatten Bernd und Henry die Figuren aus seiner Vergangenheit hierher geschleppt? Oder hatten die selbständig zu *Frieda* gefunden? Von einer bösen Macht gelenkt? Er mußte das herausfinden. Unbedingt!
Da ballte sich etwas hinter seinem Rücken zusammen. Wahrscheinlich mußte er diese Kneipe zukünftig meiden. Er war so versunken in seinen muffigen Mutmaßungen, daß er gar nicht bemerkte, daß sich auch Baumi zu ihnen gesetzt hatte.
Noch immer sah er keine Möglichkeit für einen Themenwechsel. Er hörte kurz mal wieder rein in das Gespräch der anderen.
»… und auch die kosmologischen Konstellationen, in unserem Sonnensystem, die einmal diesen Planeten haben entstehen lassen, waren demzufolge absolut zufällig.«
Wer hatte das gerade gesagt? Ach ja Baumi. Baumi? Wo kam der denn plötzlich her? Und was hatte der zu diesem Thema zu sagen? Studierte der Zeitschriftenhändler kosmologische Theorien? Oder bekam er diese Informationen von der Lottofee? War hier irgendjemand am Tisch der, der er war, oder nur der, der zu sein er vorgab? Gab es sie alle mehrfach? Oder gar nicht? Oder allein in seiner Vorstellung?

So, wie sich ihm jetzt im Rückblick Frau Remota in zwei getrennte Figuren aufteilte: Die Mieterin, die ihn nicht erkannte, und die lächelnde Stella, die ihm ihre Hilfe anbot.
Stella! Er sah sie vor sich, wie sie sich zu ihm gebeugt und gefragt hatte, ob sie ihm helfen könne. Könnte man sagen, daß sie ihn das liebevoll gefragt hatte? War hier das Wort liebevoll berechtigt?
Er rief sich zur Ordnung. Das hatte er sich bereits heute morgen vorgenommen: Er wollte sich vor den Übertreibungen hüten.
Aber schon irrte sein Geist wieder ab, wechselte den Raum.
Er sah ihren leuchtenden Blick.
Stella der Stern, der nie erlischt.
Quatsch. Kitsch. Er mußte sich endlich zusammennehmen.
Er schwitzte stark.
Er bemerkte, daß dieser oder jener fragend zu ihm schaute.
Dieser oder jener?
Er erzwang die Miene eines teilnehmenden Zuhörers und beauftragte sich, immer in die Richtung des jeweils Redenden zu schauen.
»... ich glaube, es gibt da eine Konkurrenz zwischen Quantenphysik und allgemeiner Relativitätstheorie«, sagte Bernd gerade.
Die Gesichter verschwammen.
Und schon bei den nächsten Sätzen verlor Georg wieder geistig den Anschluß.
»Die sind doch alle verrückt«, dachte er.
Gab es nicht irgend so ein Theaterstück mit lauter irren Physikern?
Georg wurde zum zweiten Mal an diesem Tag von einem Schwindel ergriffen. In dessen Windungen wirbelten die Wör-

ter »Loop« und »String« mit. Er klammerte sich an die Tischkante.
»Stella«, murmelte er.
»Haben Sie etwas gesagt?« fragte Baumi.
»Wie bitte?« fragte Henry zur gleichen Zeit
und
leicht zeitversetzt sagte Alida Arnold:
»Geht es Ihnen nicht gut? Sie sahen gestern schon so elend aus.«
»Ich bringe Ihnen ein Glas Wasser«, sagte Marlene Werner und stand auf.
Als sie das Glas vor ihn auf den Tisch stellte, sah er sie an und bemerkte erstmalig, daß sie eine attraktive Frau war.
Sie lächelte.
Er trank.

Der Schwindel wich.

»Es geht schon wieder«, sagte Georg.

Das Manuskript IV

Dies wird wohl das letzte Mal sein, daß ich von meinen Manuskript-Irrfahrten berichte. Es lohnt nicht. Ich weiß auch schon gar nicht mehr, was ich mir von diesen Berichten versprochen hatte.
Nur der Vollständigkeit halber:

Als ich auf mein Haus zuging, fuhr der Möbelwagen gerade weg. Er mußte für einige Zeit die Straße komplett verstopft haben. Ich konnte das an der Schlange hupender Autos erkennen, die sich jetzt langsam auflöste.
Die Haustür war nicht ins Schloß gefallen, wie immer, daran war nichts ungewöhnliches, aber schon als ich den Hausflur betrat, beschlich mich ein flaues Gefühl. Angst wäre zuviel gesagt. Mehr ein undeutliches Bangen. Ich tat das ab. Schließlich kannte ich sie jetzt ja schon: die Übertreibung in meinen Empfindungen.
Ein Zettel ragte aus meinem Briefkasten. Ich erkannte sofort das Schriftbild. Auch daran hatte ich mich schon gewöhnt. Das interessierte mich nicht mehr. Vielmehr: Es ödete mich an. Ich hatte keine Lust mehr auf diese anonymen Kommandos. Ich würde mich nicht nochmals an irgendwelche Orte schicken lassen. Schluß damit!
Aber auf dem Blatt standen keine Anweisungen, auch keine Ortsbeschreibungen, ich las nur die Floskel, die hierzulande neuerdings Höflichkeit simulieren sollte. »Und einen schönen Tag noch.«

»Danke gleichfalls«, dachte ich und zerknüllte das Blatt.
Das Garderobenmonster war verschwunden. »Leben Sie wohl Herr Hökl«, murmelte ich.
Ein Indiz für eine Unstimmigkeit hatte ich erst, als ich bemerkte, daß meine Wohnungstür nicht verschlossen war. Da konnte ich mir trauen. Die schloß ich immer ab, bevor ich das Haus verließ.
Ich öffnete sie vorsichtig einen kleinen Spalt – es war nichts zu hören – dann riß ich sie ganz auf –, und da sah ich sie auch schon. Schäbig grinsend saßen die vier nebeneinander. Ordentlich aufgereiht wie für die Lesung auf einer Bühne mit der zerstörten Wand im Rücken als Kulisse.
Obwohl sie weiße langnasige Halbmasken trugen und ich nur die untere Hälfte ihrer Gesichter sehen konnte, waren sie leicht zu erkennen.
Der Hüne hatte sich meinen Arbeitssessel geholt, der Blonde saß auf dem Holzstuhl, der Alte und die Dünne hatten sich Campingklappstühle mitgebracht. Ein weiterer Klappstuhl stand vor meinen Füßen. Ich wäre beinahe gegen seine Rückenlehne gerannt.
»Und was soll das werden?« fragte ich.
Sie blieben stumm, wiesen jedoch synchron mit einer lächerlich gezierten Armbewegung einladend auf den leeren Stuhl.
Als ich mich gesetzt hatte, zeigten sie mit steil ausgestrecktem Arm und spitzem Zeigefinger auf den Bildschirm meines Fernsehers.
Dort lief ohne Ton ein Manga-Comic. Plötzlich brach der Film ab und ich konnte mein Haus in seiner ganzen Schäbigkeit sehen. Dann ein Zoom auf mein Fenster und da – hoppla – saß ich an meinem Schreibtisch.
Während ich auf den Bildschirm starrte, sagten die vier unisono im Berliner Dialekt einen Reim auf, den ich aus meinen Kinder-

tagen kannte. Tante Charlotte hatte mich einst damit zum Lachen gebracht, aber auch ein wenig erschreckt.

»Ick sitz an' Tisch und esse Klops
Uff eemal klopts
Ick kiecke staune, wundre mir,
uff eemal jeht se uff die Tür!
Nanu denk ick, ick denk nanu,
jetzt is se uff, erst war se zu.
Ick gehe raus und kiecke
Und wer steht draußen? – Icke!«

Jetzt schwenkte die Kamera auf die gegenüberliegenden Häuser. Dann ein Zoom. Und da hockte ich schon wieder, diesmal vor dem Schreibtisch von Dr. Winter. Die nächsten Bilder zeigten den Laden von Baumi. In der geöffneten Tür saß Cato und gähnte. Schnitt. Die Kamera ruhte kurz auf dem Schriftzug über der Eingangstür des Lokals bei *Frieda*. Ich wunderte mich schon gar nicht mehr. Ich sah mich durch diese Tür hineingehen und ziemlich angeschlagen wieder herauskommen. Die Bilder liefen etwas zu schnell. Sie erinnerten an Stummfilme. In einer kurzen Sequenz waren auch Margy und Mehringer zu sehen – nur von hinten –, wie sie eingehakt in munterem Stechschritt den Agniweg hinuntermarschierten. Dann zeigte die Kamera, wie Boris und Marlene Bilder und allerlei anderen Plunder zu Bernds Pick-up trugen. Bernd und Henry halfen beim Einladen.
Schließlich war ich wieder zu sehen, wie ich in einen Abfalleimer kotze.
Die vier mimten tonlos Gelächter. Sie bogen sich und schlugen sich auf die Schenkel.
Der Film brach ab, der Manga-Comic setzte wieder ein.

»Ja und?« sagte ich cool. »Was soll der Scheiß?«
Von denen wollte ich mich nicht aus der Fassung bringen lassen, gerade weil ich die ganze Zeit Angst hatte, daß der Schwindel wieder einsetzen und mich in die Hilflosigkeit werfen könnte. Diese Blöße wollte ich mir jetzt nicht geben.
Und gegen die Heimsuchung des Schwindels war das, was die vier hier bei mir und anderenorts aufführten, ein bloßes Affentheater.
Und weil ich das Wort gerade gedacht hatte, sagte ich es auch sogleich.
»So ein blödes Affentheater. Seid ihr Kollektiv-Stalker?«
Der Hüne riß empört seine Maske herunter. »Wir sind Künstler!« rief er dröhnend. »Multimedial! Hast du gehört? Multimedial! Wir sind keine Einzelkunstidioten, so wie du einer bist.«
Er war wirklich empört. Und immer noch riesig. Aber auch er konnte mich nicht mehr erschrecken. Ich kannte jetzt Schlimmeres.
Ich reckte mich hoch und wies mit dem Finger auf sie. So wie in alten Filmen der Staatsanwalt auf einen Angeklagten wies. Sie hatten mich offensichtlich mit ihrer blöden Theatralik angesteckt.
»Ich habe euch durchschaut. Ihr könnt euer hochtrabendes Geschwätz, euer ganzes Schmierentheater vergessen. Mich kotzen eure Tiraden an. Am besten, ihr verpißt euch ganz schnell. Ich könnte euch auch anzeigen. Hausfriedensbruch ist das Mindeste. Und nicht nur in diesem Fall. Ich kann mir nicht vorstellen, daß euer Aufenthalt im Schließfachkeller der Bank oder auf dem Rundfunk-Gelände legal war. Ein Fall für die Polizei.«
»Mach dich geschmeidig Alter, hast ja nich mal 'n Telephon«, piepste die Dünne.
Auch sie nahm ihre Maske herunter, der Blonde und der Alte taten es ihr nach.

Der alte Mann trat an mich heran. Ohne Basecap, Pfeife und in aufrechter Haltung sah er aus wie ein gewöhnlicher älterer Herr. Harmlos. Durch und durch. Er legte seine Hand auf meine Schulter, lächelte begütigend, als wäre das, was sie mit mir in vier Fällen veranstaltet hatten, mit der versehentlichen Entwendung eines Plastikfeuerzeuges vergleichbar.
»Herr Laub, seien Sie bitte friedlich und nicht so nachtragend. Wir leisten auch nur unser Bestes. Und Sie müssen zugeben, im *Café Lau* und in der Bank konnten wir Sie beeindrucken.«
»Ich war nicht fit«, sagte ich matt und ärgerte mich sogleich, daß ich das gesagt hatte. Ich mußte diesen Komikern nichts erklären. Ich sollte mich überhaupt nicht auf ein Gespräch mit diesen miesen Einbrechern einlassen.
Die magere Frau – sie wirkte in Jeans, Bluse und Turnschuhen noch magerer als in ihren vorherigen Kostümierungen – kam hinzu. Sie machte ein albernes Schmollmündchen, legte den Kopf schief und sagte:
»Hey, Laub, laß den Scheiß mit der Anzeige, du bist doch auch Künstler, bist einer von uns.«
Das war frech. Das war maßlos frech und so anmaßend, daß ich böse lachen mußte. So eine unverschämte Vereinnahmung. Was bildeten sich diese Schmierendarsteller eigentlich ein?
Der Blonde verstand mein Lachen falsch. Er hatte darin vermutlich eine Gutmütigkeit erkennen wollen.
Jedenfalls tapste auch er zutraulich heran.
»Kann ich nicht wenigstens meine vorbereitete Tirade noch aufführen? Sie wurde extra für dich – und nur für dich! – komponiert, und ich habe die halbe Nacht gebraucht, um sie auswendig zu lernen.«
Er sagte es fast ein wenig weinerlich.
Ich schlug mir mit der flachen Hand an die Stirn. Es war ja nicht zu glauben, von diesen Holzköpfen hatte ich mich einschüchtern

lassen. Ich ließ mich auf meinen Stuhl fallen und muß wohl nochmals aufgelacht haben, und möglicherweise nahm der Blonde das als Aufforderung.
Er stieg auf einen Klappstuhl, brachte sich in Positur und begann, talentfrei seine einstudierte Tirade aufzusagen.

Tirade des Stummen (auch Einfaltspinsel genannt)

»Ich bin der Stumme.

Meine Worte sind frei von Schall und Klang.
Ich tröpfele ihren Sinn unmittelbar in deinen öden Geist.
Du vernimmst sie zwar, aber hören kannst du sie nicht.
Nein, hören kannst du sie nicht.
Keinen Mucks kannst du hören.
Keinen Mucks.
Niemand kann etwas hören.
Da niemand etwas hören kann, kann man mich für das Unerhörte nicht belangen.
Ist ja logisch.
Welches Gericht du auch anrufst: Nichts wurde je vernommen, kein Laut, kein Beweis nirgends.
Wie laut du auch deine Anklagen herausjaulst,
Du kannst dich nur blamieren.
Aber das wenigstens kannst du ja gut.
Ich indes kann dich, den kleinen Schreiberling, beleidigen nach Lust und Laune.
Ich fang gleich mal damit an: Du Depp, du Dreck, du Wurm, du Zwerg, du Wicht, du winzig, winzig kleines Licht.«

Er fiel kurz aus seiner Rolle.
»Ein Superreim, nicht wahr?«
Er brachte sich wieder in Positur.

»Wehrst du dich, beschimpfst mich auch oder schlägst mich gar,
so schmähst du oder schlägst du einen armen Stummen.
Grundlos, wie es scheint.
Das macht keinen guten Eindruck.
Gar keinen guten Eindruck.
Ja, da schaust du blöd, du blöder Blödian.
Schon plant dein ödes Hirn die Flucht.
Doch vergebens. Ganz und gar vergebens.
Auch hier verstell ich dir den Weg,
brems der Gedanken Flucht.
Ich weiß im voraus schon, wohin sie stolpern.
Ja, da, da grad jetzt streben sie zum Notausgang.
Sehn einen Ausweg, wo doch keiner ist:
Ja, bilde dir nur ein, du habest dir meine Tirade nur eingebildet.
Du eingebildeter Virtuose der Einbildungskraft.
Was ist das hier?
Die schwarze Wirklichkeit?
Ein Fiebertraum nur?
Ist es das, worauf du hoffst?
Welch ein Irrtum!
Selbst das noch schlägt dir fehl, du Tropf.
Was hat Güte, was ist Trug?
Wahr oder unwahr?
Wo verlaufen hier die Grenzen?
Du weißt es nicht, du betrügerischer Trugexperte.
Du taumelst, zagst und kränkelst.
Kennst keine Richtung mehr.

Und mußt dir all das sagen lassen vom stummen Knecht.
Und kannst es nicht mal klangvoll hören!«

Er stieg vom Stuhl, wechselte Körperhaltung und Tonart.

»Übrigens, mal so ganz unter uns:
Im Nebenberuf bin ich, der ehemalige Weltmeister im Parcouring, ein Tatortscout, Schauplatzoptimierer, und Glaubwürdigkeitshersteller.
Ich mache unser Tun plausibel für Einfaltspinsel wie dich.
Organisiere Cafés, Schließfachkeller, Tonstudios und vieles mehr.
Lege Werkzeug in die Gegend, beschaffe Schuttsäcke, stelle Fläschchen in Regale. Mit anderen Worten, ich inszeniere, was du für deine Welt hältst und halten sollst.
Wir machen das für viele. Du bist unser bester Kunde nicht.
Ein bißchen Hilfe käm da nicht so schlecht.
Vielleicht wäre so ein Legendenintendant
für uns ganz brauchbar.
Denk mal drüber nach ...«

An dieser Stelle intervenierte ich.

»Schluß mit dem ganzen Humbug«, schrie ich, sprang auf und fuchtelte wild mit den Armen, »ich muß mich von euch Lumpen nicht auch noch beschimpfen lassen. Rückt den Wohnungsschlüssel raus, nehmt eure Klappstühle und verduftet endlich.«
Aber die vier zeigten sich nicht sonderlich beeindruckt von meinem Wutgehabe, sie nickten beifällig und reagierten so, als hätte auch ich nur einen einfältigen Text aufgesagt.
»Darf ich mal auf dein Klo?« fragte die Dünne.
Und der Blonde sagte: »Aber die Tiraden war'n doch Klasse,

kannste ruhig mal zugeben. Ich hab dich beobachtet. Bist total drauf abgefahren. Und das Doppelgänger-Motiv funktioniert doch immer.«

»Kinderkram«, schrie ich, »Ihr blöden Clowns!« und für einen Moment hatte ich das Gefühl, selbst längst zum Akteur in diesem Kinderspiel geworden zu sein.
Der Riese ließ sich wieder auf meinen Arbeitssessel fallen. Er zündete sich breit grinsend eine dicke Zigarre an und blies Rauchkringel zur Decke.
»Und jetzt auch noch so eine bescheuerte Al-Capone-Nummer«, fauchte ich.
»Das ist noch gar nicht ausgemacht, wer hier der größte Clown ist«, sagte er.
Seine Körpermassen – festes Fleisch, schwere Muskulatur, kein Gramm Fett – füllten meinen großen Arbeitssessel komplett aus, ja, mehr, seine Gestalt drängte an allen Seiten über die Ränder, so daß von dem Möbel nichts mehr zu sehen war. Und weil auch seine säulenhaften Beine und riesigen Schuhe die unteren, tragenden Teile des Sessels völlig verdeckten, hätte man denken können, der Riese schwebe sitzend inmitten des großen Lochs.
Der Alte lehnte lässig an der Wand.
»Wir gaben uns Mühe«, sagte er mild, »natürlich müssen wir hier und da noch feilen. Das Ganze ist noch roh, noch im Werden. Sie wissen schon: work in progress.«
»Und wie soll eure Posse heißen?«
»Ein megageiler Titel. Ehrlich, da wirst du staunen, Alter«, rief die Dünne, die vom Klo zurückgekommen war: »Die apokalyptischen Reiter und ihre dünne Freundin.«
»Na super«, sagte ich.
»Nich gut?«
»Das Letzte!«

Ich war müde. Ich setzte mich wieder auf den Klappstuhl, stützte meine Ellbogen auf die Knie und senkte meinen Kopf in die Hände. Das war ein Fehler. Denn auch der Blonde, der Alte und die Dünne nahmen sogleich wieder ihre vorigen Plätze ein, und es entstand fälschlich der Eindruck einer einvernehmlichen Gesprächsrunde.
»Du hast 'nen Wasserschaden in der Küche«, sagte die Dünne kumpelhaft.
»Weiß ich«, sagte ich in meine Hände.
»Wenn du willst, stemm ich die Wand auf und löte dir das Bleirohr«, sagte der Hüne, und mir schien, als habe er das geradezu lüstern gesagt.
Ich ging nicht darauf ein. Stattdessen sagte ich:
»Zum letzten Mal. Was wollt ihr von mir?«
Der Alte begann:
»Okay. Sie müssen wissen, wir sind ein mobiles Theaterkollektiv ...«
Die Dünne unterbrach ihn.
»Verstehste? Theater is', wo wir sind.«
Der Alte übernahm wieder.
»Wir dachten, an so einem Schriftsteller, den es zufällig in unsere Gegend geschneit hat, könnten wir versuchsweise mal unsere Wirkung testen.«
»Na, vielen Dank«, sagte ich.
Der Blonde wollte auch etwas sagen. »Natürlich haben wir auch ein wenig recherchiert, digital und analog, du verstehst schon: Internet und Agniweg. Im Agniweg magst du ja bekannt sein wie ein bunter Hund, aber – nimm's bitte nicht persönlich – eigentlich bist du 'ne fade Nummer.«
»Danke«, sagte ich einfallslos.
»Hat ja eine Ewigkeit gedauert, bis du mal angesprungen bist«, sagte der Hüne, »aber das ist jetzt nicht mehr so wichtig.«
»Und was ist wichtig?«

»Du hast ja sicher bemerkt, unsere Texte könnten noch eine kleine Politur vertragen. Da holpert und klemmt's noch an allen Ecken und Enden. Und deshalb dachten wir ... Also wir wollen dich fragen, ob du nicht vielleicht ...« – er zögerte, sah zu seinen Kumpanen, die ihm auffordernd zunickten – »... mit uns zusammenarbeiten könntest.«
Er streckte mir seine riesige Pranke entgegen.
»Schlag ein!«
»Ausgeschlossen«, zischte ich.
»Schreib uns Texte, die wir zum Leben bringen.«
»Den Schriftsteller Georg Laub gibt es gar nicht mehr.«
»Na, dann schau doch mal ins Internet.«
»Quatsch«, sagte ich weiterhin einfallslos.
»Du solltest dir unser Angebot überlegen. Eine echte Alternative«, sagte der Hüne.
»Nichts zu machen.«
»Auch gut«, sagte er kalt und fuhr seine Hand, die er einladend stehengelassen hatte, wieder ein. »Du mußt ja wissen, ob du noch so viele Optionen hast. Dann zünde ich mal die zweite Frage. Können wir hier wohnen?«
»Hiiier?«
»Nicht gerade in deiner Wohnung. Aber vielleicht im ersten oder zweiten Stock.«
»In den zweiten Stock regnet es rein, und der erste ist noch bewohnt.«
Der Hüne lachte breit.
»Hast du's nicht bemerkt? Deine Sternenstaubkönigin ist heute ausgezogen.«
»Neiiin«, schrie ich.

Diese und jene Feigheit
oder: Georg Laub kann nicht schlafen

Die Übel häuften sich.
Abgrundtiefe Müdigkeit gepaart mit extremer Erregung. Noch vor wenigen Nächten hatte ihn, das Licht der Nachttischlampe war kaum erloschen, ein guter Schlaf überwältigt. Diese gnädige Überwältigung hatte er, warum auch immer, verspielt. Sein Schlaf folgte nicht länger der Erschöpfung. Auch das kannte er nicht.
Ein argloser Neuling im dunklen Reich der Schlaflosen.
Ruhelos wälzte er sich von einer Seite zur anderen.
Er schaltete das Licht an und schaute auf seinen altmodischen Wecker in der Hoffnung, daß die Nacht schon weit fortgeschritten sein möge.
War sie nicht.
Viertel nach vier. Er schaltete das Licht wieder aus, schloß die Augen, versuchte nicht zu denken. »Nicht denken!« befahl er sich. Wie immer fiel durch den verklemmten Rolladen ein fahler Schein der Straßenbeleuchtung schräg auf den unteren Teil seines Bettes.
Er hätte das Licht nicht einschalten und auf die Uhr schauen sollen, das hatte ihn noch etwas wacher werden lassen, weiter dem Schlaf entfernt.
»Vielleicht«, so dachte er, eingeschlossen in die müde Ruhelosigkeit, die aus der Ferne vom Gegröle eines betrunkenen Spätheimkehrers untermalt wurde, »vielleicht war es grundsätzlich ein Fehler gewesen, sich in diesem Haus verkriechen

zu wollen.« Aber warum? Mein Gott, was sollte daran so vermessen sein, er hatte sich doch nur eine Pause gönnen, sich aus dem Getriebe für kurze Zeit ausklinken wollen. Eine Atempause. Eine vorübergehende Übersichtlichkeit hatte er zurückgewinnen, ein milchiges Vergessen ermöglichen wollen, vielleicht sogar eine Selbstvergessenheit – auch um Raum für Neues zu schaffen.
Für einen neuen Georg Laub?
Aber das Getriebe hatte ihn nicht vergessen! Das war offensichtlich.
Mit diesem Gedanken war er grell wach. Auch das graue Dämmern war von ihm gewichen. Das graue Dämmern, durch das er eben noch geglitten war und aus dem er vielleicht endlich in den ersehnten schwarzen Schlaf hätte sinken können.
Darauf war jetzt nicht mehr zu hoffen.
Er schaltete das Licht wieder ein, erhob sich mühselig und holte ein Glas Wasser.
Dann saß er aufgerichtet, den Rücken gegen die häßliche Wand gelehnt, mit angewinkelten Beinen wieder auf seinem Bett.
Ja, Georg Laub – er nannte sich in diesem Selbstgespräch höhnisch beim ganzen Namen, was er immer tat, wenn er eine schlechte Meinung von sich hatte – »Ja, Georg Laub«, sagte er zu sich, »ausklinken, global verabschieden ist nicht.«
Das hätte er wissen können.
Es gibt keine zweite Naivität.
So hatte er es vor langer Zeit einmal irgendwo gelesen.
Ebenso wenig wie er die Naivität zurückgewinnen konnte, konnte er den »wahren Georg Laub« zurückgewinnen. Hatte es den je gegeben? Und wenn ja, wann hatte er ihn verloren? Oder verraten? Oder liquidiert?

Hatte es eine Gabelung in seinem Leben gegeben, vor der er sich falsch entschieden hatte?
Bevor er das Selbstgespräch fortsetzte, trank er das Wasser.
Er gewann ein wenig Klarheit. Das, was da durch seinen Kopf schwamm, war doch grober Unfug, so eine Ichabsicherung, die gab es doch gar nicht, das weiß doch jedes Kind.
Wie dumm er doch gewesen war.
Noch schlimmer: Er hatte sich selbst belogen.
Sein Agniweg-Unternehmen war das eines halbherzigen Schwächlings. Ja, wenn er seinen Namen geändert und den Kontinent gewechselt, die Spuren sorgfältig gelöscht hätte … aber diese halbherzige Flucht in Tante Charlottes Häuschen war einfach nur lächerlich. Eine schlappe Sache. Das glaubte er glasklar erkennen zu können. Glasklar!
Plötzlich sah er in voller Deutlichkeit eine Szene bei *Frieda* mit Henry und Bernd vor sich, als hätte sie jemand an die Wand seines Schlafzimmers projiziert. Wie sich Henry da im Verlauf irgendeiner belanglosen Unterhaltung zu ihm lehnte und sagte: »Aber du liest ja nicht gerne Biographien.« Das konnte Henry nur einem Interview entnommen haben. Dort hatte Georg das gesagt und *nur* dort hatte er das gesagt. Und ebendieses Interview, da war er sich sicher, war einzig im Netz veröffentlicht worden. Damals war er noch ohne Mißtrauen gegen die Netzwelt gewesen.
Er erinnerte sich jetzt – ausgerechnet jetzt in dieser durchwachten Nacht – wieder an die Bemerkung Henrys, an der ihm vor ein paar Wochen nichts aufgefallen war.
Na sicher, der Sack hatte ja bei der vorangegangenen Begegnung nach seinem Namen gefragt. Vermutlich hatte er den gleich, kaum daß er zu Hause war, in seine Suchmaschine eingegeben, hatte kürzer oder länger da herumgestöbert.

Er schaltete das Licht wieder aus und überließ sich dem ungeordneten Fluß seiner zorngesättigten Vermutungen.
Vermutlich tauschten alle lange schon mit Margy und Mehringer und irgendwelchen anderen Leuten in irgendeinem Blog Informationen, Gerüchte und Meinungen über ihn aus, kommentierten seinen Fall … denn das war er jetzt: ein Fall, nicht nur für Dr. Winter.
Er hätte das im Grunde wissen können, hatte es ja auch früher einmal gewußt, es jetzt aber nicht mehr wissen wollen, daß er da vorhanden war: eine Figur mit dem Label Georg Laub, zusammengesetzt aus unendlich vielen Einträgen, mehr oder weniger beliebigen Anschwemmungen. Da stand eine schmeichelhafte Rezension neben einer vernichtenden, ein Lesetip neben einer Schmähtirade, eine Verlagswerbung neben einem Ramschangebot; Hasser und Fans twitterten da wild herum, luden Videos bei Youtube hoch, auf denen er zu sehen war, wie er gerade etwas tat oder sagte – zum Beispiel an seinem Schreibtisch saß oder in einen Abfalleimer kotzte. Ein verblödet verblogter, vertwitterter Georg Laub, der auf den Facebookmarktplätzen ausgestellt, beschimpft und verlacht wurde, ein armseliger Autor Kunterbunt. Er hätte sich denken können, daß Henry, der ambitionierte Drogist ihn dort googeln konnte, daß er da auf sein zweites Ego traf, ein schwirrendes Alias, das im Second Life fremdernährt, immer größer und stärker wurde, sich aufblähte, von Hetzmeuten geformt, ein Monster des digitalen Mobbings, während er selbst, ein kränkelnder Häuschenbewohner, immer kleiner und schwächer wurde.
Georg spulte haßerfüllt immer schneller diese hämmernde Abfolge von Ideen, Phantasien, Einsichten, Ängsten, Irrtümern und Vermutungen ab. Seine Gedanken liefen heiß wie ein Motor, der lange viel zu hochtourig betrieben wurde.

Er beschleunigte weiterhin.

Auf dieser beschleunigten Fahrt sprang ihn eine Gewissheit an wie ein Tier: Seine neuen Freunde hatten nur aus Rücksicht seine veröffentlichte Netzexistenz nicht direkt angesprochen, weil sie ihn nicht stören wollten bei der Inszenierung des eigentlichen, des authentischen, des wirklichen Menschen Georg Laub, des netten, umgänglichen, so gar nicht arroganten, ehrlichen Off-line-Kerls. In Wahrheit hatten sie in ihm gleich das arme Fluchtschwein wahrgenommen, hatten ihn das aber nicht spüren lassen, vermutlich hatte ständig eine Art Mitleid, eine kumpelhafte Kneipenschonung, ihr Verhalten diktiert – wahrhaftig: Er hätte all das bemerken, all das denken können, aber er hatte das nicht bemerkt, nicht gedacht, weil er es feige nicht hatte bemerken und denken wollen, hatte stattdessen seine Schutzraumillusion in der Kneipenidylle und im Abbruchhäuschen genährt.

Ausgerechnet er, der Netzphobiker, der einst vorausschauend Alarm geschlagen hatte und dann kläglich beim Versuch gescheitert war, eine Kulturarmada der wahren Literaten gegen militante Netzeingeborene und verblödete Spaßpiraten in Stellung zu bringen, ausgerechnet er mußte sich jetzt in dieser Sache Ignoranz und Naivität vorwerfen!

Diese verhältnismäßig klare Selbstkritik hatte ihn so angestrengt, daß er wieder in einen Müdigkeitsnebel trudelte.

Verschwommen leuchtete die Gestalt der Wirtin Marlene Werner in seinen Halbschlafträumen. In ihrem Blick hatte er immer ein Erbarmen gelesen.

Das brauchte er ja gar nicht. Ein Irrtum.

Jetzt dachte es in ihm:

Georg Laub, du bist ein feiges Schwein!

Er hatte sich ein Bild von dem Bild gemacht, das sie von ihm haben sollten, sie aber hatten ihre Vorstellung von ihm aus ganz anderen Bildern bestückt, ein Compositum heruntergeladen und gemixt aus stärkeren öffentlich beglaubigten Bildern, die möglicherweise durch Sätze wie »privat ist er viel netter« eine kleine Gesprächskorrektur am Kneipentisch, aber keine wirklichen Retuschen erfahren hatte, da es ja auch immer sein konnte, daß er auf seiner Flucht nur eine Rolle spielte, wie alle, die etwas zu verbergen hatten, doch immer eine Rolle spielten … Er aber hatte nicht einmal etwas zu verbergen, war nicht einmal ein Krimineller … Er war nicht einmal …

Im Halbschlaf war er etwas an der Wand, gegen die er den Rücken gelehnt hatte, heruntergerutscht und war jetzt, von einem schmerzendem Nacken hochgequält, wieder wacher. Er boxte sich wild sein Kopfkissen zurecht, warf sich wüst auf die Seite, brachte sich in eine embryonale Haltung, wickelte sich eng in seine Decke, und das letzte, was er dachte, bevor der Schlaf ihn doch noch kurz holte – draußen wurde es schon hell:

»Ich glaube nicht an Genesung.«

Schon träumend schwamm die Zeile eines Gedichts, das seine Tante oft vorgelesen hatte, an ihm vorbei:

»Wenn der lahme Weber träumt, er webe.«

Scham
oder: Georg findet einen alten Brief

Wie hast du geschlafen, Georg Laub?
Hätte jemand ihm fünf Stunden später diese Frage gestellt, er hätte aufrichtig behauptet, die ganze Nacht kein Auge geschlossen zu haben. Aber es war niemand da, der diese Frage gestellt haben könnte.
Seine Antwort hätte zwar seiner subjektiven Überzeugung, nicht jedoch der Wahrheit entsprochen. Zwischen den Wachzuständen und den wirren Überlegungen und Bildern, die er mehr oder weniger bewußt wahrgenommen hatte, war er doch immer mal wieder für eine kurze Zeit in einen dünnen Halbschlaf gesackt. Dieses erbärmliche Ruhegeschenk, von dem er nichts mehr wußte, änderte nichts daran, daß Georg sterbensmüde war. Jeder Knochen tat ihm weh, und den Ausdruck »wie gerädert« fand er außerordentlich zutreffend.
Der Agniweg lag hell in der Sonne.
Er hatte nicht geduscht, sich nicht rasiert, nicht einmal die Zähne geputzt. Er konnte sich nicht daran erinnern, je so verwahrlost in den Tag gegangen zu sein. Aber das hatte ihm wenigstens den Blick in den Spiegel erspart. Er hatte sein graues Gesicht nicht sehen müssen, nicht seine glasige Haut, nicht die leicht zugeschwollenen und rot geränderten Augen und nicht die Herpesblase am linken Rand seiner Unterlippe, die unangenehm spannte.
Georg Laub war kein erfreulicher Anblick.

Er hatte fröstelnd ein räudiges Frotteebademäntelchen über seinen Pyjama gezwungen. Es war blau-grau gestreift. Vermutlich waren die grauen Streifen einmal weiß gewesen. Dieses Mäntelchen aus den Tagen seiner Adoleszenz war ihm naturgemäß zu klein, zudem hatten es viele Waschgänge fadenscheinig werden lassen. Nachdem es sogar zweimal den Entsorgungsattacken einer Margit Maneckel entronnen war – Georg hatte es jeweils aus dem Müll gerettet –, hätte es die gebrauchsenthobene Schonung eines behüteten Erinnerungsstücks lange schon verdient. Jetzt war Georg die Enge lieb, in die der alte Bademantel seinen Leib zwang.
Vor dem gewohnten Kaffee hatte ihn ein schmerzender Magen gewarnt. Und so stand vor ihm auf dem Schreibtisch, an dem er wieder saß, nur eine Kerkerkost: ein Teller mit vier trockenen Keksen und ein Glas Leitungswasser.
Auf den Knien balancierte er einen aufgeschlagenen Aktenordner. Er wollte sich die Unterlagen seiner Tante Charlotte etwas genauer ansehen. Er hätte nicht sagen können, warum ihm das plötzlich so dringlich erschienen war, nachdem er sich fast ein halbes Jahr nicht darum gekümmert hatte, seit der Zeit nicht, da ihm der Notar seine Erbansprüche verlesen und den Ordner überreicht hatte.
Hinter dem Testament, das ihn als Alleinerben auswies, den Mietverträgen und einem Wust von Urkunden, Steuerbescheiden und anderen amtlichen Schreiben, entdeckte er in einer Klarsichthülle einen Briefumschlag, auf dem er die zierliche Schrift seiner Tante Charlotte erkennen konnte.
»Meinem lieben Neffen Georg Laub nach meinem Tod zu übergeben.«
Diese Klarsichthülle hatte er bei seiner ersten flüchtigen Durchsicht des Ordners, als er hauptsächlich nach den Mietverträgen gesucht hatte, glatt übersehen.

Jetzt schoß ihm das Blut in den Kopf.
Seine Backen brannten.
Er meinte, die Stimme von Margy zu hören.
»Georg, übernimm mal diesen Anruf. Ich hab' das nicht so genau verstanden, aber ich glaube, irgendeine Tante von dir ist gestorben.«
»Das war ja zu erwarten, sie hat sich nie von dem ungeklärten Zusammenbruch erholt. Vielleicht ist es besser so, das war ja kein Leben mehr in diesem Heim«, hatte er damals gesagt, nachdem das Gespräch mit der Leiterin des Pflegeheims beendet war. Abgeklärt und mannhaft hatte er das zu Margy gesagt, die das nicht interessiert hatte.
Behutsam zog er den Briefumschlag aus der Klarsichtfolie.
Er war nicht einmal zu Tante Charlottes Beerdigung erschienen. Seine Teilnahme an einem Literaturfestival in Madrid hatte das nicht erlaubt.
Und er wußte nicht, wo sich ihr Grab befand, hatte sich auch nie erkundigt.
Irgendjemand hatte sich um die Beisetzung und die Trauerfeier gekümmert. Er hatte nicht gefragt, wer das getan hatte.
Jetzt hatte er Angst, den Umschlag zu öffnen, der so lange in dem Ordner auf ihn gewartet haben mochte.
Er schämte sich.
Er schämte sich, wie er sich nie zuvor in seinem Leben geschämt hatte.
Er trank Wasser.
Er zündete sich eine Zigarette an.
Er ging, den Umschlag in der Hand, zum Fenster und schaute hinaus.
Dort sah er in einen reinen Frühjahrstag, der die Menschen beschwingte. Er erkannte es an ihrem leichten Gang, an der etwas erhobenen Kopfhaltung, als wollten sie die jetzt schon

sonnenbesänftigte Luft auf ihrer Gesichtshaut spüren oder sie tief in sich saugen. »Es ist Frühling!« schienen sie einander glücklich zurufen zu wollen. Auch er hatte solche Tage gekannt, an denen diese Jahreszeit sich in ihrer schönsten und sanftesten Gestalt klar zu erkennen gegeben hatte, Tage, die ihn entzückt hatten.

Baumi sprach vor seinem Laden mit einem Lieferanten. Einer von den beiden hatte vermutlich einen Witz erzählt. Jedenfalls fuhren sie pointenbefeuert auseinander und lachten schallend. Aufgerissene Münder. Zähne. Der Lieferant schlug Baumi markig seine Hand auf die Schulter.

Die dralle Bäckerin hatte einen Stuhl vor den Laden gestellt, auf dem sie sich in kurzem Rock etwas zu leger zurückgelehnt – ein lang ausgestrecktes und ein angezogenes dickes Bein – in der Sonne wärmte. Wäre Georg etwas versammelter gewesen, hätte er sich vielleicht amüsiert über die naiv gewollte Dissonanz zwischen ihrer großen schwarzen Mafiasonnenbrille und dem weißen Rüschenschürzchen der Bäckereifachverkäuferin.

Er wagte auch einen Blick zum Fenster der Praxis Dr. Winter. Es war auch heute weit geöffnet, aber es war niemand zu sehen.

Er spürte noch immer, wie der Briefumschlag in seiner Hand brannte.

Er setzte sich wieder und strich sanft mit den Fingerspitzen über das Papier.

Er drückte die Zigarette aus.

Dann rieb er seine brennenden Augen und starrte mutlos eine Weile vor sich hin.

Schließlich schlitzte er den Umschlag mit einem Taschenmesser auf, das immer auf seinem Schreibtisch herumlag, und zog vorsichtig viele Bögen eines knisternden dünnen Papiers heraus. Einige waren eng beschrieben, auf anderen standen nur wenige Sätze.

Er drehte seinen Arbeitsstuhl, so daß er mit dem Rücken zum Fenster Tante Charlottes kleine Schrift in eine möglichst große Lichtfülle bringen konnte.

In letzter Zeit hatte er es sich nicht länger verbergen können: Er mußte die Lektüren in einen vielsagenden Abstand zu seinen Augen bringen. Er würde einen Optiker aufsuchen müssen.

Georg ahnte, nein, er wußte, daß der Brief ihn aus den Angeln heben würde.

Einen kleinen Aufschub gewann er noch, bevor er zu lesen begann, indem er die Seiten zählte – es waren fünfzehn. Sie waren offensichtlich an unterschiedlichen Tagen in unterschiedlicher Verfassung beschriftet worden. Das Schriftbild variierte stark. Auf zwei Blättern waren die Wörter kaum zu entziffern.

Die Tante hatte am oberen Blattrand das jeweilige Datum hinzugefügt.

Die geheime Welt
oder: Georg liest einen Brief

Dann las er – endlich.

Seite 1 vom 3. Juni
Mein lieber Georg,
ich schreibe Dir in einem Moment, in dem ich völlig »klar« bin. Klar: Das ist ein Wort des Pflegepersonals. Ich finde ja, daß meine geheime Welt ebenso klar ist, wenn auch in einer ganz anderen Weise, die ich Dir nicht zu beschreiben vermag, weil die Sprache mir dafür keine Worte vorlegt. Gleichzeitig aber ängstigt es mich auch, wenn ich mir, wie jetzt gerade, eingestehen muß, daß ich oft nicht mehr synchron mit der Welt bin, mit jener Welt, die ich lange kannte und für die einzige hielt. Deshalb schreibe ich Dir, bevor die Asynchronität zu meinem Normalzustand wird, so wie dieses graue Zimmergefängnis, in dem ich sitze oder liege in der Klarheitszone, die gezwungenermaßen zu einer höllischen Selbstverständlichkeit geworden ist. Meine stumpfe Bettnachbarin, die im Normalen mehr als heimisch ist, und der niemand die Klarheit absprechen würde, erscheint mir jetzt schon fremder und ferner als die merkwürdigen Gestalten in meiner geheimen Welt. Verstehe mich bitte nicht falsch, ich will mich nicht beklagen und schon gar keinen Vorwurf in die Welt setzen. Wenn ich klagen wollte, dann nur über die Bösartigkeit der Zeit. Rann sie mir im vorherigen Leben oft davon, so schenkt sie mir jetzt ungebeten noch eine kleine Ewigkeit im Unerträglichen. Mein

reduzierter Zustand in der klaren Pflegewelt währt schon verzehrend lange.

Seite 2 Fortsetzung vom 3. Juni
Ich fiebere dem Fürsten der Nacht und dem letzten Ende entgegen und verfluche jeden Morgen, der mich mit dem Geklapper der Nachtgeschirre erwachen läßt. Darin mag der Grund für meinen Geist liegen, sich immer mehr aufzugeben und von der offiziellen Klarheit zu verabschieden. Er taucht dann in totgesagte Schichten (in denen es sich aber auch nur manchmal besser lebt), nährt sich unter toten Monden von lähmendem Veilchenduft und verklungenen Haßakkorden, von lockenden Trugbildern der Liebe und vergeblichen Warnrufen der Käuze, verzückten Mythenkönigen und falschen Propheten der Unsterblichkeit, von Mutters Ruf und Vaters Grab, vom verbotenen Zottelhund und vergifteten Birnenkompott, vom rosenroten Schimmer der Mordgelüste ...
Verzeih, ich schweife ab.
Lieber Georg, ich bin in einer Situation, in der man keine Angst mehr hat, daß eine Formulierung zu pathetisch oder gar kitschig klingen könnte.
Du weißt es längst und warst Dir hoffentlich dessen auch immer sicher: Ich habe Dich geliebt wie einen leiblichen Sohn. Vielleicht hätte ich es Dir deutlicher noch zeigen sollen, aber ich wollte die Kränkung, die Dir Deine Eltern waren, nicht noch vergrößern durch das Beispiel, wie es hätte anders sein können.

Seite 3 Fortsetzung vom 3. Juni
Deine Eltern waren entschlossen, sich in der Lebenslust durch nichts stören zu lassen – nicht einmal durch ein Kind. So gesehen hat ihr Sportwagentod unter südlicher Sonne eine grausame Stimmigkeit. Gleichwohl: Auch sie haben Dich geliebt. Ja, sie

haben Dich geliebt, und sie wären heute stolz auf ihren begabten Jungen. Ich sah jedoch auch den Mangel in Deiner Erziehung: Wenn man mit einem Kind fortwährend quer durch drei Kontinente zieht, es immer wieder in neue Welten stößt, muß man ausgleichend eine besondere Form des Schutzes und der Wärme finden. Dazu aber fehlte ihnen die Phantasie. Das ist der Vorwurf, den Du ihnen machen kannst.
Ich war erschrocken, wie hart Du auf ihren unerwarteten Tod reagiert hast. Erst als im Verlauf der Trauerfeierlichkeiten die Musik erklang, hast Du Dir die Tränen erlaubt. Aber gleich darauf hast Du Dir den Schmerz und die Musik versagt. Ich konnte es nicht fassen. Ein drolliger Seelensalto. Hast Du Dich zum Eiszeitkaiser machen wollen?
Ich kann es Dir nicht ersparen. Ich muß von der Musik sprechen. Ihr gehörte neben der Literatur Deine ganze Liebe. Vielleicht mehr noch als der Literatur.
Die Musik, Georg, ausgerechnet die Musik, die Leidenschaft, in der wir uns so gut verstanden, hast Du verbannt. Hast das Klavier verkauft, Deine Noten, Deine Plattensammlung ...

Seite 4 vom 7. Juni
Hast Du die Musikleidenschaft mit den zurückgehaltenen Tränen ertränkt? Meine Versuche, Dich an das Glück unserer vielen gemeinsamen Konzertbesuche und an die Abende zu erinnern, an denen wir Musik hörten und selber spielten oder Interpretationen kommentierten, hast Du schroff zurückgewiesen.
Indem Du die Musik aus Deinem Leben befohlen hast, hast Du auch das Medium entfernt, das uns wie eine Geheimsprache lange miteinander verband. Aber ich habe darin nie eine speziell gegen mich gerichtete Maßnahme gesehen.
Vielleicht mußtest Du es tun. Vielleicht hat es Dich vorbereitet

auf eine zersplitterte Zeit, auf die zweckmäßige Formation einer öffentlichen Person, auf eine zeitgemäße Autorenrolle, auf die Geschwindigkeit, die Nervosität, die Temperatur, den Takt und die Kleinteiligkeit einer digital beherrschten Welt, die eine alte Frau wie ich sowieso nicht mehr verstehen kann.
Vielleicht aber hast Du in der häufigen Abwesenheit Deiner Eltern und in der katastrophalen Plötzlichkeit ihres Todes einen letzten Verrat gesehen, auf den Du glaubtest, Deinerseits mit dem Verrat an der Musik reagieren zu müssen. War es so? Ich weiß es nicht. Bitte bedenke: Die Psychologie ist meine Sache nicht. Ich bestehe nicht auf der Richtigkeit solcher Vermutungen. Nebenbei gesagt: Über solche Konstellationen und Deinen Fall spreche ich jetzt oft mit meiner ersten Liebe. Habe ich Dir von ihm erzählt? Von Anton Sandberg? Er war der schönste Mann, den ich je gesehen habe. Optisch ein Gott. Psychisch ein gutgelauntes Kind, geistig ein Riese. Seine Eltern waren reich, stinkreich.

Seite 5 Fortsetzung vom 7. Juni
In seiner Kindheit fehlte es an nichts. Er mochte seinen Vater nicht besonders, liebte aber seine schöne Mutter. Klassisch gewissermaßen. Ein Mann, der leiblich und seelisch auf der Sonnenseite zu Hause war. Auch erotisch eine Wucht. Sexueller Balsam. Na so was. Das war ja alles kaum zu glauben, kaum auszuhalten.
Er war immer der Beste, schon in der Schule, bestand alle Examina mit Auszeichnung, war bald schon Chefarzt einer psychiatrischen Klinik. Elegant, charmant und weltläufig. Die Herzen flogen ihm nur so zu. Meines auch. – Ich verließ ihn, als ich ihn dabei ertappte, wie er »schlechte Laune« spielte. Er war nicht gut darin. Neunzehnhundertneunundsiebzig nahm er sich das Leben. Er bereut das inzwischen, sagte er mir, als er

mich kürzlich besuchte. Ich liebe ihn jetzt nicht mehr. Auch weil er neuerdings stottert.
Wie kam ich auf ihn? Ach ja, weil ich an Deine erste Liebe dachte. Die glutäugige Anja. Auch ein bildhübsches Mädchen. Ich erinnere mich daran, wie Du mir, als ich Euch in Brasilien einmal besuchte (meine gesamten Ersparnisse gingen dabei drauf), mit roten Ohren und leuchtenden Augen Photographien von ihr zeigtest. Wie alt warst Du zu dieser Zeit? Fünfzehn Jahre? Sechzehn Jahre? Dann kamst Du grün und blau geprügelt nach Hause. Anjas Vater hatte Euch überrascht. Bei was eigentlich? Beim Geschlechtsakt? Ich habe nie aus Dir herausbringen können, wie weit Ihr damals damit gekommen wart. Jedenfalls wollte der Alte Dich totprügeln und Du warst ihm nur knapp entkommen. So ein »erstes Mal« kann besser laufen. Deinen Eltern haben wir etwas von einem Fahrradunfall erzählt, und ich habe Dich verpflastert. Erinnerst Du Dich? Denkst Du noch manchmal an Anja? An die sanfte Anja mit dem dunklen Teint und dem schmelzenden Blick? Was mag aus ihr geworden sein? Aus dem, was Du von ihr erzählt hast, schloß ich, daß sie nicht sehr intelligent war. Das wird Dir damals nicht so wichtig gewesen sein. In diesem Fall sind reduzierte sprachliche Verständigungsbedingungen günstig.

Das Erinnern und Schreiben strengt mich an, auch das ist neu und nicht gut.

Seite 6 vom 11. Juni
Es schmerzt mich, wenn ich daran denke, wie wenig ich Dir hinterlassen kann. Meine Ersparnisse wurden durch die Kosten der Anstalt, in der ich meine letzten Tage friste, aufgezehrt. Es bleibt Dir voraussichtlich nur das armselige Haus, dessen unschönen Zustand Dir meine Freundin Alida Arnold erklären

könnte. Aber bedränge sie bitte nicht. Es gibt da etwas, was ihr unsinnigerweise ein wenig peinlich ist.
Alida wird alle Formalitäten meiner Beerdigung erledigen. Ich habe das Nötige, auch das Finanzielle, mit ihr geregelt. Du brauchst Dich um nichts zu kümmern.
Ist jetzt alles gesagt?
Ja.
Nein, doch nicht. Wirf bitte endlich das primitive Kitsch-Geschenk, diese grüne Flasche mit dem gefälschten Rasierwasser weg. Ein barbarisches Requisit.

Was geht hier vor? Ach ja,
Anton Sandberg geht mir auf die Nerven. Er langweilt sich. Schaut dauernd herein. Der alte Spanner. Wußtest Du, daß er mir im letzten Winter einen Heiratsantrag gemacht hat. Der Idiot. Der Tod ist ihm nicht gut bekommen.
Ein Fluß tritt über alle Ufer. Du läufst wie ein Hase davon. Anja badet den Zorn des Vaters aus.
Ich schreibe eine Symphonie und mein Vater enterbt mich. Aber darüber lache ich nur. Und etwas Ähnliches hat doch jeder im Gepäck.
Kann mal jemand das Fenster öffnen, es ist unerträglich heiß hier drin.

Ich möchte sehr lange schlafen. Kannst Du bitte nach der Schwester klingeln.

Seite 8 vom 13. Juni
Nur dies noch:
Vielleicht wirst Du mich auslachen, schließlich bist Du ein erwachsener oder, wie man in meiner Jugend sagte, »gestandener« Mann, aber es bedrückt mich, daß mit mir der letzte Mensch

Deiner Verwandtschaft gehen wird. Das ist eine besondere Einsamkeit, unterschätze sie nicht. Du wirst aus ihr wieder herauskriechen müssen.
Zum Praktischen: Solltest Du irgendwelche Probleme mit dem kranken Haus bekommen, kannst Du Dich jederzeit an meine alte Freundin Alida Arnold wenden. Du findest sie vis-à-vis im Agniweg Nummer 13. (Ein skurriler Zufall, der es ermöglichte, daß wir uns, als mir mein ungeliebter Mann einmal das Haus seiner Eltern zeigte, nach zwanzig Jahren, in denen wir uns etwas aus den Augen verloren hatten, dort auf dem Gehsteig des Agniwegs wiederbegegnet sind.) Sie weiß Bescheid. Ich habe ihr viel von Dir erzählt und Deinen Besuch angekündigt. Du wirst sie mögen.

Seite 9 vom 15. Juni
Vielleicht solltest Du einen Hund haben. Hunde passen sich an das an, was man nicht von sich weiß.

Seite 10 vom 16. Juni
Du kannst nicht einfach ein »natürlicher« Mensch sein wollen.

Seite 11 vom 23. Juni
Mein armer kleiner Georg, Du hast Dich seelisch verhoben. Du hast Dich hart verschalt, eine Härte, die Du nicht füllen kannst. Eine Bühnenhärte nur. Aber da liegt Dein Talent nicht. Du warst schon als Hirte im Weihnachtsspiel grottenschlecht.

Seite 12 vom 24. Juni
Ich glaube, Du bist für die Einsamkeit nicht gemacht. Ich auch nicht, deshalb spreche ich so oft mit meiner stotternden Liebe Anton Sandberg, der sich jetzt noch einen scheußlichen Bart hat wachsen lassen. Ich mag Bärte nicht. Manchmal unterhalte ich

mich mit einem kahlen roten Zwerg, der hat einen großen Sack bei sich, darinnen ist alles, woran ich schuld bin.

Seite 13 vom 27. Juni
Die Musik, verträgst Du sie nicht mehr?
Nein?
In der Kirche, als sie das C-Dur-Quintett von Schubert spielten, hast Du geweint. Nur da. Nicht zuvor und nicht danach.
Ich bin so müde.
Meine Nachbarin sieht gerade eine idiotische Volksmusiksendung im Fernsehen. Eigentlich ist sie ganz nett. Hätte ich eine Schußwaffe, ich würde sie töten, ohne Pulsbeschleunigung.

Seite 14 vom 29. Juni
Wo steht denn geschrieben, daß man in nur einer einzigen Welt leben darf? Das ist doch auch nur so eine fixe Idee, daß man unbedingt einen festen Ort haben müsse, eine langweilige Verabredung.

Seite 15 vom 6. Juli
Man kann sich nicht versiegeln. Leider.
Ach ja, zum Schluß noch das Wichtigste: Bitte suche …

Hier endete der Brief der Charlotte Chronwitz.

Die Schrift an der Wand
oder: Was nun (tun), Georg Laub?

Georg Laub stieg in seinen Keller. Der bestand aus zwei Räumen. Einem kleineren, in dem sich die defekte Heizung befand, und einem großen, der zu einem Drittel mit zahlreichen Bücherkisten und drei Umzugskartons angefüllt war. Alle penibel beschriftet. Man hätte diesen Raum in dem verrotteten Haus nicht vermutet. Er war erstaunlich: groß, sauber und trocken.
Zu diesem erstaunlichen Raum war Georg, der Kellerräume im allgemeinen mied, gelegentlich hinunter gestiegen, hatte sich neue Lektüre geholt oder Gelesenes wieder sorgfältig in einer der Kisten verstaut. Manchmal hatte er sich, so wie jetzt, auf eine Kiste gesetzt, den Rücken an die gekalkte Wand gelehnt, und sich seinen Plänen und Träumen überlassen. Er war sich sicher, daß er hier und nur hier in diesem klaren und irgendwie neutralen Kellerraum zu einem Entschluß kommen könnte. Und zu einem Entschluß würde er ja kommen müssen. Früher oder später. Wenn er die Ereignisse der letzten Zeit bedachte, wohl eher früher.
Er rauchte.
Er hatte die 200-Watt-Birne, die nackt an einem langen Kabel von der Decke hing, bewußt nicht eingeschaltet und begnügte sich mit dem Tageslicht, das schwach durch zwei kleine vergitterte Fenster in den Raum drang.
Es lag möglicherweise an der Grautönung dieses Lichts, daß ihm eine bizarre Szene in den Sinn kam. Ganz plötzlich hatte

er das starke Bild vor Augen. Es gehörte zu dem ungewöhnlich strengen und langen Winter des letzten Jahres.

Der Frost hatte die weiten Räume der Stadt seit langen Wochen eisig umklammert und eingefroren. Die städtische Straßenreinigung hatte kapituliert. Selbst breit ausgelegte Trottoirs waren geschrumpft zu schmalen spiegelglatten Gehwegen, gerahmt von dreckig überfrorenen Schneewällen. Nur in wenigen Abschnitten hatte jemand noch genügend Kraft und Material gefunden, um etwas Splitt oder Salz auf die begehbaren Pfade zu streuen.
»Seltsam«, hatte er damals gedacht, »es gab keine Farbe mehr.«
Unter dem unbewegten steinernen Grau des Himmels lag die große grauweiße Stadt aus Stein und Schnee.
Er hatte gerade die Autotür geöffnet und – noch im Sitzen – sehr vorsichtig prüfend einen Fuß auf den gefrorenen Schnee gesetzt, da kam ihm auf dem gefährlichen Grund unbefangenen Schrittes eine Frau mit einem gelben flauschigen Hund entgegen. Sie war groß, füllig und wirkte – ja man konnte es nicht anders ausdrücken –, sie wirkte weich. Auch der gelbe Hund wirkte weich in Kontur und Gang. Die Frau mochte etwa fünfzig Jahre alt sein. Ihr rosiges Gesicht war stark geschminkt und eingerahmt von heiteren blonden Locken, die sich aus einer buntgeringelten Pudelmütze drängten.
Ihren statiösen Körper umhüllte ein heller schwarz getupfter Pelzmantel, der wie ein künstlicher Tannenbaum steif nach unten auslud. Die kräftigen wollig bestrumpften Beine steckten in winterlichen Stiefelchen.
Es war leicht zu sehen, daß sie unter jeder Voraussetzung eine auffällige Erscheinung gewesen wäre. Wirklich befremdend aber war die Tatsache, daß die Frau blind war. Mit einem langen weißen Stock fegte sie prüfend über das vor ihr liegende

überfrorene Pflaster. Auch der Hund, ein junger Golden Retriever, war ungewöhnlich. Genauer gesagt: die Form seiner Anwesenheit war ungewöhnlich. Denn er war weit davon entfernt, die Aufgabe eines Blindenhundes zu erfüllen. An lockerer Leine trabte er auf dicken Pfoten neben ihr her, immer mal rutschend und hier und da schnüffelnd, so daß man Angst haben mußte, daß er sie im nächsten Moment umreißen könnte, sollte er einer für ihn besonders interessanten Geruchsspur folgen oder ruckhaft an einer Stelle verharren, um eine Riechsensation genauer zu untersuchen, wie das Hunde gerne tun.
Die Frau ging erhobenen Hauptes an ihm, der immer noch in der geöffneten Wagentür saß, vorbei, die Augen hinter einer dunklen Brille hoch in die Ferne des monochrom grauen Himmels gerichtet, wie es niemand zu dieser Zeit tat, sondierte doch ein jeder mit gesenktem Blick die gefährliche Bodenbeschaffenheit.
Er hatte ihr hinterhergerufen, daß sie vorsichtig sein solle. Die große Frau hatte, ohne den Kopf zu wenden, etwas gesagt in einer Sprache, die er nicht verstand. Nur ihr Hund hatte kurz in seine Richtung geschaut.

Georg trat die Zigarette auf dem grauen Estrich aus.
Er schloß die Augen, um das Bild zu verscheuchen.
Seine Gedanken sprangen von der Erinnerung weg, wieder zu dem Brief der Tante.
Würde auch er einmal eine geheime Welt haben, in der sie noch einmal zu ihm träte, seine Wunden versorgte, wie sie es einst getan hatte, professionell, aber nicht übermäßig behutsam, fast ein wenig grob, wie ein Feldarzt einen verwundeten Krieger behandelt, so daß ihm ihre Fürsorge nie peinlich wurde?

In letzter Zeit hatte ihn immer mal unerwartet, in der Plötzlichkeit vergleichbar mit den Schwindelattacken, das Gefühl einer uferlosen Traurigkeit überfallen und völlig übermannt. Wie ein Burnus aus schwarzem Samt hatte sie ihn eingehüllt. Verstörend war nicht nur, daß er so eine wegschwemmende Traurigkeit nie zuvor empfunden hatte und daß es dafür eigentlich keinen aktuellen Anlaß gab, sondern auch, daß dieses Gefühl jeweils begleitet war von einer unsinnigen Lust zu singen. War das verrückt?

Sollte er jetzt singen? In diesem Keller? Ein Kinderlied? Eine Arie? Einen Popsong?

Warum hatte er die ganze Zeit das Gefühl, daß diese Manuskriptbotschaften, die er aus seinem Briefkasten gezogen hatte, nur alberne Vorboten waren für die eigentliche Botschaft, die er noch erwarten mußte, ehe er das schreckliche Haus verlassen konnte?

Sein Denken sprang wieder.

»Feuer«, dachte er, »Feuer hat doch immer etwas sehr Reinigendes.«

Georg hatte sich, bevor er in den Keller stieg, aus dem Trostmäntelchen geschält, sich gewaschen, rasiert, gekämmt, die Zähne geputzt, und er hatte auch ein frisches Hemd und eine der Anzughosen angezogen. Er bot jetzt einen zivilen, aber, wenn man sein Gesicht genauer betrachtete, immer noch sehr mitgenommenen Anblick.

Er schaute trübe auf die Kisten.

Das würde gut brennen, das viele Papier. In einer der Kisten waren auch die Belegexemplare der von ihm geschriebenen Bücher. Drei davon hatten sogar gut übersetzt den Weg ins Ausland gefunden. Wie wichtig ihm das einmal gewesen und wie fern es jetzt schon war.

Er stellte sich vor, wie das Feuer zunächst noch langsam die

Kellerstufen hinauf zum Hausflur ins Parterre hochstiege, wie es sich dann aber immer schneller züngelnd über die hölzerne Treppe von Stockwerk zu Stockwerk fräße, und wie herrlich das Bild wäre, wenn die roten Flammen dann vermischt mit schwarzem Qualm in prächtigster Entfaltung aus den dunklen Fensterhöhlen schlügen und wie das kranke Nachkriegshäuschen schließlich als Ganzes zur lodernden Fackel würde – ein Fanal.
Und wenn die Flammen übergriffen auf die anderen Häuser, wenn Menschen …?
Na und?
Georg lächelte, für einen Moment liebte er sich in diesem Bild: ein böser Mann in einem dunklen Kellerloch.
Er kam eben nicht heraus aus seiner literarischen Haut.
Mit einem großen Feuer hatten sich Trivialautoren des neunzehnten Jahrhunderts gerne der erzählerischen Verwicklungen in ihren Romanen entledigt.
»Nein, falsch«, dachte er. Gab es da nicht auch einen ernstzunehmenden Roman des zwanzigsten Jahrhunderts, der in einem verheerenden Bücherbrand mündet?
»Das Bibliothekspathos ist Vergangenheit«, dachte er.
Bücher taugten nur noch – weniger qualitativ als strategisch – als Renommeeförderung, damit ein nächstes Buch möglich sein würde. Auch von dieser Berechnung mußte man sich verabschieden. Das alles spielte keine Rolle mehr.
Aber dann, gerade als er sich in der priesterlichen Souveränität gefiel, überkam ihn noch einmal eine kleine weltliche Bitterkeit: Wie verführerisch war es doch gewesen, im Erfolgsmangel ein Indiz für künstlerische Qualität zu sehen. Könnte er eine massengeschmackskompatible Schwarte schreiben? Könnte er? Oder lag in dieser Frage schon die Heuchelei? Hatten sich nicht bei der Planung und Durchführung seines letz-

ten Buches kleine Verkaufskalküle eingeschlichen? Unbewußt, versteht sich. Ja, sicher. Überdies vergeblich. Scheiße! Tante Charlottes Lob war zurückhaltend gewesen. Er hatte das sehr wohl bemerkt. Aber – so hatte er sich damals gepanzert – sie war die unmaßgebliche Vertreterin einer anderen Zeit. »Irgendwann verlieren auch die Klügsten den Anschluß«, hatte er gedacht. Und: »Die alten poetischen Keuschheitsgelübde galten nicht mehr. Eine gewisse Frivolität war einer frivolen Zeit angemessen.«
»Frivoles Denken«, so dachte er jetzt.
Ja, wenn das letzte Buch wenigstens ein Erfolg gewesen wäre. Aber korrupt und trotzdem erfolglos, das war wirklich erbärmlich, oder wie Margy sagen würde: Das geht ja gar nicht.
Für Margy war der Erfolg das einzige Maß – für Ereignis, Mensch und Ding. Ach Margy. Beim Klang ihres Namens lieferte die Erinnerung nur ein armes Klischee. So eine übertriebene Figur dürfte man in einem Roman nicht unterbringen.
Schritte auf der Treppe. Tapp, tapp, tapp. Leichte Schritte und ein Geruch.
Margy? Waren ihm wundersame Fähigkeiten zugewachsen? Mußte er nur an jemanden denken und schon trat er auf den Plan?
Tatsächlich Margy! Der Geruch von *Envy me* eilte ihr unmißverständlich voraus.
Aber auch ihr Auftritt konnte ihn nicht länger erschrecken. Er verstand die Panik nicht mehr, die ihn erst kürzlich in der Kneipe bei dem Gedanken an ihre und Mehringers Auftritte befallen hatte.
»Du hast mir gerade noch gefehlt«, sagte er, als sie neben ihm schmal aufragte.
Sein matter Unmut war kränkender, als es jeder Zorn hätte sein können.

Sie setzte sich unaufgefordert – er hatte nicht einmal zu ihr aufgeschaut – neben ihn auf die Kiste.
»Lange nicht gesehen«, sagte sie.
Er sagte nichts.
»Du siehst scheiße aus«, sagte sie, »das kann man sogar in dieser Dunkelheit erkennen.«
Er gab das Schweigen auf.
»Wie bist du hereingekommen?«
»Die Haustür war nicht verschlossen. Dann bin ich zu deiner Wohnungstür und …«
»Du warst in meiner Wohnung?«
»Wie denn? Da war abgeschlossen. Daraufhin habe ich mich auf den anderen Etagen ein wenig umgesehen. Dort standen alle Türen weit offen, als hätten irgendwelche Leute sie fluchtartig verlassen. Kann man ihnen wohl kaum verdenken. O Mann, ist das alles versifft. Voll der Ekel. Die reinste Spukbude. Du bist ganz schön abgeschmiert. Einmal glaubte ich sogar, einen dünnen Gesang zu hören. Aber da war keine Menschenseele. Wie in einem Horrormovie. Einfach nur ätzend. Schließlich, als ich schon abdampfen wollte, habe ich im Eingangsflur hinter der Treppe die kleine Tür zum Keller entdeckt.«
Sie musterte ihn geringschätzig.
»Was soll das werden? Versteckst du dich hier? Bist du geflohen?«
Georg antwortete nicht.
»Warum?«
Georg war stumm.
»Vor wem? Vor der Welt? Vor mir?«
Georg blieb stumm.
»Und warum sitzt du im Dunkeln?«
»Weil es mir gefällt.«

»Machst du das oft?«
»Zuweilen.«
»Das ist krank.«
»Wenn du meinst.«
»Ich kann dir helfen.«
Er lachte unfroh.
»Das halte ich für ausgeschlossen.«
»Wir waren ein gutes Team und könnten es wieder werden.«
»Quatsch. Wir waren Fassade.«
»Ach ja? Und deine Existenz hier in diesem verkeimten Loch? Was soll das sein? Das wahre, das eigentliche, das echte Leben?«
»Vielleicht.«
»Das glaub ich ja alles nicht.«
»Nimm es einfach hin.«
Georg zündete sich eine Zigarette an.
»Du rauchst wieder?«
»Ja.«
»Voll prollig, das ist so was von gestern, das solltest du dir schnell wieder abgewöhnen. Das kommt nicht gut.«
»Bei wem?«
»Bei den Leuten, auf die es eben ankommt.«
»Du glaubst gar nicht, wie scheißegal mir das alles ist.«
»Echt idiotisch. Jetzt, wo jeder froh ist, wenn er überhaupt noch an einen Job kommt, gefällst du dir als Aussteiger. Wovon willst du leben?«
»Mach dir keine Sorgen. Ich spreche sechs Sprachen. Vier davon sogar sehr gut. Ich kann überall als Sprachlehrer arbeiten. Oder als Klavierlehrer. Man hat mir einmal eine große Zukunft am Piano versprochen.«
»Davon weiß ich ja gar nichts.«

»Du weißt so manches nicht.«
»Wir hatten gute Zeiten.«
»Das wüßte ich aber.«
»Denk doch nur an unsere Reisen. New York, die Malediven, Madrid ...«
»Warst du glücklich auf diesen Reisen?«
Sie sah ihn geradezu entsetzt an.
»Na klar.«
»Na klar?«
Sie wurde wütend.
»Du bist doch echt gestört, völlig durchgeknallt. Hammermäßig durchgeknallt.«
»Mag sein.«
»Mann, du ziehst einen total runter. So warst du früher nicht.«
»Niemand hat dich gebeten, hier deine wertvolle Zeit mit einem Loser zu vertrödeln.«
»Dann macht es wohl keinen Sinn, dir die Mitarbeit bei einem gut aufgestellten Promi-Magazin vorzuschlagen?«
»Nein.«
»Überleg dir das. Das ist eine Megachance. Wir starten demnächst auch im Netz noch mal voll durch.«
»Bist du zur Verlegerin aufgestiegen?«
»Nein, die wollen mich, und ich könnte mich starkmachen für dich. Da hättste noch mal echt 'ne Zukunft.«
»Nein, danke.«
»No way?«
»No way!«
»Dann fahr zur Hölle!«
»Darüber könnte man nachdenken.«
»Ich glaub, du bist da schon drin.«
Sie sprang auf und lief zur Treppe.

Als sie sich fast schon auf der obersten Stufe befand, rief er ihr in mildem Ton hinterher:
»Mach's gut, Margit.«
Sie drehte sich um und sagte kalt:
»Mach's gut, Georgie.«
Dann ging, nein, lief sie davon. Wut in jedem Schritt.
Sie hatte fast schon die Kellertür passiert, als sie im vollen Lauf schnell noch die Hand ausstreckte und das Licht einschaltete.
Georg war geblendet von der starken Birne, die jetzt bewegt durch den Luftzug, den Margy türeknallend erzeugt hatte, direkt vor seinem Kopf hin und her schwang. Er legte schützend seine Hände vor die Augen. Als er wieder scharf sehen konnte, bemerkte er die Zeichen an der gegenüberliegenden Wand, die zuvor die Dunkelheit verborgen hatte.
Eine Botschaft – mit schwarzer Farbe an die gekalkte Wand gebracht. Arabische Schriftzeichen. So schien es zumindest auf den ersten Blick. Aber Georg, der vier Jahre seiner Kindheit in einem arabischen Land zugebracht hatte und in die Grundkenntnisse dieser Schreibweise eingeweiht worden war, konnte schnell erkennen, daß es sich nur um die Imitation einer arabischen Schrift handelte. Georg war erstaunt: Da war ein kalligraphisches Talent am Werk gewesen. Jemand hatte sich einfühlen können in die Ornamentik und die hieroglyphische Pracht einer islamischen Kultur.
Aber es gab keinen Sinn in dieser Zeichenfolge. Viel Mühe um nichts.
Georg, der sich vorgebeugt hatte, um die Schrift zu entziffern, lehnte sich wieder zurück und dachte an seine Tante.
Charlottes Brief hatte ihn tief beschämt, keine Frage – und doch und doch – wie sollte er das denken? Ja, und doch: Er hatte ihn auch befeuert. Befeuert war vielleicht zuviel gedacht. Diffus bestärkt.

Warum eigentlich? Worin eigentlich?
Er kam nicht weiter.
Es fiel ihm schwer, die Empfindungen gedanklich zu präzisieren.
Aber das war ja immer das schwerste.
Er hatte nichts falsch gemacht. Es gab diese Zwischenreiche, zwischen Tag und Nacht zwischen heute und morgen, zwischen Schlafen und Wachen, zwischen Gedanken und Tat.
Manche dehnten sich, manche machten nicht einmal den Bruchteil einer Sekunde aus. Und manche dienten der Läuterung. Ein Fegefeuer.
Georg war jetzt geradezu berauscht von dem Gedanken, daß das Haus sein persönliches Purgatorium gewesen sein könnte.
Es wurde nicht mehr gebraucht. Jetzt wäre die Zeit gekommen, es abzufackeln, das fiese Haus, es sollte sich selbst glühend verzehren. Er wärmte sich nochmals an diesem kindischen Rausch.
Und er? Könnte er tatsächlich, die Hausfackel im Rücken, ein neues Land betreten?
Was hatte er für Möglichkeiten?
Die verheißungsvollste: Er könnte Stella Remota suchen. Der Brief – hatte seine Tante ihm in ihrem letzten Schreiben nicht einen Suchauftrag erteilt?
Aber sicher nicht diesen.
Ihm war, als täte sich zu seinen Füßen eine Spalte in der Zeit auf.
Unsinn!
Er durfte sich solchen Stimmungen nicht ausliefern.
Hatte er noch Spielräume?
Er stand auf.
Jedenfalls, so schloß er seine stolpernden Überlegungen ab:

Drinnen oder draußen, etwas dazwischen, so etwas wie dieses todgeweihte Haus wird es nicht mehr geben.

Er verließ erst den Keller und dann das Haus.

Der Sturm
oder: Wo ist Georg Laub?

Georg Laub hatte aus ihnen eine Art Club gemacht. Sie saßen immer häufiger beisammen: Henry und Bernd, Alida Arnold und Baumi sowie Boris und Marlene Werner. Bald schon hatten sie einander besser kennengelernt als ihn, der sie in anstiftender Abwesenheit miteinander verband.
»Wo ist Georg Laub?« Die sanfte Marlene Werner hatte das vor einer halben Stunde gefragt. Aber jeder am Tisch hätte das fragen können. In den letzten drei Wochen schon war diese Frage immer mal wieder und mit jedem Mal etwas dringlicher gestellt worden.
»Vielleicht hat er einen aufregenden Job angenommen und geht nur noch zum Pennen in seine Bude«, sagte Henry.
»Nein. Das Haus ist totenstarr. Keine Bewegung. Kein Licht. Zu keiner Tageszeit und auch nicht zur Nacht. Nichts«, sagte Alida Arnold.
»Aber unsere letzte sorgfältigere Beobachtung liegt mehr als drei Wochen zurück«, sagte Baumi.
Henry fuhr hoch.
»Wie bitte? ›Sorgfältige Beobachtung‹? Was soll das denn heißen?«
Baumi war sichtlich verlegen.
»Nichts weiter, nur daß wir uns ihn da mal von Fenster zu Fenster genauer angesehen haben.« Baumi wand sich.
»Sorgfältig und genau?«
Es war deutlich, Henry nervte mit seiner Fragerei. Aber

Baumi kam nach der unbedachten Bemerkung – er hatte Alida Arnolds warnenden Blick nicht bemerkt – aus der Nummer nicht mehr heraus. Er hatte sich vergaloppiert und bekam jetzt die Quittung.
»Und *wie* haben Sie …?« fragte Henry.
»Was, und wie?«
»Na, *wie* haben Sie ihn observiert?«
»Von ›observiert‹ kann überhaupt keine Rede sein.«
»Aber wie denn? Haben Sie ihm aufgelauert und ihn dann beschattet?«
»Quatsch, nix aufgelauert, nix beschattet, nur fürsorglich betrachtet.«
»Wie?«
»Fernrohr«, sagte Baumi karg. Eigentlich hatte er das Wort eher gebrummt.
Sein Gebrumme ging zu seiner vorübergehenden Erleichterung fast unter in dem Trubel, den vier eintreffende Gäste verursachten. Eine lautstarke hochgestimmte Truppe, seriös, ja teilweise festlich gekleidet, die offensichtlich bei *Frieda* einen feierlichen Abend – einen runden Geburtstag oder ein Jubiläum – in bescheidener Umgebung ausklingen lassen wollte. Sie lachten laut und schüttelten gutgelaunt Regentropfen von Sakko, Mantel, Kleid und Haar. Offensichtlich waren sie entschlossen, in dem Unwetter, vom dem sie kurz zuvor überrascht worden waren, einen Spaß zu sehen. Satzfetzen wie »was für ein fürchterlicher Sturm«, »ein Orkan geradezu« und »aus Kübeln gegossen« drangen eingebettet in viel Gelächter an die Ohren der anderen Gäste.
Spätestens jetzt nahmen auch sie das Fauchen und Pfeifen des starken Windes und das hart prasselnde Geräusch eines Wolkenbruchs wahr.
Marlene Werner war aufgesprungen und zu den Fenstern ge-

eilt, die laut klappernd hin und her schwangen. Von draußen war schrill die Sirene eines sich nähernden Feuerwehrautos zu hören. Nachdem Marlene – einige Gäste waren ihr zu Hilfe geeilt – die Fenster geschlossen hatte, waren die Geräusche des Unwetters nur noch wattiert zu hören.

Das Gespräch am Tisch des »Georg-Laub-Clubs« war unterbrochen, bis Boris Werner die neu angekommenen Gäste zu einem Tisch geführt hatte und Marlene Werner wieder zurückgekehrt war.

Henry hatte das Wort »Fernrohr« aber doch gehört und durch die Turbulenz gerettet. Er dachte gar nicht daran, Baumi die Erleichterung zu gönnen.

»Und wo hatten Sie das Fernrohr installiert?«

Baumi fand wieder zu einem normalen Ton.

»Da war nichts installiert. Wir haben nur hin und wieder mal zu ihm reingeschaut.«

»Das ist ja lustig«, sagte Henry und mußte auch wirklich lachen.

»Was finden Sie so lustig?« fragte Alida Arnold pikiert.

»Das mit dem Fernrohr.«

»Was ist daran lustig?«

»Daß Sie ihn mit einem Fernrohr beobachtet haben. Es ist so nett altmodisch. Schließlich leben wir im Zeitalter der Videobespitzelungen, der digitalen Persönlichkeitsprofile, der Speicherungen unserer Bewegungen, unserer Gewohnheiten, unserer Kontakte ... ach, Sie wissen schon.«

Er lachte nochmals auf.

»Wirklich, mit dem Fernrohr?«

»Ja.«

»Ja, wir sind eben altmodische Leute, analog von Kopf bis Fuß und auch noch dem Papier verhaftet – vergessen Sie nicht, ich lebe unter anderem vom Zeitungsverkauf«, sagte Baumi und

fügte hastig hinzu, um Alida Arnold die Peinlichkeit weiterer Erklärungen zu ersparen:
»Eigentlich war es zunächst nur der Operngucker von Alida. Ein Zufall. Ein Spiel nur. Sie hatte den vom Theaterbesuch des Vorabends noch in der Handtasche und hat ihn mir gezeigt, weil das so ein schönes kleines, hübsch verziertes, jetzt schon antikes, aber noch voll funktionsfähiges Gerät ist. Wir haben damit herumgealbert: Ich habe es ausprobiert und es dabei auch mal auf das Fenster von Georg Laub gerichtet. Und da saß er so völlig reglos. Keine Bewegung. Verstehen Sie? Wie aus Stein. Unheimlich. Wir sind wirklich erschrocken. Für einen kurzen Moment haben wir gedacht, daß er tot sei. War er aber nicht.«
Bernd machte Marlene Werner ein Zeichen, daß er ein weiteres Bier haben wollte. Aber sie tat so, als habe sie es nicht bemerkt. Sie wollte den Fortgang des Gesprächs nicht versäumen. Sie schaute fasziniert zu Alida Arnold, die jetzt sprach.
»Wir hatten mit dem Opernglas zwischen den Werbeplakaten des Schaufensters eine klare Sicht auf sein Haus, ohne selbst entdeckt zu werden. Eine Sicht direkt in sein Arbeitszimmer hinein.«
Alida Arnold schaute entschlossen und etwas trotzig in die Runde.
»Ja, das haben wir getan, immer mal, wenn im Laden nichts los war. Und ja, das war sicher nicht ganz in Ordnung. Ich hätte auch nicht gedacht, daß ich so etwas einmal tun würde, und ich bin nicht stolz darauf. Irgendetwas an seinem Verhalten forderte es heraus. Das kann aber nicht als Entschuldigung gelten.«
Baumi sprang wieder ein.
»Etwas später habe ich mich an den scharfen Feldstecher mei-

nes Vaters erinnert, ein optisches Wunder, das sich noch in meinem Keller befand.«
»War Ihr Vater ein Seemann?« riet Henry.
»Nein.«
»Ein Landvermesser?« riet Bernd.
»Nein.«
»Ein Jäger?« riet Marlene.
»Ja.«
Alle Heiterkeit war von Fritz Baumann abgefallen.
»Mein Vater, ein Ex-Oberst der Bundeswehr, war Freizeitjäger aus Leidenschaft und wann immer es legal oder halblegal möglich war, erschoß er Tiere, nicht mit der Absicht einer Revierhege – das war nur Vorwand –, sondern weil es ihm Freude machte! Ich bin mir sicher, daß er insgeheim das Töten liebte. Auch meine Mutter wußte es, ich las es in ihrem Gesicht, wenn er sich den Feldstecher umhängte und das Gewehr schulterte, obwohl es nie ausgesprochen wurde. Er hätte das natürlich abgestritten. Vermutlich war er traurig, Soldat in friedlicher Zeit sein zu müssen. Zu jeder sich bietenden Gelegenheit zog er zur Jagd, bis er eines Tages beim Heruntersteigen von einem Hochsitz ausrutschte und so unglücklich stürzte, daß er nur wenige Tage später starb.
Erspart euch die betretenen Mienen. Ich habe meinen Vater nicht gemocht. Er hat meine Mutter und mich ziemlich mies behandelt. In meiner Kindheit machte er mir Angst. Wenn er wüßte, daß ich nach seinem Tod meine verheißungsvoll begonnene Anwaltskarriere geschmissen und mir von dem, was er mir hinterlassen hatte, den Zeitungsladen gekauft habe, er würde sich im Grabe umdrehen. Ein Gedanke, der mich täglich erfreut.«
Boris Werner, der als guter Wirt, obwohl er mit der Bedienung der anderen Gäste viel zu tun hatte, aus den Augenwinkeln

Bernds glücklosen Versuch, zu einem neuen Bier zu kommen, bemerkt hatte, trat an den Tisch und lieferte das Gewünschte. Nach seinem Geschmack machten sie zu viel Theater um den verschwundenen Dichter. Und er fand auch, daß sich Marlene zu sehr in die Sache hineinsteigerte. Er kannte ihre wuchernde Phantasie, die aus der Empfindsamkeit kam.

»Du mußt dir nicht gleich selbst einen ganzen Roman ausdenken, nur weil so ein halbseidener Dichter mal für 'ne Weile abtaucht«, hatte er am Beginn des Abends gefaucht.

Als er jetzt wieder zu einem anderen Tisch gegangen war, setzte Baumi seinen Bericht fort.

»Jedenfalls habe ich den Feldstecher meines Vaters aus dem Keller geholt und ihn auf das Haus gegenüber gerichtet.«

»Das ist abgefahren«, sagte Henry.

»Wie gesagt: Wir sind nicht stolz darauf«, sagte Alida Arnold, die das Gespräch an dieser Stelle gerne beendet hätte, aber ahnte, daß ihr das nicht gelingen würde.

»Habt ihr auch Wanzen in seine Wohnung geschmuggelt? Einen Nacktscanner? Einen Peilsender?« fragte Henry, der in der Belustigung versehentlich in die vertrauliche Anrede wechselte.

»Wo denken Sie hin?« Alida Arnold war jetzt richtig empört.

Sie spürte: Hier war eine Erklärung fällig. Das würde sich nicht vermeiden lassen.

»Am Anfang, als er plötzlich zu unserer Verwunderung in das heruntergekommene Haus einzog, geschah es wirklich aus Bestürzung und Sorge. Und dann, das wollen wir nicht verschweigen, wurde es auch ein wenig zur Sucht.«

»Auf der Mauer, auf der Lauer«, sagte Henry, der sich weiterhin sichtlich amüsierte.

»Ja, ja schon klar«, sagte Baumi.

Aber Henry setzte nach: »Habt ihr auch einen Mord im düsteren Spießerhäuschen beobachtet?«
»Jetzt ist es aber genug«, sagte Baumi.
Aber es war noch lange nicht genug.
»Das Fenster zum Hof«, sagte Marlene nachdenklich.
»Ja«, sagte Bernd, »daran hat es mich auch erinnert. Es gibt viele Beispiele für diese Faszination einer Beobachtung von Fenster zu Fenster. Ich habe einmal einen Roman von Georges Simenon gelesen, der in der stalinistischen Sowjetunion angesiedelt ist und in dem diese Fensterbespitzelung über eine kleine Straße hinweg eine große Rolle spielt. Großartig und wirklich beklemmend.«
»Na, vielen Dank. Haben Sie's nicht noch ein wenig härter. Will hier vielleicht jemand von Gestapomethoden sprechen?«
Alida Arnold ergriff resolut ihre Handtasche, sie war zornig und schien entschlossen, den Tisch zu verlassen.
»Nein, nein, bitte bleiben Sie«, sagte Bernd, »das haben Sie völlig falsch verstanden. Ich wollte nur die Faszination bestätigen, die von der Beobachtung ausgeht, hat man erst einmal damit angefangen. Darin liegt eine …« er suchte nach dem richtigen Wort und fand es: »… ja, eine Lust, eine Lust, mit der in Literatur, Film, Photographie und Malerei oft gespielt wurde. Auch ich bin in keiner Weise frei davon. Ich kann Sie wirklich beruhigen. Das ist eine alte Sache. Von der Augenlust hat die Bibel schon gesprochen und Augustinus hat sie einer längeren Ausführung für wert gehalten.«
Alida Arnold lächelte.
»Hoch gegriffen. Alle Achtung. Da haben Sie sich jetzt aber mächtig gelehrt ins Zeug gelegt, um mich zu beschwichtigen. Das ist nett von Ihnen. Allerdings kann man ja schlecht derartig hochtrabend jedwede schmutzige Schnüffelei rechtfertigen.«

»Nein, es gilt nur für den schwimmenden Übergang von der Anteilnahme zum Voyeurismus«, sagte Bernd und grinste »Die Jesuitenschule hat doch ein paar brauchbare Spuren hinterlassen.«
In seine letzten Worte fiel das harte Krachen eines Donners. Alle zuckten ein wenig zusammen.
»Da sehen Sie, was der Himmel von Ihren Rechtfertigungen hält«, sagte Alida Arnold.
Sie stellte die Handtasche ab und setzte sich wieder.
Es entstand eine Pause. Ihr Blick verfolgte die Wege einer Fliege. Das Tier krabbelte auf der Schlagzeile einer Zeitung herum, die aufgeschlagen auf dem Tisch vor Marlene Werner lag. Wahrscheinlich hatte sie am frühen Abend, bevor die anderen eingetroffen waren, darin gelesen. Die Schlagzeile und ein Bild kündeten von einem schrecklichen Massaker im Nahen Osten.
Die alte Dame wirkte bedrückt.
»Ich habe die ganze Zeit – jedenfalls die ersten Monate – darauf gewartet, daß Georg Laub auf mich zukommen, mich ansprechen würde. Meine Freundin Charlotte hat ihm das, wie sie mir kurz vor ihrem Tod bedeutsam mitteilte, in einem nachgelassenen Brief geraten. Ich weiß nicht, ob er den Brief je erhalten hat. Wahrscheinlich nicht. Der verrückte Kerl muß sich doch über den Zustand seiner Behausung gewundert haben. Ich hätte ihm da einiges erklären können. Aber er hat nie den Versuch einer Annäherung unternommen, im Gegenteil, er verhielt sich wie ein Fremder, und da dachte ich, daß ihm meine Anteilnahme auf die Nerven gehen würde.«
Baumi wollte die alte Dame schützen:
»Er machte ja alles in allem einen leicht autistischen Eindruck. Er phlegmatisierte da immer so in seiner Bude herum, schrieb, las oder sah irgendwelche Filme auf seinem riesigen

Bildschirm. *Lohn der Angst* hat er dreimal gesehen. Ging wenig aus. Abends gar nicht. So von außen gesehen war er ziemlich langweilig.«
»Er ist ein Schriftsteller«, sagte Bernd.
»Soll heißen?« fragte Henry.
»Vielleicht sind diese Leute notwendig etwas langweilig. Sitzen und schreiben, sitzen und lesen, sitzen und denken, sitzen und erfinden irgendetwas Absurdes, oder zapfen das Leben anderer an. Das sind Erlebnisvampire, weil man in einem einzigen Leben kaum so viel erleben kann, daß es für viele Bücher reicht. Das ist ihr Beruf. Was erwartest du?«
»Ich mochte ihn«, sagte Marlene trotzig und korrigierte sogleich etwas verlegen: »ich meine, ich mag ihn. Ich finde ihn auch nicht langweilig, und ich würde mich freuen, wenn er wieder auftauchen würde. Er wirkte auf mich immer etwas vereinsamt. Wo mag er nur sein?«
Marlene Werner war tatsächlich etwas rot geworden.
Ihre Frage verhallte unbeantwortet. Sie hatte eine Antwort auch gar nicht erwartet. Die Frage war nur Ausdruck einer fast traurigen Nachdenklichkeit gewesen. Niemand erwartete eine Antwort.
Gleich darauf schreckten alle auf. Ein fürchterlicher Lärm drang von der Straße herein. Hart. Metallisch. Eine kräftige Sturmböe hatte einen schweren Gegenstand – vielleicht ein Verkehrsschild oder eine Markise – aus seiner Verankerung gerissen und gegen eine Hauswand gepeitscht.
»Ich finde, diese Unwetter häufen sich in letzter Zeit«, sagte Baumi, aber niemand stieg auf das Wetterthema ein.
»In letzter Zeit wirkte er irgendwie ungesund«, sagte Alida Arnold, »vielleicht hätte ich doch deutlich auf ihn zugehen sollen. Es war falsch, zu zögern. Hoffentlich ist ihm nichts passiert.«

»Hatte er oft Besuch?« fragte Marlene.
»Nein«, sagte Baumi, »nur ein oder zweimal kam dieser Typ zu ihm, der der Beschreibung nach auch hier im Lokal aufgekreuzt ist. Das schien ihn aber nicht zu erfreuen, soweit man das aus der Entfernung erkennen konnte. Aber machen Sie sich bitte keine übertriebenen Vorstellungen. Wir haben ihn ja nicht ununterbrochen beobachtet. Vielleicht kamen da doch immer mal Leute zu ihm. Jedenfalls, das war zu erkennen: Er zelebrierte sein Einsiedlertum. Nur auf seine Mieterin hat er stark reagiert. Er war wie ausgewechselt, augenblicklich von einer Ruhelosigkeit ergriffen, wenn sie im Haus anwesend war. Er sprang plötzlich auf, tigerte herum, legte wie ein Hündchen horchend den Kopf schräg und sah zur Decke. Offensichtlich verfolgte er jeden ihrer Schritte.«
»Ja«, sagte Henry, »von dem gesichtsblinden Kidman-Double hat er immer mal gesprochen.«
Der Sturm rüttelte herrschsüchtig an den geschlossenen Fenstern. Alida Arnold nahm den fiependen Cato auf den Schoß.
Vorläufig würde niemand das Lokal verlassen wollen. Man mußte fürchten, daß die Fensterscheiben dem Druck nicht standhalten würden. Die neu installierte Beleuchtung bewährte sich. Sie erzeugte zwar nicht mehr die schummrige Gemütlichkeit von vordem, aber das jetzt hellere Licht bot noch genug Wärme, um den Anwesenden das Gefühl von Geborgenheit zu geben. Ein geschützter Raum. Auch um diesen Eindruck noch etwas zu verstärken, schloß Boris Werner die Fensterläden. Er war ein guter Wirt.
»Wo ist die Mieterin jetzt?« fragte Marlene.
Baumi zuckte mit den Schultern.
»Sie ist ausgezogen«, sagte Alida Arnold, »schon vor etwa vier Wochen kurz nach dem Vertreter. In diesem Haus wohnt niemand mehr. Ein totes Haus. Alle Rolläden sind ganz herun-

tergelassen bis auf den einen im Erdgeschoß, der sich verkantet hat.«
»Und wo ist Georg Laub?« fragte Marlene abermals.

Was Marlene Werner zu diesem Zeitpunkt nicht wußte: Ihre Frage war schon zu einem Joke bei Facebook geworden von einem Witzbold angeschoben, der sich hinter dem Namen Samson Staub versteckte.
»Wo ist Georg Laub?« wurde da vielstimmig und in mehreren Sprachen gefragt, weltweit war diese Frage, die sich auf undurchsichtige Weise verselbständigt hatte, auf Computerbildschirmen und auf den Displays anderer elektronischer Gerätschaften erschienen, zumeist angereichert mit Photographien des Gesuchten. Photographien, die sein Verlag einst für die Allgemeinheit bereitstellte, oder Photographien, die ihn bei Lesungen oder anderen öffentlichen Veranstaltungen in der Vergangenheit zeigten. Aber es waren zunehmend auch Photographien von unbekannten Personen eingeschmuggelt worden, von Personen, die ihm glichen, aber auch von solchen, die nur eine gewisse Ähnlichkeit mit ihm aufwiesen. Je weiter dieser kindische Schabernack ausgriff, desto unklarer wurde es für die, die in das Suchspiel eingestiegen waren, wie er »wirklich« aussah und wer er »wirklich« war, und desto unerheblicher wurde es auch zunehmend.
Er könnte es sein, aber er könnte es auch nicht sein. Wie witzig. Es gab reichlich Rückmeldungen. »Hey, look, Laub was here.« Aus Japan, Island von den Lofoten kamen Meldungen und Photographien, zuletzt ein Photo, das ihn oder eines seiner Doubles zeigte in einem riesigen Kaufhaus in Kuala Lumpur – dort überall wurde der verspaßte Laub gesehen.
Landkarten tauchten auf mit seinen vermeintlichen Fluchtrouten.

Inzwischen verkleideten sich andere Witzbolde und spielten Georg Laub und stellten Videos ein: Georg Laub wanted – Georg Laub auf der Flucht – Georg Laub is watching you – Georg Laub bezwingt mit verbundenen Augen die Eiger-Nordwand – und dergleichen mehr.
Bald schon gab es die Wortschöpfung »verlauben«. Sagte man von jemandem, er sei »verlaubt«, so meinte man, daß er verschwunden sei, abgetaucht, beziehungsweise diffus auf dem Globus irrlichterte.
Das war alles sehr, sehr, sehr lustig.

Millionen suchen einen Autor.

So aber kann es auch sein
oder: Mehringer ist bezaubert

Mehringer betrachtete mit unverhohlenem Wohlgefallen die Frau, die ihm in dem kleinen Café gegenübersaß. Die Journalistin Cordula Rapp. Er schätzte sie auf Mitte dreißig. Dieses Alter war ihm angenehm. »Die ganz Jungen machen mich nicht an«, hatte er zuweilen im Männergespräch gesagt.
Vor allem die helle, fast weiße Haut der Cordula Rapp, eine Haut, die keine Poren zu haben schien, faszinierte ihn. Sie erinnerte ihn an das wertvolle alte Porzellan, das seine Großmutter gesammelt hatte. Warum mußte er jetzt an dieses Porzellan denken, an dem er doch nie wirklich interessiert gewesen war, wenn er so eine Tasse oder eine kleine Figur, nur um die Großmutter nicht zu kränken, in die Hand genommen und betrachtet hatte? Vielleicht, weil dieser Vergleich nicht sonderlich originell war? Jedenfalls stand diese feine Porzellanhaut der schönen Frau in einem gelungenen Kontrast sowohl zu dem dunklen Haar, in das ein guter Friseur einen feinen Mahagonischimmer gebracht hatte, als auch zu ihren Augen, die je nach Lichteinfall bald mehr ins Grau bald mehr ins Grün schimmerten.
Sie war, zu diesem Schluß war er sofort gekommen, nicht nur eine sehr attraktive, sondern auch eine selbstbewußte Frau mir klaren Zielen, die sie auf geradem Weg verfolgte.
Er mochte, wie sie lachte. In ihrem Lachen gab es keine unterdrückten Anteile. Es begann mit einem hellen aufsteigenden Ton und kollerte dann langsam zurück in einen dunkleren

Klang. Sie legte dabei den Kopf in den Nacken und zeigte eine Reihe schöner weißer Zähne. Ein Zahnwerk, wie von einem possierlichen kleinen Raubtier. Sie trug ein hellgraues Kostüm, gekonnt in die Unauffälligkeit wahrer Eleganz geschneidert, das ihre körperlichen Vorzüge betonte, aber nicht ausstellte. Mehringer hatte ein scharfes Auge für solche Details. Am Ringfinger ihrer gepflegten linken Hand leuchtete ein kleiner Saphir.
Er überlegte, ob auch er ihr gefiel. Da war er sich nicht sicher. Aber es war zumindest nicht ganz ausgeschlossen. Er witterte eine Chance. Er hatte erfahren dürfen, daß ihn die Frauen in der Regel mochten. Er war schlank und groß. Daß seine Haare frühzeitig Grauanteile aufwiesen und an den Seiten und auf der Stirn zurückgewichen waren, wurde aufgewogen durch sein offenes und feingeschnittenes Gesicht.
Mehringer war kein passionierter Leser. Aber oft, wenn jemand mit einer ihn ansprechenden Begeisterung von einem Buch sprach, las er es auch. Bei einer skandinavischen Schriftstellerin, deren Namen er vergessen hatte, war er auf die Behauptung gestoßen, daß es im Leben auf drei Eigenschaften ankam: Mut, die Fähigkeit zur Liebe und Humor. Das schien ihm plausibel, auch aus Eitelkeit. Denn er wußte, daß er diese Fähigkeiten besaß. Weitgehend. Was er nur undeutlich wußte: seine Erfolge, nicht nur in der Sphäre des Erotischen, waren zuallererst darauf zurückzuführen, daß von ihm Zufriedenheit und Heiterkeit ausgingen, eine Gemütslage, die durch seine Besuche bei Georg Laub nur kurzzeitig irritiert worden war.
Die Journalistin war zehn Minuten zu spät gekommen und hatte sich dafür entschuldigt. Er war artig aufgestanden, um sie zu begrüßen. Und als sie sich beide an den kleinen runden Tisch gesetzt hatten, war ihr Blick kurz zu seinen Stiefeln ge-

glitten. Er hatte geglaubt, eine schwache Verachtung zu bemerken. Gut, daß er, davon abgesehen, seiner Bekleidung einen konservativen Charakter verliehen hatte. Er hatte einen leichten Anzug gewählt – feiner, dezent melierter Stoff und, da zweireihig, sogar etwas altmodisch. Keine Krawatte. Er wollte nicht übertreiben. Sie schien ihm sein Schuhwerk schnell verziehen zu haben, denn sie hatte, über seinen mäßig witzigen Vergleich des Kellners mit einem Dromedar sehr bereitwillig, fast ein wenig übertrieben gelacht.

Aber vielleicht versuchte sie nur, sich sympathisch zu machen, weil sie etwas von ihm wollte. Da war nichts entschieden.

Nachdem sie sich gegenseitig dazu ermuntert hatten, Weißweinschorle zu bestellen, obwohl es erst zehn Uhr am Morgen war – ein gutes Zeichen, wie er fand –, dachte er, daß er für sie sogar auf seine geliebten Stiefel ganz verzichten würde. So vorgreifend dachte er, aber in seiner Rede wollte er vorläufig noch zurückhaltend sein:

»Darf ich jetzt den Grund für diese erfreuliche Verabredung erfahren? Am Telephon sagten Sie nur, daß Sie eine Reportage planten und daß ich Ihnen eventuell helfen könnte. Wenn ich Sie richtig verstanden habe, geht es irgendwie um Georg Laub. Wie sind Sie überhaupt auf mich gekommen?«

Sie lachte wieder. Er lachte auch ein bißchen, obwohl er den Witz bei seinen letzten Sätzen nicht erkennen konnte. War auch sie etwas unsicher?

»Ich habe, nachdem der Autor selbst nicht auffindbar war, seine ehemalige Lebensgefährtin Frau Maneckel ausfindig gemacht und befragt. Sie regierte zwar deutlich muffig, aber als ich zäh dranblieb und ihr spürbar lästig wurde, hat sie sich doch ein paar Aussagen abringen lassen und mich anschließend barsch an Sie verwiesen.«

Die Zähigkeit der Cordula Rapp konnte sich Mehringer genauso gut vorstellen wie Margit Maneckels Muffigkeit.
Er erwartete auch hier ein Lachen, aber diesmal blieb es aus.
»Das klingt nicht sonderlich erfreulich.«
»Das Gespräch war auch nicht erfreulich. Sind Sie mit ihr befreundet?« fragte sie vorsichtig.
»O nein.«
Ein vielsagendes Nein!
»Gut, dann kann ich ja offen sprechen. Ich mochte sie nicht, und sie mochte mich auch nicht. Eine klare Sache. Mir gehen solche Leute zunehmend auf die Nerven, die dauernd herumpowern, ohne daß es dafür den geringsten Anlaß gäbe, für den sich dieses Generve lohnte; Leute, die keinen Finger rühren, wenn sie nicht einen persönlichen Vorteil erkennen können.«
Mehringer hatte mehrfach zustimmend genickt. Ja, so war sie, die Margit Maneckel.
»Hat sie schlecht über Georg Laub gesprochen?«
»Ja, das kann man wohl sagen. Sie hat kein gutes Haar an ihm gelassen, ihn als einen totalen Spinner hingestellt, aber es war leicht zu sehen, daß irgendeine persönliche Kränkung im Spiel ist. Ansonsten war das Gespräch mit ihr völlig unergiebig.«
»Und von mir erhoffen Sie sich mehr?«
»Ja.«
Bei diesem »Ja« lachte sie wieder. Und in diesem Lachen, so schien es Mehringer, lag etwas, was über ein professionelles Gespräch hinauswies. Eine Lockung schwang da mit. Aber vielleicht hoffte er das auch nur. »So oder so«, dachte er, »am Ende dieses Tages werde ich wissen, wie meine Chancen stehen.«

»Möglicherweise enttäusche ich Sie. Ich bin kein Literaturkenner«, sagte er
»Ich auch nicht.«
Hier war wieder ein Lachen, oder zumindest ein Lächeln gewollt. Mehringer hatte das Talent, Stimmungsübereinkünfte herzustellen. Damit war er zwar bei seinen Unterhaltungen mit Georg Laub gescheitert, aber hier, mit dieser bezaubernden Frau, wären sensible Einfühlungen möglich, und sie würden sich lohnen, das spürte er ganz deutlich. Vorerst aber wollte er sich weiterhin bremsen und ihre Neugier bedienen, soweit er das vermochte.
»Sie beschäftigen sich mit dem Werk von Georg Laub?«
»Ja und nein.«
»Das muß ich jetzt aber nicht verstehen.«
»Ich weiß, das klingt merkwürdig. Ich versuche mal eine Erklärung. Sein Werk interessiert mich gar nicht so sehr. Ich habe nur sein letztes Buch gelesen und war nicht besonders beeindruckt. Er ist für mich eher als Person interessant, so als Typus. Verstehen Sie?«
»Noch nicht so ganz. Was ist denn so typisch an diesem Typ?«
Kleines gemeinsames Lachen.
»Hat er Ihnen in der Zeit, bevor er nach Berlin umsiedelte, einen Brief geschrieben? So richtig altmodisch mit der Post?«
»Nein.«
»Sie standen nicht in – wie soll ich sagen? – engem geistigen Austausch mit ihm?«
Mehringer lachte schallend.
»Nein, ich bin kein Mann für einen engen geistigen Austausch. Ich bin Filmausstatter, ein Schauplatzdesigner, ein Oberflächenspezialist.«

Das schien ihr zu gefallen. Da lag ein Wohlwollen in ihrem Blick.
»Dann muß ich ein wenig ausholen. Ein halbes Jahr bevor er abtauchte, führte er eine erregte Korrespondenz mit einigen anderen Schriftstellern. Jedenfalls auf seiner Seite war viel Erregung. Es waren auch wenige handverlesene Journalisten unter denen, die er anschrieb. Ich weiß das von einem Freund und Kollegen, den Georg Laub für wert befunden und eingeweiht hatte. Er wollte wohl so etwas gründen wie eine Liga gegen die Banalisierung des kulturellen Lebens. Er suchte Gleichgesinnte. Er dachte auch daran, ein Manifest zu verfassen.«
Mehringer war erstaunt. Vielleicht fand sich hier der Grund für Georg Laubs sonderbares Verhalten.
»Ach ja? Das wußte ich nicht. Darüber hat er bei unseren letzten beiden Begegnungen kein Wort verloren.«
»Sie haben ihn getroffen?«
»Ja.«
»Wann haben diese Begegnungen stattgefunden?«
»Vor etwa vier Wochen.«
»Hier in Berlin?«
»Ja.«
»Wo sind Sie ihm begegnet?«
»Ich habe ihn zweimal besucht in seinem merkwürdigen Haus.«
»Sie kennen seine aktuelle Adresse?«
»Ja.«
»Und was ist an seinem Haus so merkwürdig?«
Mehringer lachte.
»Wir können gleich mal vorbeigehen. Das Horrorhäuschen ist hier ganz in der Nähe. Sein Zustand wird auch Sie verblüffen. Er hat es geerbt. Dort zu wohnen, war für ihn vermutlich

nur eine Übergangslösung. Aber ich glaube nicht, daß wir Georg Laub antreffen werden. Ich bin in den letzten Wochen noch ein paarmal dort gewesen. Das Haus wirkt völlig verlassen. Vielleicht ist er verreist.«
»Es würde mich interessieren, das Haus zu sehen. Auf eine direkte Begegnung wäre ich gar nicht vorbereitet. Ich wollte eigentlich über einen Abwesenden, einen Verschwundenen schreiben und über die Albernheiten, die über ihn im Internet kursieren.«
Mehringer wählte einen verspielten Ton:
»Jetzt bin ich wieder dran mit der Fragerei. Was wollte er mit seiner Briefkampagne erreichen?«
»Wie gesagt, er warb um Gleichgesinnte, besser, um solche, von denen er annahm, daß sie es seien.«
»Und was wollte er mit denen veranstalten?«
»In seinen Briefen ist die Rede von einem Kampf gegen die zunehmende Brutalisierung und Infantilisierung des geistigen Klimas. Er wollte die in seinen Augen Ehrbaren einigen und gewinnen; für seinen Feldzug gegen die, ich zitiere wörtlich, ›allgemeine Verblödung und den grassierenden Unernst‹.«
»Ja, jetzt erinnere ich mich an eine Vanitas-Tirade, die er bei seinem ersten Besuch anstimmte. Aber das ist ja auch nichts Neues. Da toben sich doch schon seit geraumer Zeit eine ganze Reihe von solchen Burschen literarisch aus, alle so in den Vierzigern, die zunächst einen Haufen Exzeß-Kitsch, so ein Champagner-Weib-und-Kokain-Leben wortreich bebilderten, sich dafür von verklemmten Sesselrezensenten bewundern ließen, um sich anschließend vor die Brust zu schlagen und im Umkehr-Verfahren die Seelenlosigkeit dieser ihrer angeblich heroisch überwundenen vorherigen Lebensform anzuprangern.«

Lachend schüttelte sie ihren Kopf.
»Schön beschrieben, aber nein, zu der Fraktion gehörte er nicht. Ich glaube, da tun Sie ihm unrecht. Das ist nicht sein Fahrwasser. Er hatte, wenn ich richtig informiert bin, seriösere Interessen.«
Sie holte aus ihrer Handtasche einen Notizblock und einige Photokopien.
»Er hat den Zugang zu seinem Club – ich nenne das jetzt mal so – enorm erschwert. Regelrechte Hürden hat er aufgebaut. Jeder, der da mitmachen wollte, mußte harte Beweise seiner Tauglichkeit abliefern.«
»In welcher Form?«
»In der Form schriftlicher Ausarbeitungen. Wie bei einem Examen.«
Sie blätterte in ihren Notizen.
»Ja, hier habe ich die Themen. Die Kandidaten mußten abliefern:

1. einen Essay über ›Das Gelingen im Leben und die Vermeidung schlechter Alternativen‹
2. einen Traktat ›Über den Zufall‹ unter dem Titel: *Die linksdrehende Aminosäure*

und

3. ›Überlegungen zu den Bedingungen der Möglichkeit der Orientierung‹.«

»Ziemlich abschreckend«, sagte er. »In den Zug wäre ich nicht eingestiegen.«
»Ja, mich hätte das auch abgeschreckt. Aber das war wohl auch der Sinn der Sache, Leute wie uns von vornherein in die Flucht zu schlagen.«
Mehringer freute sich über die Formulierung »Leute wie uns«, die eine erste, kleine Gemeinsamkeit schuf.
Er wollte ihr imponieren, deshalb gab er rhetorisch sein Be-

stes, formulierte sorgsam und versuchte intelligente Erwägungen in das Gespräch zu geben.
»Ich kann nicht behaupten, daß mir solche Elite-Veranstaltungen sonderlich sympathisch sind. Was hat er wirklich gewollt? Einen Aufguß des Geheimen Deutschland? Ein geistiges Guerillakommando? Einen abgehobenen Club von Elfenbeinjünglingen, die den digitalen Neuerungen nicht gewachsen sind?«
Das hatte er gut vorgetragen, ein kleines Lachen belohnte ihn.
»Was die Jünglinge betrifft, haben Sie gar nicht unrecht. Unter denen, die er um sich versammeln wollte, war meines Wissens keine einzige Frau. Das hat mich auch irritiert. Meinem Geschlecht traut er offensichtlich keine geistige Widerstandsfähigkeit zu.«
»So ein Idiot«, sagte er und grinste etwas schief seiner Beschimpfung hinterher, um sie davon abzuhalten, darin eine plumpe frauenfreundliche Anbiederung zu sehen.
Sie aber schien an die Ehrbarkeit seiner Worte zu glauben.
»Mit der schriftlichen Zugangsprüfung hat er die Abschreckung wohl etwas übertrieben. Wenigstens zehn Gleichgesinnte wollte er finden, solche, die sich aufbäumen gegen die Boulevardisierung der Kunst. Er hat nicht einmal drei gefunden. Wahrscheinlich keinen.«
»Und was stand in den Briefen, die er an seine Kollegen und andere für würdig Befundene verschickte?«
»Das Schreiben, das mir mein Freund überließ, beginnt mit einer Selbstanklage. Wenn Sie wollen, lese ich es Ihnen in Teilen vor. Interessiert Sie das?«
»Ja sehr.«
Es interessierte ihn wirklich, aber er hätte auch behauptet, daß es ihn brennend interessierte, wenn es sich um Fragen der Goldhamsterzucht gehandelt hätte.

Sie begann vorzulesen:

»*Ich, der Autor Georg Laub, möchte Euch und meine Leser um Entschuldigung bitten für mein letztes Buch* Die verpaßte Zukunft. *Es diente poetisch einem Programm, das ich – leider verspätet – gerade in seiner Anbiederung an wohlfeile Formen des Publikumsgeschmacks als verdeckte Leserverachtung durchschaut habe. Ich verriet meinen Autorenstolz an den geschmacklichen Mainstream des derzeitigen Literaturbetriebs. Dort herrscht lange schon ein Kult der konformistischen Schlichtheit. Dieser Kult, dem sich auch mein Schreiben zeitweise beugte, ist leichtfertig und würdelos, die schlimmste Verfehlung, die man einem Autor nachsagen kann.*«

Sie ließ das Papier sinken und schaute zu ihm.
»Ich überspringe jetzt mal die Steigerungen seiner Selbstbeschimpfung bis zu dem Absatz, in dem er endlich auf sein Vorhaben zu sprechen kommt.«

»*Es gilt, eine freiwillige Armut zu bekämpfen, eine Armut, die sich als demokratische Demut tarnt.
Selbst die Freiwilligkeit ist meistenteils nur Schein. Auch hier geht es um eine Tarnung. Die Tarnung eines Unvermögens. (In Wahrheit entspricht sie dem literarischen Unvermögen der jeweiligen Verfasser.)
Ich spreche von Wortarmut, Ausdruckselend und künstlerischer Provinzialität, von der Abwesenheit jedweder ästhetischen Kühnheit, Eleganz und Neuerung.
Als Alibi gilt die Pathosvermeidung.
Selbst die Grammatik wurde schon in ein Elendskittelchen gezwängt. Genitiv und Konjunktiv, sowie das Präteritum – fälschlich für gekünsteltes Schmuckwerk gehalten – hat man ihr schon weitgehend geraubt.*

Jeder Versuch, diese Verelendung auf den Begriff zu bringen (Verismus? Naturalismus?) ist schon zu ehrenvoll. ›Unvermögen als Programm‹ – das kommt dem nahe.
Eine Literatur, die nicht literarisch sein will. Die sich des Literarischen schämt. Was für eine Idiotie! Und ich war einer dieser Idioten.
Ihr könnt Euch nicht vorstellen, wie mich das jetzt ankotzt: Diese totale Einebnung, kein herausragendes Wort, keine ungewöhnliche Farbe, Syntax und Stil künstlich – ja wie denn sonst? – in eine antikünstlerische Alltäglichkeit getrieben, ›Ich bin wie du‹, sagt jeder Satz zu jedem Leser. ›Ich könnte auch von dir stammen, ich bin so schlicht und arm, wie dein schlichtes armes Alltagsgesabbel.‹ Was für eine verdammte Heuchelei! ›Was ich kann, kannst du auch. Meine Gedanken und Gefühle gleichen deinen Gedanken und Gefühlen‹, sagt der Heuchelpoet und erzwingt die armselige Unauffälligkeit und Schlichtheit, die den Leser nicht beschenkt, nicht überrascht, sondern allein dem entspricht, was der Leser immer schon erwartet und was er, der Schrumpfschreiber, gerade noch vermag.
Meine These:
Es handelt sich um die Anschleimung an das kumpelhafte Internetgeplapper und frönt der Fiktion, daß es so etwas geben könne wie ein ›natürliches‹ Sprechen.«

Cordula Rapp unterbrach die Lesung und schaute auf in der Befürchtung, daß Mehringer sich – was ja nicht ganz auszuschließen war – bei dieser Textwiedergabe tödlich langweilen könnte.
Mehringer langweilte sich nicht.
»Der Laub stand aber mächtig unter Dampf, als er das schrieb«, sagte er.
»Das kann man wohl sagen. Das geht noch drei Seiten so wei-

ter. Ich lese nicht vor, was er da alles noch verzapfte. Wir würden heute Nachmittag noch hier sitzen.«
Auch dagegen hätte Mehringer keine Einwände gehabt.
Obwohl er nichts Auffälliges tat oder sagte – er starrte ihr nicht respektlos auf Brust oder Bein, und er machte keine anzüglichen Bemerkungen –, teilte sich ihr die Intensität seines Begehrens mit.
Als sie jetzt wieder ihren Blick auf den Notizblock senkte – war da nicht ein kleines Flattern in ihren Wimpern gewesen? –, schien sie verändert. Ihre Stimme hatte die klare Strenge verloren und paßte, weicher geworden und etwas angeraut, nicht mehr so ganz zu dem, was sie jetzt sagte:
»Ich fasse den dritten Teil seines Aufrufs mal zusammen. Dort outet er sich als Netzphobiker. Unter dem ironischen Titel *Wollt ihr die totale Demokratie?* entwickelt er eine eigenartige Theorie: der zufolge erzeuge das Netz zwar die Illusion einer globalen Demokratie, in der noch der ärmste Wicht auf dem entlegensten Flecken der Erde ein Mitspracherecht in der weltumspannenden Community haben könne, aber – und das sei die grausame Pointe – gerade diese Verabsolutierung münde zwangsläufig in eine neue Form des Totalitarismus. Er sieht eine miese Pöbelherrschaft heraufkommen im unheiligen Verbund mit den unsichtbaren, aber hochmächtigen kommerziellen Netzbetreibern. In Teilen sei die Talibanisierung schon zu beobachten. In dem unschönen Geräusch des undifferenzierten Geredes, im Chor der Blog-Gemeinden könne man die schrillen Töne der Einpeitscher bereits ausmachen. Viele kleine Savonarolas wüchsen da heran.«
Sie lachte.
»Ich kann das gar nicht so vehement wiedergeben. Er beschreibt in dröhnendem Ton, wie da anonyme Einflüsterer

und Geschmacksdiktatoren die Hetzmeuten vor sich hertrieben. Zukünftig entscheide nur noch der so gelenkte Massengeschmack über die Qualität eines Gedankens oder eines Kunstwerks. Wobei es fraglich sei, ob es unter diesen Bedingungen so etwas wie Kunst noch geben könne.«
Sie lachte erneut.
»Und so weiter und so weiter, den Rest können Sie sich jetzt leicht denken.«
Sie verstaute ihren Notizblock und die Photokopien wieder in ihrer Tasche und sah ihn erwartungsvoll an.
»Wie finden Sie das?«
»Düster und dunkel«, sagte er heiter.
»Und stark übertrieben«, sagte sie.
»Auch hysterisch.«
»Säuerlich.«
»Studienrätlich.«
»Verstaubt.«
»Besserwisserisch.«
»Hochmütig«, sagte sie.
»Echt verrückt?« fragte er.
»Nein, so weit würde ich nicht gehen«, sagte sie.
Sie lachten.
Nach diesem Überbietungsduett nahm sie die ernsthafte Rede wieder auf.
»Man kann sich ja leicht vorstellen, daß diese kulturpessimistische Verdüsterung nicht gut ankam, weder bei der jungen Fraktion des Easy-going noch bei denen, die sich längst schon auf den Internet-Laufstegen ihr Fell trocken halten.«
»Er war wohl etwas verzweifelt, auf mich wirken diese Ausfälle jedenfalls verzweifelt«, sagte Fred Mehringer.
»Ja, ich stimme zu, der Text changiert zwischen Zorn und Verzweiflung.«

»Vielleicht darf man nicht verkennen, daß er etwas retten will.«
»Ja, das ist auch in der Vergeblichkeit ehrenwert.«
»Aber so, wie er das anging, gründet man keine kämpferische Liga.«
»Falscher Ansatz.«
»Ganz falsch.«
Sie lachten. Aber dann wurde Cordula wieder sehr ernst.
»In einem Punkt hat er aber recht: Man kann – das ist im Grunde ja banal – Kunst und Wissenschaft nicht demokratisieren.«
»Stimmt, man kann keine Mehrheitsentscheidungen über die Qualität eines Gedichts oder einer wissenschaftlichen Versuchsanordnung herbeiführen. Man kennt sie ja, die Fallgruben des Plebiszits.«
Auch diese Meinungsübereinstimmung der schlichten, fast schülerhaften Art erfreute Mehringer. Er forderte sich noch einen Kommentar ab.
»Er stilisierte sich wohl als einsamer Rufer. Und als dann tatsächlich niemand seinem Ruf hören wollte, war er tatsächlich einsam. Da kann er einem fast leid tun.«
Man hätte meinen können, daß es ihnen gar nicht mehr so sehr um das Laub-Schicksal ging, daß vielmehr die Freude über ein ernsthaftes Gespräch und über das vielfältige Einverständnis die Redebeiträge befeuerte.
»Ja, aber die Selbstgerechtigkeit derer, die glauben, gegen den ganzen Rest der Welt kämpfen zu müssen, geht doch immer auf die Nerven.«
Mehringer lachte auf.
»Das ist ja ein Witz. Das fällt mir jetzt erst auf: Er hat das, was er in seinem Aufruf anprangert – die Verkargung, die unaufrichtige Unauffälligkeit –, er hat genau das anschließend

in seine Lebensform geholt, eine Lebensform, zu der auch das kaputte Häuschen gehörte. Das ist ihm nicht gut bekommen.«

»Hat er, als Sie ihn hier in Berlin besucht haben, einen verbitterten Eindruck gemacht?«

Mehringer überlegte.

»Nein, verbittert wäre nicht das richtige Wort. Er wirkte entfernt. Ich kann es nicht besser ausdrücken. Bindungslos. Abgekoppelt. Ein Mann in einem Vakuum.«

Mehringer erwartete, daß sie ihn auslachen würde, wegen dieser etwas hilflosen Beschreibung.

Das tat sie nicht.

Sie lehnte sich zurück und senkte den Blick.

»Ich habe keine Lust mehr, einen Artikel über ihn zu schreiben. Vielleicht ist er einfach nur ein ganz armer Kerl. Sie müssen wissen, meine Redaktion erwartet so etwas wie eine Glosse. Jedenfalls einen hochironischen Artikel über den einsamen Rufer. Ich bin mir aber nicht sicher, was ich von ihm halten soll. Vielleicht wollte er die alten Wege nicht mehr gehen, hatte aber einen neuen Leitstern noch nicht gefunden.«

Sie schüttelte etwas ratlos den Kopf und sagte dann mit Bestimmtheit: »Jedenfalls müßte ich, wenn ich darüber schreiben wollte, weiter ausgreifen, und intensiv recherchieren.«

Ihre Augen hatten sich etwas verdunkelt, und eine kleine steile Falte zeigte wie ein Ausrufezeichen von der Stirn zur Nasenwurzel. Auch das entzückte Mehringer.

»Nein, die Glosse wird es nicht geben!« sagte sie resolut.

»Schade«, sagte Mehringer, »dann bin ich jetzt von einer Sekunde zur nächsten als Informant völlig nutzlos geworden.«

Sie lachte, und dieses Lachen verriet ihm, daß die Gefahr nicht bestand.

»Na, das geheimnisvolle Häuschen können wir uns ja trotzdem ansehen«, sagte sie.

Als sie in den Agniweg einbogen, sahen sie schon die kleine Menschentraube vor der Nummer 46.
»Vielleicht kommen Sie doch noch auf Ihre Kosten«, sagte er.

Viel Lärm um ein totes Haus
oder: Post für Alida Arnold

Schon zweimal hatte Cato aufgejault, weil ihm jemand auf die Pfote getreten war. Alida Arnold hob ihn schützend auf ihren Schoß. In Baumis Laden wurde es zunehmend enger.
Baumi hatte die Polizei gerufen. Als er am Morgen seinen Laden aufgeschlossen hatte, war er beim Anblick des Hauses Agniweg Nummer 46 erschrocken. Die Haustür war weit geöffnet und hing schräg in den Angeln, als wollte sie es dem demolierten Vorgartentürchen nachtun. Die Fensterscheibe, die der verklemmte Rolladen nur zu einem Teil hatte schützen können, war zersplittert. Auch das Dach war beschädigt. Im Vorgarten lagen viele zerbrochene Schindeln.
Die Schäden am Dach hatte der Sturm verursacht, der letzte Nacht in der ganzen Stadt gewaltige Zerstörungen hinterlassen hatte. Die Sirenen von Polizei und Feuerwehr waren erst in den Morgenstunden verklungen. Die zerbrochene Scheibe jedoch und auch der Zustand der Haustür konnten nicht auf das Konto des Unwetters gehen.
Baumi hatte die Straße überquert und war zu dem verwundeten Haus gegangen, er hatte sogar ein paar Schritte hinein in den Hausflur gewagt und dann gesehen, daß die Tür zu Georgs Wohnung auf brutale Weise aufgebrochen worden war. Mit einem Kuhfuß oder einem Stemmeisen.
Bald darauf hatte Alida Arnold mit Cato im Gefolge aufgeregt den Laden betreten. Als sie nach der Morgentoilette die Fenster ihrer Wohnung im ersten Stock geöffnet hatte, um die fri-

sche gewittergereinigte Luft hereinzulassen, waren auch ihr die Schäden aufgefallen. Sie war umgehend hinunter zu Baumi in den Laden geeilt. Bald darauf waren Nachbarn und Stammkunden aufgetaucht. Sie hatten in der einschlägigen Mischung aus Ängstlichkeit und Neugier gefragt, ob man schon bemerkt habe, daß ...

»Wir müssen die Polizei benachrichtigen«, sagte Alida Arnold jetzt ernst.

Cato, dem sich ihre Aufregung mitteilte, kläffte, um zu zeigen, daß auch mit ihm zu rechnen war.

»Schon geschehen«, sagte Baumi.

Alida Arnold ließ sich auf ihren angestammten Stuhl sinken. Cato sank ihr zu Füßen.

»Die Wohnungstür wurde brutal aufgebrochen«, sagte Baumi.

»Vielleicht sollten wir seinen Freunden Bernd und Henry Bescheid sagen«, sagte sie.

»Gute Idee, ich habe ihre Handynummern.«

Und so kam es, daß sich immer mehr Menschen in den kleinen Laden drängten und Catos Pfoten gefährdeten. Als erster von den Benachrichtigten traf Bernd ein.

»Warst du in der Wohnung?« fragte er Baumi. Man hatte sich in der Nacht auf das Du geeinigt.

»Nein, ich wollte eine etwaige Spurensuche nicht erschweren, das lernt doch auch der kriminalistische Laie aus den einschlägigen Filmen und Romanen.«

»Ich geh da mal rein. Ich muß ja nichts anfassen«, sagte Bernd und verließ entschlossen den Laden.

Er war kaum in Georg Laubs Haus verschwunden, da traf Henry ein, der ohne zu zögern sein Drogeriegroßmarktimperium im Stich gelassen hatte, als er in seinem Büro die Nachricht von dem Einbruch erhielt. Er war in seiner seriösen Be-

rufskleidung, einem grauen Anzug und einem weißen Hemd mit offenem Kragen, kaum wiederzuerkennen.
»So gefallen Sie mir viel besser«, sagte Alida Arnold. Aber diese Bemerkung versank ungehört in der Aufregung.
Der unterschätzte Henry hatte am Vorabend feinfühlend bemerkt, daß Marlene Werners Interesse an Georg Laubs Ergehen über die wohlwollende Anteilnahme der anderen hinausging, weshalb er auch sie informierte. Und auch sie sagte, daß sie so bald wie möglich zum Ort des Geschehens kommen wolle.
Als Bernd in Baumis Laden zurückkehrte, sagte er fast ein wenig verstört – ein Zustand, der so gar nicht zu ihm paßte: »Da ist ein Loch.«
»Was für ein Loch?« fragten Baumi und Henry unisono.
Bernd war sofort wieder ganz der alte. Ein tiefes bäriges Lachen. Er fuhr die Arme seitlich aus und sagte:
»Das müßt ihr euch vorstellen. Ein riesiges Loch in einer Wand. Ein Monsterloch, grob und unregelmäßig rausgehauen, ihr könnt aufrecht laufend ein Klavier durchschieben. Diese Einbrecher müssen Berserker gewesen sein. Tollwütige.«
»Das war schon so«, sagte Alida Arnold matt in kläglichem Deutsch, das nicht zu ihr paßte. Sie hatte es sehr leise gesagt, aber ihre Worte waren von denen, die sie unmittelbar umstanden, doch gehört worden.
Schon wieder mußte sie etwas erklären. Sie sprach weiterhin leise. Bei den nun folgenden Sätzen sollte nicht die ganze Nachbarschaft mithören.
»Charlotte hat die Wohnung mir zum Gefallen zeitweise meinem Stiefsohn überlassen. Ein Sohn meines Mannes aus erster Ehe. Eigentlich ein guter Junge. Er ist Schauspieler. Vor ein paar Jahren ging es ihm wirklich schlecht. Keine Engagements, Freundin weggelaufen und total zugedröhnt mit ir-

gendwelchen Drogen. Und eines Tages, als er wieder einmal ziemlich viel von dem Zeug eingeworfen hatte, war in ihm wohl das Bedürfnis einer gewaltsamen Raumvergrößerung entstanden.«
»Das kann man ihm nicht ganz verdenken, wenn man die Bude gesehen hat«, sagte Bernd.
»Hat er das alleine geschafft?« fragte Henry.
»Ja, vermutlich, er ist sehr kräftig.«
»Haben Sie die bauliche Veränderung Ihrer Freundin Charlotte gestanden?« fragte Henry.
»Ja, sicher. Sie können sich vorstellen, daß mir die Sache sehr unangenehm war.«
»Und wie hat sie reagiert?«
»Sie hat gelacht und gesagt, er solle unbedingt weitermachen und das ganze Haus zusammenhauen. Das sei ihr ganz recht. Mein Geständnis fiel in die Zeit, als sie schon in dem Pflegeheim war. Dadurch lebte sie bessere und schlechtere Tage. Wegen ihrer unerwarteten Reaktion habe ich das Geständnis ein paar Tage später, als sie geistig hellwach und ohne Zweifel ganz gegenwärtig war, wiederholt, um sicher zu sein, daß sie mich richtig verstanden hatte. Aber sie hat wieder nur gelacht. ›Braver Junge‹, hat sie gesagt, und daß sie ihn gut verstehen könne.«
Sie betupfte mit einem Batisttaschentuch ihre Mundwinkel.
»Das hat mich entlastet. Ich war aber trotzdem sehr böse auf den Jungen.«
»Was ist aus ihm geworden?« fragte Bernd.
»Er ist kurz darauf wieder auf die Beine gekommen und hat sich einer freien Theatergruppe mit wechselnden Spielstätten, einer Art Wanderbühne, wie man früher sagte, angeschlossen. Hin und wieder erhalte ich eine Postkarte. In letzter Zeit habe ich nichts von ihm gehört.«

Sie seufzte.
»Als Georg Laub in die demolierte Wohnung einzog, meldete sich mein schlechtes Gewissen wieder. Ich habe mich für den Grobianismus meines Stiefsohns geschämt. Ich hätte dem Neffen meiner lieben Freundin gerne diese Untat gestanden. Aber es kam nie dazu, weil ich zu lange auf eine gute Gelegenheit gewartet habe. Der hagere Poet wirkte immer so verschlossen, ja abweisend. Deshalb habe ich buchstäblich ein Auge auf ihn gehabt. Das Loch in der Wand schien ihn aber gar nicht zu beunruhigen.«
»Das muß ich sehen«, sagte Henry und wollte gerade losstürmen, als ein Polizeiauto in zweiter Reihe vor der Ladentür hielt. Zwei uniformierte Polizisten stiegen aus.
Henry bremste ab, Baumi ging ihnen entgegen. Nach einem kurzen Wortwechsel, in dem Baumi ihnen vermutlich mitteilte, daß er es gewesen war, der sie gerufen hatte, überquerten sie gemeinsam die Straße. Dort blieben sie wieder stehen. Die anderen traten vor die Ladentür, bis auf Alida Arnold, die auf ihrem Stuhl sitzen blieb. Sie wirkte deprimiert, wie sie jetzt die Ereignisse durch die Lücken zwischen den Reklametafeln des Schaufensters hindurch beobachtete. Auch ohne optische Hilfsmittel konnte sie gut erkennen, wie Baumi mit ausgestrecktem Zeigefinger die Polizisten auf das zersplitterte Fenster, das beschädigte Dach und die heruntergefallenen Dachziegel hinwies und wie diese dann ohne Baumi Georgs Haus betraten. Und sie sah, wie Bernd und Henry die jetzt hinzugeeilte Marlene Werner wort- und gestenreich informierten.
Alida Arnold lehnte sich müde zurück und streichelte Cato. Er machte ihr Sorgen. Er schlief sehr viel, trank sehr viel und atmete etwas schwer. Am Nachmittag gab es einen Tierarzttermin.

»Halt noch ein bißchen durch, Kleiner«, sagte sie zärtlich und kraulte ihn hinter den Ohren.
Cato schnaufte beglückt.
Immer mehr erregte Stimmen drangen durch die geöffnete Tür.
Alida sah wieder hinaus. Die Uniformierten, die jetzt mit rotweißen Bändern das Trottoir vor Georgs Haus absperrten – wahrscheinlich wegen der Gefahr weiterer herabfallender Ziegel –, hatten zwei Beamte in Zivil hinzugerufen, die jetzt, wenn sie die Szene richtig deutete, die Anwesenden befragten.
Der Himmel schien sich für seine Wetterwut in der vergangenen Nacht entschuldigen zu wollen. Vor einem klaren Blau schwebten nur wenige rosagetönte Schönwetterwölkchen, wie von einem Bühnenausstatter für ein naives Schäferspiel gepinselt.
Alida Arnold wandte den Blick ab. Noch konnte sie hoffen, diesen langweiligen Fragen, denen sich die Jüngeren, wie ihr schien, außerordentlich bereitwillig stellten, entgehen zu können.
Georg Laubs Immobilie belebte sich immer mehr. Lichter wurden ein- und wieder ausgeschaltet, Rolläden hochgezogen, jede Nische beleuchtet, hin und wieder erschien ein Gesicht an einem Fenster.
Ungeachtet seiner räudigen Fassade erinnerte das Häuschen sie, so koboldig belebt wie jetzt, an ein Spielzeughaus, das sie in ihrer Kindheit besessen hatte.
Das Haus, das sich ihr in den letzten drei Wochen schwarz und totenstarr in den Blick geschoben hatte, wies jetzt im Rahmen der polizeilichen Untersuchung eine unangemessene Munterkeit auf.
Sie widerstand der Versuchung, klammheimlich in ihrer Wohnung zu verschwinden.

Vor dem schiefen Vorgartentürchen rings um die bunt flatternde Absperrung sammelten sich immer mehr neugierige Passanten und schimpfende Anwohner, die das »alles«, wie sie vorwurfsvoll versicherten, schon immer hatten kommen sehen.
Bernd, Henry und Marlene Werner hatten sich offensichtlich als Bekannte des Hausbesitzers zu erkennen gegeben.
Sie hatten die Polizei informiert, so gut sie konnten, hatten gesagt, daß er Schriftsteller sei und bei welchem Verlag seine Bücher erschienen seien, vielleicht habe er sich ja dort gemeldet. Sie hatten aber passen müssen bei den Fragen nach Verwandten und nur mit den Schultern zucken können bei den Fragen über seinen Verbleib in letzter Zeit. Hatten auch zugeben müssen, daß sie nie in seiner Wohnung gewesen waren und infolgedessen auch nicht sagen konnten, was die Einbrecher der letzten Nacht erbeutet haben könnten.
Seit ungefähr drei Wochen war Georg Laub nicht mehr gesehen worden. Aber bitte sehr, vielleicht sei er nur verreist, es wäre seinem verschlossenen Charakter nur angemessen, wenn er einfach abgehauen wäre, ohne jemandem etwas zu sagen.
Dann aber hob sich einer aus der Menge der hinzugekommenen Neugierigen, einer, der, nach dem, was er jetzt zu dem Polizeibeamten sagte, Georg Laub auch kannte, sogar länger schon als die anderen, und der ihn sogar zweimal in diesem Haus aufgesucht hatte. Bernd, Henry und Marlene hatten sofort gesehen, daß es sich um den Mann handelte, dem sie bei *Frieda* begegnet waren. Allerdings begleitete ihn diesmal eine andere Frau, eine große attraktive Brünette, die den ganzen Auftrieb wach, aber doch auch ein wenig amüsiert beobachtete. Sofort war Henry überflutet von einer Neidwelle – verdammt, warum hatte dieser Kerl so ein unverschämtes Glück bei den Frauen? –, und er widerstand unter Bernds warnen-

den Blicken gerade noch dem Impuls, sich näher an die elegante Frau heranzupirschen. Auch Bernds Miene war zu entnehmen, daß er Mehringers Verbesserung in der Wahl seiner Begleiterin anerkannte.

Ein Polizeibeamter in Zivil stellte Mehringer die erwartungsgemäßen Fragen. Ob die Wand zum Zeitpunkt seines Besuchs schon so demoliert gewesen sei, und ob ihm Wertgegenstände in Georg Laubs Wohnung aufgefallen seien, solche, wie sie für Diebe gemeinhin von Interesse seien.

Mehringer sagte, zum Erstaunen des Beamten, daß es das Loch schon gegeben habe; und was die Wertgegenstände betreffe, so sei da nicht viel gewesen. Und er zählte alles brav auf, woran er sich erinnern konnte: Plasmafernseher, DVD-Player, Laptop und ein paar Klamotten. Allerdings habe er einen Raum gar nicht betreten. Welcher das denn gewesen sei, fragte der Beamte. Als Mehringer die Tür an der Stirnseite des kleinen Gangs beschrieb, winkte der Polizist nur ab und wandte sich zum Gehen, bevor Mehringer fragen konnte, was sich denn hinter dieser Tür befinde.

Baumi hatte sich ferngehalten von dem Geschwirr unergiebiger Fragen und Antworten.

Als er jetzt wieder zu Alida Arnold in den Laden kam, sagte er:

»Da draußen ist der Teufel los. Die Polizei wüßte gern, was wir auch gerne wüßten: Wo ist der Hausbesitzer Georg Laub? Und auch sie stößt auf allgemeine Ratlosigkeit. Sie stellen viele Fragen zum Zustand des Hauses. Wir, also Bernd, Marlene, Henry und ich, haben das nicht abgesprochen, aber keiner von uns hat, von der Polizei nach der Bewandtnis des Lochs befragt, irgendetwas von deinem Stiefsohn erzählt. Sie werden vermutlich auch dich befragen. Du mußt ihnen davon nichts sagen, wenn du ...«

Bevor er diesen Satz beenden konnte, erschien schon der angekündigte Kriminalbeamte in der Tür, und mit ihm betraten Fred Mehringer und Cordula Rapp den Laden.
Alida Arnold hatte, ohne aufzustehen und ohne Cato vom Schoß zu nehmen, ihren Stuhl etwas verschoben, so daß sie jetzt mit dem Rücken zum Schaufenster saß. Der Polizist in Zivil machte einen Schritt auf sie zu. Cato knurrte leise.
Alida Arnold streichelte beruhigend über seinen Rücken.
»Der Mann tut auch nur, was er tun muß«, sagte sie leise zu dem kleinen Hund.
»Sind Sie Frau Alida Arnold?«
»Ja.«
»Man hat mir gesagt, daß Sie häufig hier sitzen«, sagte der Polizist, der sich knapp mit »Oberkommissar Fink« vorstellte.
»Ja, das stimmt.«
»Kennen Sie Herrn Georg Laub?«
»Ja, aber leider nur sehr flüchtig. Er kaufte hier im Laden bei Herrn Baumann seine Zigaretten.«
»Wann haben Sie ihn zum letzten Mal gesehen?«
»Das ist mindestens drei Wochen her.«
»Ist Ihnen zuvor etwas Ungewöhnliches aufgefallen?«
»Nein, eigentlich nicht. Etwa zu der Zeit, als ich ihn das letzte Mal sah, sind die anderen Mieter ausgezogen. Aber das muß ja nicht verwundern, wenn man den Zustand des Hauses bedenkt.«
Der Beamte nickte zustimmend. Dann drehte er sich um und betrachtete stirnrunzelnd die Menschen, die sich mehr und mehr in den kleinen Raum gedrängt hatten.
Für solche Fälle hatte er eine amtliche Rede zur Verfügung. In der Wortwahl höflich, im Ton jedoch scharf sagte er:
»Ich muß diejenigen, die den Hausbesitzer Georg Laub nicht

näher kennen, dringend darum bitten, den Laden umgehend zu verlassen.«

Mit einem Protestgemurmel, aus dem Worte wie »sonderbar«, »kurios«, »verrückt« ragten, verließen sechs Neugierige, darunter auch die Arzthelferin der Praxis Dr. Winter und die dralle Backwarenverkäuferin, den Raum. Cordula Rapp, der die Aufforderung auch gegolten hätte, dachte gar nicht daran, ihr Folge zu leisten. Sie zauberte ein versonnenes Unschuldslächeln in ihr Gesicht, das Mehringer umgehend entzückte.

Der Polizist wandte sich wieder an Alida Arnold:
»Haben Sie in der letzten Nacht etwas Ungewöhnliches bemerkt?«
»Nein, ich habe allerdings auch nicht auf das gegenüberliegende Haus geachtet, als ich spät nach Hause gekommen bin. Sehr spät für meine Verhältnisse. Ich hatte das Abflauen des Unwetters in einem Lokal abgewartet, und Herr Baumann, er wohnt nur zwei Straßen entfernt, hat mich nach Hause gebracht.«
»Können Sie sich an die Uhrzeit erinnern?«
Sie schaute zu Baumi.
»Es muß so ungefähr zwei Uhr gewesen sein.«
Baumi nickte zustimmend und sagte: »Das kommt hin«, und – der nächsten Polizeifrage vorgreifend – daß auch ihm in der letzten Nacht nichts Ungewöhnliches aufgefallen sei.
Der Polizist schaute mißmutig auf Alida Arnold herunter.
Sie wirkte jetzt müde.
Cato schaute empört zu ihr auf, weil er bemerkte, daß sie ihn nur noch mechanisch streichelte.
»Ich kann kaum glauben, daß Sie Herrn Georg Laub nicht näher kennen«, sagte der Polizist. Da war sie plötzlich, diese unangenehme polizeiliche Schärfe in seinem Ton.
Aber Alida Arnold schien nicht beeindruckt.

»Und warum fällt Ihnen das so schwer?«
»Weil wir auf seinem Schreibtisch diesen Umschlag gefunden haben.«
Er griff in seine Aktentasche und holte einen dicken weißen Umschlag hervor, auf dem mit großen Buchstaben stand: »Bitte weiterleiten an Frau Alida Arnold, Agniweg 13.«
»Können Sie sich das erklären?« fragte er fordernd.
»Ich bin auch verwundert. Aber bis zu einem gewissen Grade kann ich es erklären. Ich war befreundet mit seiner Tante, die ihm das Haus vererbt hat. Ich weiß aber auch nicht, warum er nie mit mir darüber gesprochen hat und warum er mir den Umschlag nicht persönlich gegeben hat. Er scheint das Haus etwas überstürzt verlassen zu haben.«
Der Polizist schaute sie skeptisch an. Man konnte es ihm nicht verübeln, das war wirklich keine sehr überzeugende Erklärung.
»Bitte schauen Sie sich den Inhalt des Umschlags an. Vielleicht findet sich darin ein Hinweis auf seinen gegenwärtigen Aufenthalt.«
Sie öffnete und zog ein Schriftstück heraus, das einen amtlichen Eindruck machte.
»Was ist das?« Die Frage erging gleich mehrfach an sie. Zur Ungeduld der Frager und zur Unbequemlichkeit von Cato mußte sie erst das Etui mit der Lesebrille aus ihrer am Boden stehenden Handtasche fischen und die Brille dann aufsetzen, bevor sie sich dem Dokument widmen konnte. Ihre Bewegungen blieben ruhig. Die Ungeduld der anderen griff nicht auf sie über.
Sie las.
Dann sah sie auf.
»Das ist ein Kaufvertrag. Er hat das Haus für 20 000 Euro an eine Immobiliengesellschaft verkauft.«

Ein verwundertes Raunen.

»Da hätte er mehr rausschlagen können«, sagte Henry weltmännisch. »Sicher nicht für das Haus, aber für das Grundstück.«

»Würden Sie mir das Dokument überlassen?« fragte der Polizist.

Sie gab es ihm stumm und ohne ihn anzusehen. Dann zog sie einen handschriftlich abgefaßten Brief aus dem Kuvert.

Sie las wieder. Diesmal länger, sie ließ sich auch nicht stören durch das zweimalige Räuspern des Polizisten.

Dann senkte sie das Schreiben, nahm die Lesebrille ab und sah in die erwartungsvollen Mienen. Schließlich sagte sie zu dem Polizisten:

»Das muß Sie nicht mehr interessieren.« Sie sagte es beinahe feindselig.

Aber er blieb.

Ihr mißbilligender Blick hatte auch Fred Mehringer und Cordula Rapp getroffen.

Aber sie blieben.

Alida Arnold zuckte die Achseln und setzte die Lesebrille wieder auf.

»Ich überspringe den nur an mich gerichteten Anfang seines Schreibens. Da dankt er mir, daß ich mich um seine kranke Tante und um ihre Beerdigung gekümmert habe, und entschuldigt sich dafür, daß er dies – aus Gründen, die er in diesem Brief bekennt – nicht persönlich getan habe. Und so weiter.«

Sie schaute wieder auf das Schreiben. Dann hob sie wieder den Kopf und sah in die Gesichter der sie umstehenden Freunde.

»Ich fürchte, wir werden ihn nicht wiedersehen.«

»Warum nicht?« fragte Marlene.

»Er hat die Zelte abgebrochen. Mit dem Schreiben, das ich hier in Händen halte, verteilt er seine zurückgelassene Habe.

Viel ist es nicht. Henry und Bernd sollen sich, wenn sie wollen, die Bücher, die sich noch im Keller befinden, teilen. Vielleicht stoßen sie auf besondere Schätze. An Marlene geht sein Schreibtisch, sein Arbeitssessel sowie der Fernseher und das DVD-Gerät.«
Es fiel niemandem auf, daß sich der Laptop nicht in dem Geschenkkorb befand.
»Die Bücher sind noch da«, sagte der Polizist, »der ganze Keller ist voll mit dem Zeug.«
Er war ganz offensichtlich kein Freund der Bücher.
Zu Marlene sagte er: »Sie werden leer ausgehen. Die Ihnen zugedachten Gegenstände sind, wie wir jetzt vermuten können, in der letzten Nacht entwendet worden, jedenfalls befinden sie sich nicht mehr in dem Haus.«
»Das ist mir gleichgültig, aber es rührt mich, daß er an mich gedacht hat«, sagte Marlene.
Sie war traurig. Aber offensichtlich nicht wegen des entgangenen Geschenks, sondern weil auch sie jetzt nicht mehr daran glaubte, daß sie Georg Laub noch einmal sehen würde.
Der Polizist in Zivil notierte sich Namen und Adresse der Befragten und verließ grußlos den Laden.
Alida Arnold blätterte und las wieder in dem Schreiben, das sie aus dem weißen Umschlag gezogen hatte.
Mehringer trat vorsichtig, beinahe zierlich an sie heran. Er war deutlich zur Behutsamkeit entschlossen und schickte seiner Rede ein leises Räuspern voraus.
»Entschuldigen Sie bitte, daß ich Ihre Lektüre unterbreche. Mein Name ist Fred Mehringer. Ich bin ein alter Bekannter von Georg Laub noch aus seiner Frankfurter Zeit. Ich habe ihn zweimal hier in seiner Wohnung besucht.«
Alida Arnold sah kurz zu ihm auf. Sie hatte keine Lust auf neue Bekanntschaften.

»Ja, und?«
»Darf ich Sie kurz stören?«
Aber höflich wollte sie bleiben.
»Ja, bitte?«
»Kennen Sie diese Wohnung genauer?«
»Ja.«
»Mich quält eine Frage, vielleicht können Sie mir helfen?«
»Fragen Sie.«
»Bitte sagen Sie mir: Was verbirgt sich hinter der fünften Tür?«
»Welche Türe meinen Sie?«
»Die Tür am Ende des kleinen Gangs.«
Alida Arnold schloß kurz die Augen. Offensichtlich vergegenwärtigte sie sich die räumliche Aufteilung der Wohnung. Dann lächelte sie fast ein wenig boshaft und sagte:
»Nichts.«
»Was heißt ›nichts‹?«
»Da ist nichts. Diese Türe wurde einfach zugemauert. Vielleicht war da ursprünglich einmal an eine Terrasse oder einen Wintergarten gedacht worden. Keine Ahnung.«
Alida Arnold überließ Mehringer seiner Enttäuschung und vertiefte sich wieder in das Schreiben, das immer noch auf dem Rücken des duldsamen Cato auflag.
Carola Rapp, die die umständliche Höflichkeit, mit der Mehringer sich Alida Arnold genähert hatte, liebevoll beobachtet hatte, zupfte ihn am Ärmel und sagte:
»Ich glaube, wir können jetzt gehen.«
Mehringer nickte, und auch die anderen gerieten in Bewegung, lösten sich aus der Episode um das verrottete Haus – denn zur Episode würden die Ereignisse dieses Morgens für die meisten bald schrumpfen –, und sie erinnerten sich wieder an ihre alltäglichen Aufgaben.

»Wo wird er jetzt sein, der Laub?« sagte Henry zu Bernd, als sie dem Ausgang zustrebten.
»Überall und nirgendwo. Wir alle werden zukünftig überall und nirgendwo sein. Das ist die neue digitale Zeit.«
»Mal davon abgesehen, sehn wir uns morgen bei *Frieda*, ganz leiblich?«
»Na klar.«
»Es ist alles etwas rätselhaft«, sagte Bernd im Hinausgehen.
»Verrückt«, sagte Henry.
»Sonderbar«, sagte Marlene.
»Merkwürdig«, sagte Mehringer.
»Mysteriös«, sagte Cordula Rapp.

»Die Rätsel sind nicht dort, wo wir sie vermuten«, sagte Alida Arnold, als sie alleine mit Baumi und Cato zurückblieb.

Dann schwiegen sie lange.
Baumi sortierte Quittungen.
Alida Arnold blätterte und las wieder in den Papieren auf Catos Rücken.
»Was liest du da?« fragte Baumi, als er nach geraumer Zeit mit seiner Sortiererei fertig war.
»Ich werde nicht schlau daraus. Ein Manuskript. Ein Fragment. Ein Torso. Was auch immer.«
»Literatur?«
»Da kann man geteilter Meinung sein.«
»Und worum geht es?«
»Schwer zu sagen. Es ist etwas wirr. In der Ich-Form geschrieben. Als wäre Georg Laub von irgendjemandem an irgendwelche Orte hier in Berlin befohlen worden.«
»Ein realistischer Text?«
»Nein, das würde ich nicht sagen. Nicht so ganz glaubwürdig.

Ein bißchen panisch, vielleicht zu Teilen erlebt, vielleicht komplett erfunden, vielleicht auch nur geträumt. Man müßte sich den Text genauer ansehen. Wahrscheinlich hat er ihn verworfen, und der Ausdruck ist nur versehentlich mit in den Umschlag geraten.«
Sie schüttelte ratlos den Kopf.
»Ich kann dir diese merkwürdige Lektüre ja mal leihen«, sagte sie.
»Ich schau sie mir gern genauer an, aber nicht gleich. Wenn ich mal sehr viel Zeit habe.«
Es war spürbar, daß Baumi nicht sonderlich scharf auf diese Lektüre war.
»Jetzt aber habe ich erst mal genug von Georg Laub«, sagte er und widmete sich wieder seinen kaufmännischen Angelegenheiten.

»Da ist noch etwas Wichtiges«, sagte Alida Arnold nach einer Weile. »Ich kann heute nachmittag nicht wie verabredet auf den Laden aufpassen. Ich muß mit Cato zum Tierarzt.«

Abgang Mehringer und Rapp
oder: So aber kann es auch sein

»Ich wünsche dem Laub nur das Beste«, sagte Fred Mehringer zu Cordula Rapp auf dem Weg zu seinem Auto, »und ich bin ihm dankbar, denn ohne ihn hätte ich Sie nicht kennengelernt.«
Sie hakte sich bei ihm ein. Ganz selbstverständlich, leicht und beiläufig tat sie das, und er dachte, als sie gerade das Lokal bei *Frieda* passierten, welch ein Unterschied doch bestand zu der besitzergreifenden Art, in der Margy das kürzlich auch auf dieser Straße getan hatte.
Cordula Rapp war nicht sehr viel kleiner als er. Die hohen Absätze ihrer Pumps brachten ihre Köpfe fast auf gleiche Höhe, und sie gingen in städtischem Tempo nebeneinander her, als hätten sie dies schon oft getan.
Für einen Augenblick sah er das Paar, dessen einer Teil er selbst war – sich und sie –, von außen. Ein gutaussehendes Paar in der Lebensmitte, das stolz und einvernehmlich eine Straße hinunterging.
Sie lächelte und sagte: »Ich heiße Cordula«, wohl wissend, daß er das wußte.
»Ich heiße Fred«, sagte er. »Meine Mutter schwärmte für einen Tänzer, der zu ihrer Zeit schon Nostalgie war. Ich mag meinen Namen nicht besonders, aber was soll man machen?«
Sie lachte und drückte seinen Arm.
»Es wird schon gehen.«
Die Antwort gefiel ihm gut.

»Was wollen wir jetzt tun?«
»Ich habe Hunger«, sagte sie schlicht.
»Ich auch.«
Welch ein Glück plötzlich darin lag, die Gemeinsamkeit einfachster Bedürfnisse festzustellen.
»Wir gehen essen«, sagte sie fröhlich.
»Ja, gehen wir essen.«
Er sagte das so begeistert, als handelte es sich um ein nie zuvor in Betracht gezogenes Abenteuer.
»Danach können wir, wenn du das möchtest, ein paar zivile Schuhe für mich kaufen«, sagte er, um ihr anzuzeigen, daß er ihre kleine Mißbilligung sehr wohl bemerkt hatte. Und zugleich bemerkte er an sich selbst eine erste kleine Verwandlung. War doch dieses Schuhwerk, das er auf seinen Reisen in die Staaten gekauft hatte und in acht Varianten besaß, immer seine kleine Marotte, sein Markenzeichen gewesen, ein Ausdruck seiner Amerikaliebe. Jetzt aber gefiel ihm das nicht mehr.
»Ach«, sagte sie lachend, »das muß nicht sein.«
Er legte seinen Arm um ihre Schulter und küßte sie zart auf den Haaransatz an ihrer Schläfe.
»Das hat mir gefallen«, sagte sie leise und lachte nicht.

Die Völkerwanderung der Seelen

Was war das für ein wunderbarer Sturm gewesen, der ihn hochgewirbelt und hier abgesetzt hatte auf der goldenen Waage der Zeit.

»Jetzt«, dachte Georg Laub, »jetzt, ja jetzt wird alles neu.«
Er strich noch einmal zärtlich über das leise knisternde blaßblaue Blatt auf seinem Schoß.
Was für eine schöne Schrift. Und wie gut es war, daß er noch ein letztes Mal einer milden Anweisung gefolgt war.
Sie hatte ihm den Weg gewiesen in diese nahe liegende Ferne.
Eine wunderbare Ferne. Sein Blick glitt über sanfte Hügel hin zu dem Saum eines Gewässers, in dem sich der Himmel spiegelte.
Er konnte gar nicht genug sehen von dieser lichtsatten Weite.

Bist du da?
Ja.
Was tust du?
Ich schaue.
Schön, nicht wahr?
Ja, das ist schön. Das ist sehr schön.
Darf ich fragen?
Ja, sicher.
Bist du noch unruhig?
Nein, überhaupt nicht mehr.

Kein Fieber, kein Schwindel? Keine Schweißausbrüche?
Nichts, es ist gut.
Hätte es einen anderen Weg zu einer Genesung gegeben?
Ich glaube nicht.
Denkst du an das, was hinter dir liegt?
Denken kann man das nicht nennen. Da strömen immer mal Bilder durch mich hindurch, sanft gleitend, freundlich und flüchtig wie dünne Wolken an einem Sommerhimmel.
Viele holen an einem so schönen Ort wie diesem Bilder erlebten Glücks heran, Bilder aus der Kindheit, Bilder der Eltern und der Menschen, die sie geliebt haben.
In der Liebe lag meine Begabung nicht.
Wie schade.
Ja.
Wer hat dich geliebt, wirklich geliebt? Und wen hast du geliebt, wirklich geliebt?
Ja, das sind schöne Fragen. Ist es schlimm, daß ich nachdenken muß, bevor ich antworte?
Es ist nicht schlimm, aber es ist kein gutes Zeichen.
Die Eltern, doch ja, irgendwie schon. Ich glaube schon, daß sie mich liebten. Und je mehr Jahre seit ihrem Tod vergingen, desto mehr konnte ich sie lieben, ungeachtet ihrer kindischen Amüsierlust. Ich sehe sie vor mir, wie sie pfeilschnell in ihrem schönen offenen Wagen fuhren, vom Fahrtwind gekühlt, über die heißen Straßen, die wie lange, endlos geschweifte Bänder die karge Landschaft durchschnitten. Der Sportwagen war blau gewesen, aber meine Erinnerung malte ihn immer rot. Flatterte da nicht ein langer roter Chiffonschal wie ein lauter Jubel hinter ihnen her?
Bist du sicher, daß du von deinen Eltern sprichst? Ich sah ähnliches einmal in einem Film über Isadora Duncan.
Wer ist Isadora Duncan?

Eine Tänzerin. Nicht so wichtig.
Der Wagen hatte nur zwei Sitzplätze.
Aber du hattest doch Charlotte.
Ja, sie war der Fels in der Brandung. Aber ich habe auch sie verraten, am Ende.
Und die Erotik?
Meine erste Liebe, Anja, natürlich Anja, ich habe sie rasend begehrt, ich war besessen, ich habe geglüht, war nur noch Glut. Ist es merkwürdig, daß ich mich an meine sexuelle Raserei genau erinnern, hingegen von Anja nur noch ein einziges zudem undeutliches, starres Bild aufrufen kann?
Nein.
Sie aber hat mich, da kann ich sicher sein, wirklich geliebt, hat sich in Gefahr begeben, hat das, woran sie glaubte, die Gebote, die ihr im noch frommen Land der Vater und der Pater von Kindheit an eingepflanzt hatten, verraten, und ich – ich habe sie verraten.
Warum?
Angst.
Ja, so eine Angst, die in den Moment der höchsten Wunscherfüllung platzt, die kann so einen ungeschickten Jungen schon umhauen.
Aber das ist nur die eine Seite dieses Geschehens.
Gibt es eine andere Seite?
Ja. Eine erbärmliche: So ein Aknekerl, der sein errigiertes Glied einpackt und mit hochgeraffter Hose feige davongaloppiert.
Du entfernst dich. Du sprichst jetzt schon von dir wie von einer zweiten Person.
Ja, ich sehe diese Szene wie in einem Film.
Die armen Kinder.
Ja, die Armen.
Gab es andere Frauen von Bedeutung?

Die eine oder andere habe ich sehr begehrt, die eine oder andere auch gemocht, jedoch nicht geliebt. Zumeist aber war da Sex, zu allererst Sex und in diesem Sex keine Heimat für die Zärtlichkeit. Die Affären, selbst wenn ihr Beginn rauschhaft war, lagerten bald schon gut gekühlt in einer vereinbarten emotionalen Bedeutungslosigkeit. Ich bin keine Risiken mehr eingegangen. Die Siege auf anderen Feldern waren mir wichtiger.
Und die Musik, die Literatur?
Auch hier lauerte der Verrat.
Das war's schon mit der Liebe?
Ja, nein, hier fehlen mir die richtigen Worte – es gab noch so etwas wie die Liebe zu einem Stern.
Dazu muß man stark sein und ganz neu werden.
Ja.
Und die Freundschaft?
Echte Freundschaft? Freundschaft von der alt überlieferten Art? Weitgehend uneigennützig?
Ich wußte gar nicht, wie das geht.
Oh, je.
Das ist arm, nicht wahr?
Ja, das ist arm.
Ich will noch einmal von Charlotte sprechen.
Ja bitte.
Ach Charlotte. Ja, sie habe ich geliebt, wie man eine Mutter liebt. Aber am Ende hatte ich ihr verübelt, daß ihr Lob für meine letzten Bücher verhaltener ausgefallen war, das war zu der Zeit, als mich alle noch bewunderten.
Ich hatte zu wenig Kenntnis von der Macht und der Wirkung meiner Eitelkeit. Ich war süchtig nach Bewunderung, und dort wo ich sie nicht bekam, wurde ich frostig.
Sie hat gesagt, daß dein Schreiben nichts mehr tauge?
Nein, nicht so deutlich. Da war nur eine dezente, kaum spürbare

Begeisterungszurücknahme, die mich um so härter traf. Ich hätte ihr die Zurückhaltung nicht so verübelt, wenn ich nicht gewußt hätte, daß sie im Grunde recht hatte.
Ich verstehe.
Ist der Mensch nicht eine kuriose Einrichtung?
Ja, das ist wahr. Die meisten Fallgruben liegen im eigenen Charakter.

Er stand auf und wußte genau, wohin er zu gehen hatte. Wie würde Charlotte ihn loben.
War es nicht, wie er jetzt von dem Hügel herunterschritt, als umgäbe ihn ein Flammenkranz?
Aber das ist doch übertrieben.
Für den Unwissenden ist alles möglich.
Ja.

Nachtrag

Wie geht es Charlotte Chronwitz?

Bitte sehr: Dies ist Charlotte Chronwitz. Wir wollen kein Geheimnis um sie machen.
Kann man das schärfer stellen und etwas näher ranholen?
Ja. Sie war beim Friseur und hat ihr schönstes Kleid angezogen.
Sie erwartet Besuch.
Freut sie sich?
Sieht ganz so aus.
Wer wird kommen?
Ein Jugendfreund.
Wie schön.

Und wen sehen wir jetzt?
Bernd Rang mit seinem sechsjährigen Sohn im Zoo.
Wo kommt der Sohn denn so plötzlich her?
Er lebt bei der Mutter und kommt regelmäßig zu Besuch.
Vater Bernd ist zärtlich mit dem Kleinen.
Jetzt hebt er ihn auf seine Schultern, damit der Junge die Wölfe besser sehen kann.
Denkt er manchmal noch an Georg Laub?
Gar nicht so selten.

Hier kommt ja auch Henry.
Der ist anstrengend glücklich.

Er hat jetzt eine Freundin, die ihm viele Freuden schenkt, und er denkt so gut wie nie an den abwesenden Dichter.

Schwenk mal da rüber.
Ach ja, Alida Arnold und Baumi.
Was verhandeln sie mit dem Fremden?
Sie wickeln den Laden ab. Trägt sich nicht mehr.
Baumi arbeitet wieder als Rechtsanwalt und Alida Arnold zieht zu einer kranken Freundin nach München.
Sind sie betrübt?
Ein wenig wehmütig und ein wenig freudig. Etwas Altes ging zu Ende, etwas Neues beginnt.

Und Marlene Werner?
Nicht zu sehen.
Ist sie noch traurig?
Ja, doch, aber sie verbirgt es.

Ach da ist er ja, der Georg Laub.
Er ist in Begleitung.
Wer ist bei ihm?
Das ist nicht zu erkennen.
Wo geht er hin?
Man kann es nicht wissen.

Wer schießt denn da noch mal durchs Bild?
Cato – er ist wieder jung und schlank – rennt mit flatternden Ohren über eine große Wiese.

Laß uns aufhören, es ist doch ermüdend.
Und auch langweilig auf die Dauer.

Ja.